U0596361

又向流云阅古今

凌道新诗札日记存稿

凌梅生 整理

中华书局

图书在版编目(CIP)数据

又向流云阅古今:凌道新诗札日记存稿/凌梅生整理. —北京:中华书局,2023.9
ISBN 978-7-101-16246-2

Ⅰ.又… Ⅱ.凌… Ⅲ.①中国文学-当代文学-作品综合集②中国文学-现代文学-作品综合集 Ⅳ.I216.1

中国国家版本馆 CIP 数据核字(2023)第 106886 号

书 名	又向流云阅古今——凌道新诗札日记存稿
整 理	凌梅生
责任编辑	吴爱兰
责任印制	管 斌
出版发行	中华书局
	(北京市丰台区太平桥西里 38 号 100073)
	http://www.zhbc.com.cn
	E-mail:zhbc@zhbc.com.cn
印 刷	河北新华第一印刷有限责任公司
版 次	2023 年 9 月第 1 版
	2023 年 9 月第 1 次印刷
规 格	开本/880×1230 毫米 1/32
	印张 16 插页 4 字数 348 千字
印 数	1-2000 册
国际书号	ISBN 978-7-101-16246-2
定 价	78.00 元

Spring 1941

呈凌公　　曹慕樊

一部文史休回顧　文人多被詩書誤

海外西歐屋厚辭　血光長照太史公

李白高歌夜郎去　晚世濂溪杜工部

君見山中直未遭　砍伐費善良命獨苦

又聞閶闔世途高　而豎牛吉桓人半皆一律

想君角華珠羞斛　融合中西名譽美

幸惜半世螢窗六　無軌功夫化為土

惆悵多悲多病身十五年中陷圄圉

拋妻別子隔塵寰銀浪鵲橋曾幾度

芙蓉蓬畔憂旱篝主人有眼在何處

藥爐身世潛一世聲聲動物關心路

世難容命也去條三天遠接雲端苦

盡世休哭莫自出

可歎青山客欲在誰知未得鬼神護

應許梁山蔡筆拔

嘉軒用箋

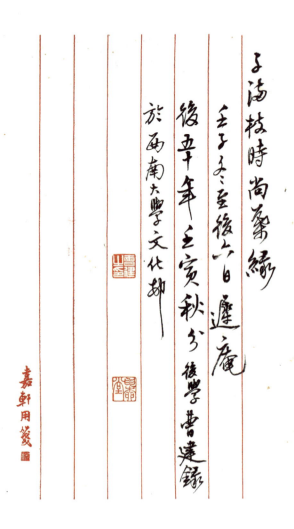

子涵枝時尚蒙緣

壬子冬至後六日遷庵

後五十年壬寅秋分後學曹建錄

於西南大學文化垌

嘉軒用箋

曹慕樊《呈凌公》，西南大学文学院中国书法研究所所长曹建教授录

目　录

二、北碚雅集

目录

四、《真珠船》锦册诸家题诗

五、《密勒氏评论报》
（*Millard's Review*）时评四篇

六、南开中学、耀华学校师友题词（1937—1940）

七、日记

八、书信

九、附录

整理说明

　　家父凌道新（1921—1974），本籍江苏镇江，1921年4月11日出生于辽宁省巨流河（今辽河），五岁时随父由辽宁大虎山迁居天津，先后就读天津南开中学和耀华学校。1940年，父亲同时考上北平燕京大学、上海圣约翰大学和西南联合大学，最后入读燕京大学新闻系。1941年12月太平洋战争爆发后，燕大为日军占领，1942年在成都华西坝复校，父亲辗转来到成都继续学业，1946年燕大毕业，后任教于私立华西协合大学外文系。1952年全国高校院系调整，父亲从成都华西大学调至重庆北碚西南师范学院，与燕京大学恩师吴宓同校任教。1957年被打成右派。文革中受到迫害，于1974年1月13日在北碚逝世。

　　家父熟谙中国传统文化和古典诗词，于英美文学和西方文化也颇有造诣。吴宓先生称誉说："在本校（西南师范学院），甚至在四川，英文最好者，宓认为是凌道新……其中文诗亦甚好。"其挚友周汝昌先生说："凌道新的七律诗作得极好，而且英文造诣也高。"段启明先生也回忆说："我多次听到吴宓先生说，凌道新的英语水平达到了最高雅、最贵族的境界。"这些应该都是比较公允的评价。

需要特别提出的是，父亲身上，还表现出了他那一代知识人可贵的气节。据《吴宓日记续编》记载，1961年父亲和吴宓谈论时局，"指出近年中国之灾荒亦循俄国之故辙者"；1973年，又和吴宓谈及"中国及社会主义国家之现状及前途，皆可悲可忧，人多而食少，工农业皆不振"。1973年，父亲在致其小弟凌道宏的信中说："我的性格是只能接受真理的，任何暴力也不能使我屈服——当然，历史才是最后的裁判者，这现在不必多谈。"父亲自被划为右派起即遭受无休止的批判凌辱，至此时已历经十五年噩梦般的岁月，但是这一切并没有改变他自幼在中西方优秀文化熏陶之下所形成的人生信念。

从现存稿件看，父亲的文字之交，以吴宓和周汝昌二位师友最为重要，此外还有天津耀华学校和南开中学诸师友、燕京大学校长司徒雷登、缪钺、黄稚荃、黄少荃、西南师范学院同事，等等。但非常遗憾的是，父亲的信件和文稿多数在"文革"中被红卫兵造反派抄家后散佚，当时西南师范学院大字报满校园，红卫兵天天抄家，抓特务，批斗牛鬼蛇神，人人自危，陷入巨大的恐惧中。母亲将父亲年轻时和外国朋友合影照片中的外国人全部剪去，或者有外国人的照片统统烧掉，以免父亲被认为里通外国，引来更大灾祸。父亲原来有一大木箱装有和朋友的来往信件存放在家中，那时也因惧祸而烧掉。上世纪80年代中期，母亲从北碚来成都看望我和弟弟，因故又丢失了一个装满父亲相册和文件的小皮箱。经此数劫，现今所存者，烬余而已。

本书所录包括以下几个部分：

一、父亲的诗作及日记。诗作的时间跨度为1952—1973年，其中以"华西坝唱和"和"北碚雅集"最为重要，前者是父亲和周汝昌先生同在成都华西大学期间的唱和之作，后者是周汝昌《红楼梦新证》出版之后诸家在北碚西南师范学院雅集时所作诗（并附诸家题诗）。日记则绝大部分已经丢失，仅有：（一）1968年最末两月在牛鬼蛇神劳改队时每日必须上交之日记，此实为思想改造之汇报和参加劳动改造的经历，其中关于"守粪"的记载尤可窥知当年"作践斯文"之历史细节；（二）1973年5月至1974年1月所存9个月的日记，彼时父亲病情危重，仍在梁平和北碚之间奔走流离，一似孤蓬飘转，回到西师的最后两个多月，已是风中之烛，残焰幢幢，又被各部门你一脚我一脚地踢皮球，直至苦难人生结束。

二、书信往还。父亲所交往者多当世名人，而现今所存信件仅有：凌道新父亲凌云致凌道新1封，凌道新致John. Leighton Stuart（司徒雷登）2封，John. Leighton Stuart致凌道新3封，William Newell致凌道新1封，凌道新致杨宪鼎1封，凌道新致周汝昌5封，缪钺致凌道新2封，凌道新致出版社、杂志编辑4封，吴宓致凌道新1封，凌道新致吴宓1封，凌道新致其子凌梅生、傅翔13封，凌道新致其小弟凌道宏1封，凌道新致Earl Willmott（云从龙）1封，Earl Willmott致凌道新1封，凌道新致Anne Jones 1封。

三、《真珠船》诗友题诗手迹。《真珠船》是父亲的一本专门请友人题诗的锦册，封面是1954年他到成都时请原华西协合大学梁仲华教授题的，锦册内所题诗的时间大多是1953年至1954年间，吴宓先生的则是1966年，没有父亲他自己的诗。《真珠船》其名，意思是说朋友题诗都是真正的珠宝。题诗者有吴宓、叶麐、缪钺、黄稚荃、孙海波、董季安、周汝昌诸家。

四、1947—1948年间在《密勒氏评论报》（*Millard's Review*）英文杂志（1917年创刊）发表的四篇时评。

五、天津南开中学、耀华学校师友题词，时间约在1937—1940年间。

六、附录。均为整理者和弟弟凌昭（傅翔）所撰文字，包括《凌道新先生年谱》以及四篇回忆文章，这些文章收入了周汝昌《红楼梦新证》1953年出版之后当时众多诗家的酬唱之作，是红学研究的重要文献，值得留意。此外，父亲和周汝昌先生曾合译冯至《杜甫传》（未完），译稿今存，未收入。

七、关于书名。本书所录涉及多方面，而诗稿价值相对更高些，故以父亲与周汝昌先生唱和诗之"又向流云阁古今"一句为书名，副标题为"凌道新诗札日记存稿"。其他各部分，也自有其文献价值，敬祈读者垂注。

凌梅生，2022年3月
成都

一、华西坝唱和

湔洄风尘十度春

湔洄风尘十度春，居然重见眼中人。

酒无郫酿能留客，味具乡厨倍感亲。

顾我半生弥怅惘，聆君一席长精神。

莫云锦里终岑寂，犹有来朝万事新。

一九五二年七月一日

附：周汝昌《七一道新兄来寓食水饺即席有句率和元韵》

几番风雨送残春，万里殊乡值故人。

识面共怜颜色改，呼名独见语声亲。

行厨愧我尊无酒，倚句多君笔有神。

暂向西窗贪剪烛，明朝新我更须新。

一九五二年七月一日

立秋日茶肆联句（周汝昌、凌道新）

细雨浓阴半日闲玉言，经年病废怯新寒。

久疑春茧重重缚道新，未分兰膏滴滴干。

面圌杯盘供对话玉言，缘法花草惹愁看。

不堪回首当年事道新，且访当垆发兴宽玉言。

一九五二年八月七日

辛卯和元韵

签事风雨送残春　萎草颓垣值好人
识面共怜颜色改　呼名犹见语辞祝
行厨馈余尊无酒　倚句多君笔有神
转向西窗分烛灺　游朝就我更题新

濒洞风尘十度春　居然重见眼中人
酒兮郇酿能留客　味有乡厨倍感亲
顾我半生弥怅惘　聆君一席长精神
莫云锦里终岑寂　犹有来朝万事新

1952年，周汝昌、凌道新手迹

1952年立秋日，凌道新、周汝昌于成都人民公园

和汝昌兄约谒工部草堂

可有江郎未尽才，解嘲无计且衔杯。
不须春茧重重缚，何惜劳心寸寸灰。
千古文章同一痛，初秋风雨漫相催。
连宵入梦城西宅，杜老祠堂乘兴来。

1952年，凌道新手迹

附：周汝昌《用韵约道新吊少陵故居》

旧宅荒祠系我情，瓣香久已洁心觥。

不须雅儒悲同代，未废江河幸几生。

饿死故应书乱世，兹游早是见升平。

小车似醉旋陈迹，一片新秋又锦城。

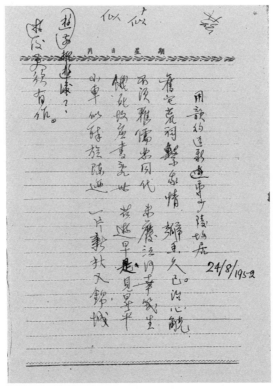

1952年，周汝昌手迹，日期为凌道新所加

奉和汝昌兄同谒工部草堂

桤林笼竹忆前尘，为谒祠堂出故闉。

白雪西山情自昔，京华北斗梦犹真。

千秋史笔光芒在，万口诗篇字句新。

独对残碑无一语，欲将双泪吊斯人。

25/8/1952

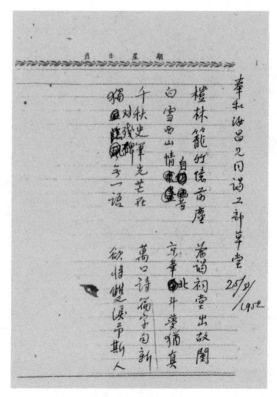

1952年，凌道新手迹

附：周汝昌《壬辰七夕前一日即果谒草堂因再作》

寂寞谁除庙貌尘，联镳犹复出城闉。

映阶碧草心何异，隔院雄笳事最真。

一色清碑知世远，半程晴日感秋新。

精魂漫说通千载，诗史当时付若人。

于人民公园茶肆座上得

一九五二年八月廿五日

奉和汝昌兄浣花溪之作

可有佳人倚翠篁，幽栖隐隐隔澄江。

浴凫飞鹭元相逐，丛兰青松应未忘。

诗史千秋成契阔，沧波一曲送凄凉。

野航空系何由渡，独立晴沙对夕阳。

一九五二年八月廿七日

附：周汝昌《浣花溪小立怀杜与道新》

隔岸浓阴见翠篁，少城南望此清江借叶。

颇疑邻父曾相识，未必游人尚不忘。

锦瑟低张音断绝，宝云深锁意荒凉。

试呼野渡成多事，小看浮鸥浴午阳。

一九五二年八月廿七日

1952年秋，凌道新于成都杜甫草堂

1952年秋，周汝昌于成都杜甫草堂

再和汝昌兄三首（存一）

路绕城南野望迷，吟鞭又指浣花溪。

荒庵寂寂疑无主，宿草悠悠不着泥。

十里清波秋色浅，千秋岭雪碧空齐。

艰难犹及升平日，漫向坊间问碧鸡。

一九五二年八月

附：周汝昌《再作示道新》

身右城荒路不迷，筇杖西指百花溪。

道旁矮屋犹苫草，江上晴云乍浅泥。

小艇横时好句在，高楠幽处午阴齐。

神灵已接无余愿，归驾随君认碧鸡。

一九五二年八月

回首京华忆旧逢

回首京华忆旧逢，蜀都聚散也匆匆。

骑驴竟遇文章伴，旅食端疏酒茶供。

独夜楼台听宿雨，百年身世付征蓬。

别来心绪君知否？几度梦魂锦水东。

一九五三年六月十二日

附：周汝昌《与道新燕园一别十馀年不期于成都颇共朝夕亦阅月乃复言分赋此见情而中怀作愿好语无多道新当怜而不笑耳》

万里初来意外逢，谁言此会更匆匆。

座间牛马应难忘，客里杯盘只少供。

学杜何年窗下烛，分张几处道边蓬。

锦城未用频回首，却羡东游是向东。

一九五二年十月廿四日

秋雨巴山雾绪新

秋雨巴山雾绪新，经年幽梦忆何人。

宁辞世路动形甚，且向青灯接盏频。

小市行来怜往事，学堂去后记兹辰。

寒蝉能唱行人远，可卜天涯再遇君。

一九五三年八月廿三日

附：周汝昌《喜道新至自渝》

玉露年年感受新，锦筵聚散最关人。

诗才三日翻怜别，酒肆重来岂厌频。

抵掌真疑空一代，会心难得竟兹辰。

东川西蜀皆沉滞，下峡何当我与君。

癸巳中元夕所作

余与道新燕京一别几十馀年，不期于锦城六月过从，乃复言判，余曾有句纪之。今夏道新重游旧地，乃更得数日之聚，一破索居之苦，赋此发道新笑叹也。射鱼邨竖拜稿

漂泊西南十一春

漂泊西南十一春，隋珠照夜长精神。

凭谁能话凄凉事，有子终怜憔悴身。

花发鸟啼当换世，天空海阔更无人。

欲言风谊师先友，肯把文章谒后尘。

一九五三年九月七日

附：周汝昌《公园茶肆勉应道新见赠之韵》

风露新凉似小春，若为秋士更伤神。

真惭过许来君誉，未觉微名称此身。

古国偶然千万里，论交终数二三人。

梅花后日应如约，杯酒先开为拂尘。道新语寒假重游锦城以此坚之。

一九五三年九月七日

1953年，凌道新、周汝昌于成都人民公园茶肆

近作二首录呈汝昌诗友　郢政

望中云锦断还连，雁背斜阳欲暮天。

一计蹉跎非此日，无端惆怅有前缘。

每因缀句寻幽梦，也学倾杯拟醉仙。

人世奈何伤羁泊，秋山秋水自年年。

峡里风云识早冬，数声摇落减秋容。

肠回锦里连宵雨，魂绕勺园夜半钟。燕京之"航海
击钟法"节奏断续，今不复记。

长庆才名人竞说，兄作此间已有多人知之。清漳病骨我
还慵。

城西策杖知何日，极目天涯忆雪峰。

一九五三年十一月二十日

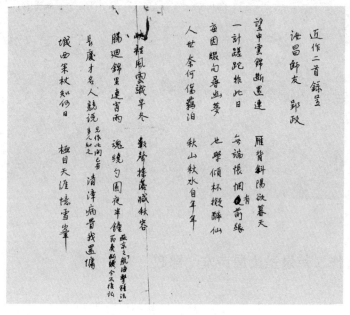

1953年，凌道新手迹

附：周汝昌《答谢道新元韵》

异姓何妨呼阿连，燕郊已往又巴天。

空斋药裹自温火，大地文章同结缘。

得意深杯聊作想，破阴薄灸即登仙。

报君草草只如此，秋尽蓉城又一年。

一九五三年十一月

二、北碚雅集

汝昌老兄大作《红楼梦新证》问世初试新声万里可卜奉题二律用质斧斤

（一）

步陈寅老赠吴雨老红楼梦新谈题辞旧韵

觅得金环证往身，七年谁共此甘辛。自初属草至问世盖阅七年矣。

繁华转烛销香地，风雨高楼伤别人。

脂砚幽光终有托，通明彩玉讵蒙尘。

怡红旧苑魂车过，应谢多情一怆神。

（二）

步汝昌兄自题韵

人间沧海几狂澜，血泪文章隔世看。

巷口飞烟残劫在，桥头落日逝波寒。

华年锦瑟偏嗟李，雏凤清声欲拟韩。

幽梦只从君索解，玉宸弦柱起三叹。

小弟凌道新拜稿
一九五四.二.十八

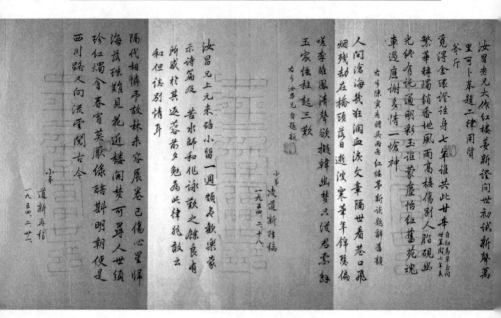

1954年，凌道新手迹

附：周汝昌《红楼梦新证》自题诗

（一）

用陈寅恪先生旧题吴雨僧先生红楼梦新谈韵自题新证
一书并分呈陈吴二老

彩石凭谁问后身，丛残搜罢更悲辛。

天香庭院犹经世，云锦文章已绝人。

汉武金绳空秤海，王郎玉麈屑珠尘。

当时契阔休寻忆，草草何关笔有神。

（二）

最需燕郢破漫澜，真意能从考信看。

宵梦依稀晨梦续，藤花晼晚楝花寒。

贯珠修谱全迷贾，片石论碑更语韩。

一叶偶成繁知赏，九霄零羽起微叹。

（三）

题羡季师尽和有关新证诸诗后

小缀鲁迅先生《唐宋传奇集》后著《稗边小缀》，今用其语。何干著作林，致书誉毁尚关心。

梦真那与痴人说，数契当从大匠寻。

怀抱阴晴花独见，平生啼笑笔重斟。

为容已得南威论，未用无穷待古今。

附：陈寅恪《〈红楼梦新谈〉题辞》（1919）

等是阎浮梦里身，梦中谈梦倍酸辛。

青天碧海能留命，赤县黄车更有人。

世外文章归自媚，灯前啼笑已成尘。

春宵絮语知何意，付与劳生一怆神。

汝昌兄来碚小住蒙赠四绝　步韵以报

（一）

传闻元白是诗俦，两地慈恩一梦游。

觉后不须更惆怅，果然携手古梁州。

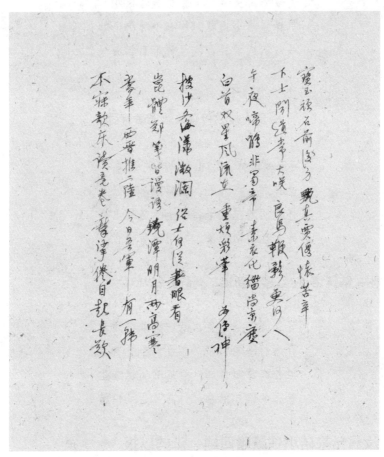

1954年上元节，周汝昌于北碚录示顾随和诗手迹

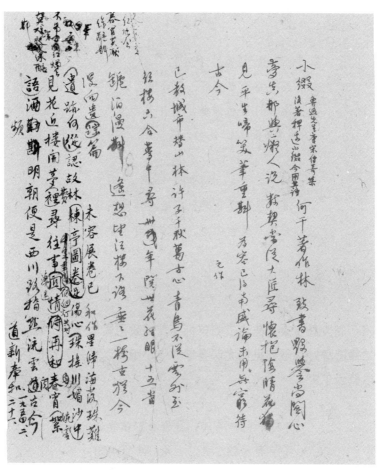

1954年，周汝昌于北碚录原作与顾随和作及凌道新和诗（初稿）手迹

（二）

剑外江边杜老情，更从笺证得佳名。

频年契阔都休说，不负人间度此生。

（三）

茶冷香销更忘眠，沉吟浪写薛涛笺。

蛾眉且面枯禅壁，门外萧郎亦可怜。余始造访长立
门外良久不得见。

（四）

难得平生是此时，交亲心迹两何疑。

元宵无赖缠绵雨，挑尽春灯苦学诗。

一九五四.二.十九

**附：周汝昌《来北碚会道新弟把手契阔殊慰索居道新为题新证
二律清辞妙绪淑婉见情尤深喜幸亦作小绝句以报并为他日话旧
之资云尔》**

（一）

小畦春韭待吟俦，屏当春衫作胜游。

不管春寒酿春雨，上元灯里下渝州。

（二）

高楼风雨此时情，梦觉深惭小杜名。

解道伤春能刻意，人间更有玉溪生。

汝昌兄来渝小住蒙赠四绝　步韵以报　培

传闻元白是诗传　两地慈恩一梦游　觉后不须
更惆怅　果然携手古梁州

剑外江边杜老情　更凭笺证得佳名　频年契
润都休说　不负人间度此生

茶冷香销更忘眠　沉吟浪写薛涛笺　蛾眉且
面枯禅壁　门外萧郎亦可怜　外良久不得见

难得平生是此时　文亲心迹两何疑　元宵无赖
缠绵雨　挑尽春灯苦学诗

一九五四.二.十九.

1954年，凌道新手迹（初稿）

（三）

拨火敲诗夜不眠，重钞邮惜费蛮笺。

山云自是无言客，冷落红妆剧可怜。道新友某女士
在座道新竟时亦长吟不顾故云。

（四）

真个巴山夜雨时，他年却话不须疑。

预怜明日分襟处，剪烛先题忆别诗。

射鱼拜稿

录为

道新弟正之

甲午上元后二日于渝碚山居

1954年，周汝昌手迹

汝昌兄上元来碚小留一周颇尽欢乐蒙示诗篇及苦水师和作咏叹之馀良有所感于其返蓉前夕勉为此律未敢云和但志别情耳尚乞郢政

隔代相怜吊故林，未容展卷已伤心。
星归海落珠难见，花近楼开梦可寻。
人世须珍红烛会，春宵莫厌绿醅斟。
明朝便是西川路，又向流云阅古今。

小弟道新再稿
一九五四.二.廿一

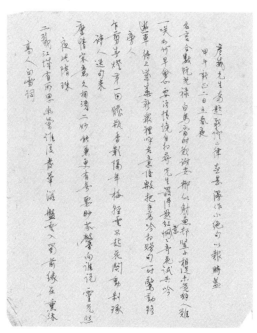

1954年，周汝昌于北碚录示答谢缪钺教授为题《新证》之小绝句手迹

谱蓄侣红楼无费到元今

黄小荃先生

说法分明早现身景荒唐最胜辛纷之求隐齐依子肖诚

鹰山未有人

江曲峯青不见人拟莲作寸庵成尘明珠美玉原吾胫芽

集君家信有神

又後蕉梦汍澜珍重新篇次第看良夜後人真贵月

擦花瓶唇唇小亭寒

擬书雪夜一燈寒绕擦条音致比辣地下离郎曾擊節

蓄條異代發長歎

黄少荃先生

红楼消息久摸糊異代周郎與不孤索徒俗魚蓥獺鈎

况獨羡蛾穿珠蕳因紫果荒唐黄卧搜飘莲仕女圓诶

罗临风一恫振浼茫人海可谁道

英市人悸信肯期巴山迢遞又天涯沅連杯洒情犹昨

捲诗书喜可知凤普才名擊海內祇今挑李埔庭揭不须

夏唱阳阖曲元向送末慢別雜

凌道新和作用海弓额

觅得金银谨往身七年誰共此廿辛繁華特焰銷香地凤而为

摸傷別人脂硯與先終有讹道明彩手記蒙壓苑魂卒

返座谢炙情一馆神

人间滄海数莊澜血渡文辛隔世看卷口爬烟残劫玏在拾頭盘

目近波寒華年锦瑟偏荎李雒凤清降欹擬辩與多三径

居雲紅玉宿结起三嘆

隔代相悸币故林未容府卷之伤心星归海莴珠雜見花近樓

開蓄可萬人世须珍红焰舍春官芙庵條醉回料明朝侵

之西川玲又向流雲閣古今

附諸家題詞

繆彥威先生

平生喜讀石頭記　世我常深索隱思　豈見解人逢阮籍
遠送自傳謹識之　牋乾朝局何劇憂　曹李支親耐憇
衰史事鈞稽亥劍獲把君新箸可忘飢
公子才華早絕倫　更送桑海歷辛飴　知貴荟原汙濁
善寫胸懷見本真　脂硯閒評多痛語　瀟湘情話悵前塵
擇陳醫障俾真賞　庭癸光輝萬古新

顧隨先生

寶玉禛石吾淺身　報真賞做壞若辛　不士聞通常大笑良馬
鞭影更何今午夜　啼鵑非蜀帝　赤衣化幗爲京塵　白音螢星風
泥在重煩彩筆爲傳神
拔沙文海漱瀾俗士何遑　著眼看崑體鄭箋濩語鏡澤
明月而高寒當年西晉推二陸　今日吾輩有一眺不疾倚床
誤竟卷摩挲僨目起長嘆

趙萬里先生

已教城市替山林許子千秋第古心　青烏不送雲外玉紅接祇
合蠧中昂廿年閒世花經眼十五嘗爐酒漫鄹逞想望江接
不跼委　一枕古猶今

絳珠論前身小劫瀛寰歷苦辛展眼縈幻夢傷
心懷托遽尋人　錦圓緗館花雲主蓮燭籉瓶有座絃外
餘音誰令浮慰脂硯爲傳神
份之起鳥多枝林夢醒紅操倖痛心求隱嬓詞空黄餘考真
新證賴搜尋故侯家世泛頭譜萬宅接台著意對我高日

荀運昌先生

深滄海感漫習殘黄刋而今
說法誰知巳現身天花散盡婁抑悲辛可慨黄昙春梦自懣人
丁...

1954年，凌道新录诸家题词手迹

赠嫂夫人

人间小谪自风流，双策云车万里游。

花重锦城非我土，日生辽海是侬州。

将维定有新春乐，引线还深远客愁。

梅蕊心情谁会得，玉郎相倚望江楼。

汝昌书告得砚相赠书此先谢

书道相遗砚一方，感君情意喜能狂。

酬诗难敌元才子，琢石容猜顾二娘。

怅望林峦空待鹤，漫经沧海几生桑。

从知断帖摩挲事，日日临池到夕阳。

汝昌兄斧政

小弟道新拜稿

一九五四.三.三十

1954年，凌道新手迹

昨接汝昌兄书惊知即返京赋别四首

（一）

客中别客倍泫然，不禁失声是此笺。
谈笑春灯巴岭夜，凄迷细雨剑门天。
那容白首消赢骨，只把心情委逝川。
泪眼婆娑先北望，此生重会未知年。

（二）

京蜀几番共夕阳，如今聚散独殊乡。
归心顷刻能千里，别梦累年滞一方。
妻子频欢新笑语，诗书漫卷旧行藏。
三年策卫缘何事，结识前朝顾二娘。

（三）

怅望西川隔岭烟，此心直欲化啼鹃。
尘中后会能何地，灯下相亲讵别筵。
折桂京华甘共庆，浮槎庸蜀耻堪怜。
敢期北雁南飞日，得诵才人第一篇。

（四）

感君肝胆照乾坤，前席虚时肠内温。
痛为别来魂欲断，泪因情落眼频昏。
低徊素纸佳诗句，省识山阶旧屐痕。

惆望古今一挥手，交亲元白几人存？

汝兄斧政

小弟道新拜稿

一九五四.四.十三，北碚

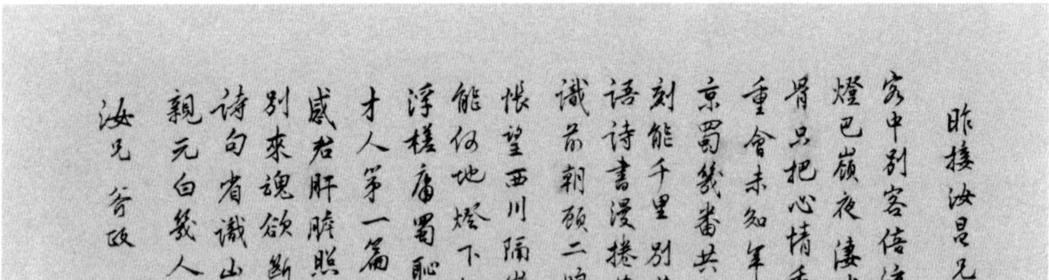
昨接汝昌兄書驚知即返京賦別四首
家中別客倍淒然不禁失聲是此箋 談笑春
燈巴嶺夜 淒迷細雨叙门天 那容白首消羸
骨只把心情委逝川 淚眼婆娑先北望 此生
重會未知年
京蜀幾番共夕陽 如今聚散獨殊鄉 歸心傾
刻能千里 別夢累年滯一方 妻子頻欽新笑
語 詩書漫捲舊行藏 三年策衛緣何事 結
識前朝顧二娘
悵望西川隔嶺烟 此心直欲化啼鵑 塵中淡會
能何地 燈下相親証別筵 折桂京華廿共慶
浮槎庸蜀恥堪憐 敢期北雁南飛日 得誦
才人第一篇
感君肝膽照乾坤 前席虛時腸内溫 痛為
別來魂欲斷 淚因情落眼頻昏 低徊素紙佳
詩句 省識山階舊履痕 悵望古今一揮手 交
親元白幾人存
汝兄 斧政
小弟 道新拜稿
一九五四、四、十三 北碚

1954年，凌道新手迹

少荃[①]教授见贻佳句奉答二首兼寄汝昌同笔

（一）

月傍山楼几度圆，多情道韫惠云笺。

羞称元白甘潦落，便拟黄洪也澹然。教授曾以北江仲则拟汝昌及余。

心系舟船频破梦，枕亲诗卷当游仙。

渝州炎瘴真无赖，要共清樽锦水边。

（二）

惯经萍迹少离思，却念征帆下峡时。

岂谓馨华从兹杳，早期芳意有君知。

孤窗漫听残宵雨，小阁重吟绝妙词。

应是情牵洪度井，风流京兆候修眉。

一九五四年五月二十三日

附：黄少荃《谢汝昌同志惠赠著书并闻赴京有日兼寄道新同志》

（一）

红楼消息久模糊，异代周郎兴不孤。

索隐徒纷鱼祭獭，钩沉独羡蚁穿珠。

---

①黄少荃（1918—1971），四川江安人。历史学家，诗人。1937年入中央大学历史系，毕业留历史学部任助理研究员，后任教于华西协合大学、四川师范学院、四川大学。黄少荃治学谨严，精研战国史，其学术研究成果得到了顾颉刚、钱穆等史学大家的高度评价。

兰因絮果荒唐梦，断梗飘蓬仕女图。

读罢临风一惆怅，苍茫人海可谁逋。

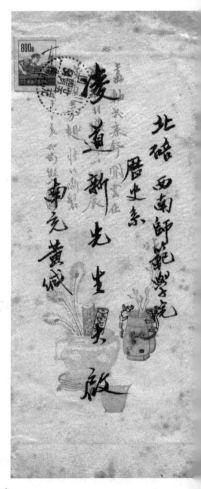

1954年，黄少荃先生手迹

（二）

燕市人归信有期，巴山迢递又天涯。

流连杯酒情犹昨，漫卷诗书喜可知。

凤昔才名惊海内，只今桃李烂亭楷。

不须更唱阳关曲，元白从来惯别离。

一九五四年春黄少荃于南充拜稿

五月十九日得汝昌自渝旅舍书告已买棹东下晤别无由又言哑儿思念不觉黯然乃赋三首

（一）

握别渝州竟未能，春涛涌棹夜飘灯。

计程可抵巫山峡，清泪烦君吊少陵。

（二）

一纸书来堕泪闻，哑儿念我隔重云。

岂容埋没丹青手，曹霸神情见几分。哑儿善画其勉

之哉。

（三）

万里江山一叶舟，从今旧话剑南游。

杜公心事输归客，李掾商隐为东川节度柳仲郢判官生

涯逐荡鸥。

只为情怀难入梦，非关风雨怯登楼。

京尘洒后书须寄，北极仁看意未休。

一九五四.五.二十四

秋感 步汝昌兄原韵

（一）

走马关山信所之，大江吊影尚青丝。

迫身淹蜀心还壮，不死归秦计未迟。

美酒能赊宁尽醉，轻裘笑典任如痴。

长啸迥向西风立，犹有春雷动地时。

1954年，凌道新手迹（初稿）

醉一折腰古来曲蘖肉食辈不去何由澈律吕今也知音遍四方寰区

竭蹶遇周郎但烦再度不肯毂猶味馑音绕虚探吁嗟夫两渡瀛

海水绝艺十年辞国堂易事天地一声开新纪江山无限舊挑李

不道阳春向雪稀恐径沧海难为水

秋感步海吕先原韵，八九

走马园山信所之大江予影尚青绿逈生渐蜀心还壮

不死归秦计未遑美酒能除尽醉轻衰笑典

任如麋长啸逈向西风立猶有春雷动地时夐

谁幇制神鲸碧海东金涛万里恨难通雁来休问

书何在酒醒休悲梦已空树影漫山留夕照破

声教雷起凉风军之八月与秋感忍封佳人渡眼濛

汝昌我兄不吝寄示

甲午道新锦稿
三八八山九

1954年，凌道新手迹

（二）

谁掣神鲸碧海东，金涛万里恨难通。

雁来莫问书何在，酒醒休悲梦已空。

树影漫山留夕照，砧声几处起凉风。

年年八月兴秋感，忍对佳人泪眼濛。

汝昌我兄不吝斧斤

小弟道新录稿

五四.八.廿九

附：周汝昌《暮春之初怀沙兄寄示无题新句索和步韵》

（一）

不比微之与牧之，兰膏有泪茧成丝。

红墙岂用窥灯便，绿树曾关怨到迟。

血是痛深鹃吻碧，粉缘诚重蝶衣痴。

此情已分无人会，漫把当时校后时。

（二）

柳掩重楼东复东，海深无路此心通。

轻雷已隐听犹见，子夜新翻谱尚空。

蚌入金砂珠欲润，鸾迴宝钗去声钿生风。

明朝更晚坚春约，肯待年芳著絮濛。

一九五四.四

三、1952—1973年
其他诗作

清明分田完后有作

换事人间事竟成，连山村舍起歌声。

天边岭雪千秋净，陇外澄江一道明。

怀抱好开缘佳日，登临应喜见升平。

少陵广厦愁何在？指点红旗几万程。

一九五二年四月五日

少荃教授自南充来渝小别行将一载晤谈颇欢爰为七律以记情也

青山隐隐月如烟，一度寻思一悄然。

有尽生涯人左计，无凭消息雁虚传。

江干细路曾何夕，市上清樽动隔年。

相对灯前成一笑，不妨千里共云天。

五三.七.廿一

一日相思一日间①

一日相思一日间，昨宵真是夜如年。

远从柳苑笙歌夕，细忆湖滨笑语天。

---

①整理者注：以下三首诗估计作于1954年，未定稿，无标题。

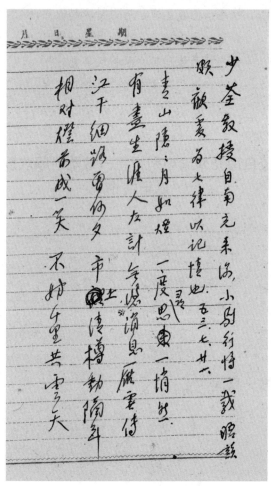

月　日　星　期

少荃教授自南充来渝，小别行怡一载暌隔
辄怅爱为七律以记情也　五三·七·廿六
青山隔：月如煌　　一度思惠一悄然
有尽生涯人在计年来消息属云传
江干细雨重何夕　市上清樽劝陶年
相对憧昏成一笑　不妨从重共云天

1953年，凌道新手迹

· 42 ·

抛旧策□理商弦

抛旧策□理商弦，愿将心事述花前。
好花虽似亭亭影，争奈盈盈不肯言。

难得中秋月肯明

难得中秋月肯明，宵深犹自立凄清。
君虽有弟多分散，我早无家问死生。

简石荪

眺尽天涯欲暮云，去年曾记仰高文。
秋来寥落惊风雨，留得香茶待使君。

赠启群相册并题

（一）

为感丁宁弃酒杯，旧同行处足低徊。
情词委婉冬郎集，金石分明清照才。
高阁只缘无客掩，好花岂易向人开。
赠君一片横塘水，留待惊鸿照影来。

（二）

浪迹人间未及情，谁教邂逅在山城。

无家生死休怜我，有弟分离仍羡卿。

幽梦堪迷双月合，深宵絮语一灯明。

从今屈指春期近，忍使蓝桥负尾生。（不是梅村负玉京）

启群留念

道新赠册并题

一九五四.三.十九

附：吴宓《贺凌道新仁弟新婚》

学侣重逢最爱君，清才凤慧业精勤。

早能颖悟明新理，今更钻研识旧闻。

木秀于林行负俗，鹤鸣在野气凌云。

同窗四载中郎女，璧合珠联喜共群。

一九五六元旦

毓秀[①]教授客岁在京参加全国文艺工作者大会旋赴朝鲜作慰问战士之表演今春归来备极荣誉不期遇于北碚追思五二秋成都别筵不能无作聊博教授一粲而已

红烛琼杯映翠翘，衣香此日未全消。

秋高京国交珠履，雪压三韩庆盛宵。

---

① 郎毓秀（1918—2012），中国女高音歌唱家，音乐教育家。毕业于上海国立音乐专科学校，曾赴比利时布鲁塞尔皇家音乐学院、美国辛辛那提音乐学院深造。历任四川省国立艺术专科学校声乐教授、西南音乐专科学校教授、华西协合大学音乐系教授、系主任，1952年院系调整后，任四川音乐学院声乐系教授、系主任。

賀凌道新仁弟新婚（1956元旦作）　吳宓

學侶重逢最愛君。清才夙慧業精勤。早能穎
悟明新理。今更鑽研識舊聞。木秀於林行負俗.
鶴鳴在野氣凌雲。
同窗世載中郎女.璧合珠聯喜共群。

1967
九月十三晚檢舊詩稿（此未編寫存者）有此一詩。
待續詩路。不知當時曾否改好再寫至？
九月十四日乃將已改定安連
謹寫上奉　弟琦祿此為此立一記念。

1967年，吴宓先生手迹

人世转新花烂漫，江山无恙曲娇娆。

回头万幕平沙外，铁马金戈又寂寥。

凌道新拜稿

一九五四.四.十一

重庆北碚

呈少荃教授

曾记芳筵奏骊歌，经年消息隔云罗。

春风入幔人难识，绿叶成阴事几多。

望帝三声惊客梦，锦江千里眝烟波。

遥怜辗转秦楼夜，安得长槎渡玉河。

一九五四.四.十三

海波①教授与新先后同学于燕京今返河南用赋二律以志别情幸蒙粲正

（一）

巴山瘴雨总霏微，更恼流尘拂面飞。

①孙海波（1909—1972），河南潢川人，著名学者，古文字学家，甲骨文专家，考古学家，历史学家。毕业于武昌文华图书馆专业、燕京大学国文专修科和北平师范大学研究院。历任北平师范大学、中国大学、东北大学、国学书院、沈阳长白师范大学、云南大学、昆明五华书院等校中文系和历史系教授。1951年任西南师范学院图博科教授兼系主任。1954年8月调往河南新乡师范学院任历史系教授。1955年8月调入开封师范学院任历史系教授。1957年被划为右派，受"撤销职务、劳动教养"处分。1981年改正。

旅思几逢星斗转，乡心每共雁行归。

艰难只为怀兰佩，幽独何妨对夕晖。

堪笑玄都桃似锦，梁园早惜素心违。

（二）

心折逍遥第几篇，夷门河洛景依然。

高怀那许饶元亮，坦腹何如问孝先。

不见杜鹃深峡里，尽驱山鬼画堂前。

逢君万里岂常事，一辞灞桥碧草烟。

学小弟凌道新

一九五四.七.二十六

明伦①学弟毕业留念

（一）

千里嘉陵照俊人，骨清神逸好青春。

几逢南郡推英物，可便冬郎是往身。

蠹简犹存周甲子，龙文自识汉经纶。

阳秋一笔容相许，岂教微言竟绝尘。

---

①童明伦（1930—），重庆人，曾就读于四川省立教育学院国文系、四川大学中文系、西南师范学院历史系、华东师范大学中国通史研究班。1957年被划为右派，1979年改正。历任哈尔滨师范学院中文系教师、重庆师范学院中文系副教授、《重庆艺苑》编辑部主任、四川诗词学会理事、重庆市文史书画研究会理事。1992年被聘任为重庆市人民政府文史研究馆馆员。

（二）

人间何处不离群，盛世需才别客纷。

风雨连宵催去鹢，江山如画好迎君。

比登筵席星三度，忝在师名愧十分。

行看碧霄挑劲翮，清樽还待再论文。

小兄凌道新题

一九五四.七.廿九，重庆北碚

1954年，凌道新手迹

附：童明伦诗五首

奉赠凌老师诗四首

寻师日夕造宫墙，语发心花意欲狂。

雨化杏坛星拱斗，风吹绛帐葵倾阳。

鬎裁拙作烦斤斧，拔擢庸才倚栋梁。

久绝微言谁复续，何期东壁见文章。

怅然日断曹刘墙，思等流波日夜狂。

弱絮飘杨蝉噪暑，轻绡绽蕊鸟迎阳。

情怀仰慕鸣凤铎，梦惹相思落月梁。

夜雨寒灯坐萧索，托词遣兴寄诗章。

1954年，童明伦手迹

车停问字来循墙，稷下驰谈莫笑狂。
雅教聆时仍卓午，新诗读罢已斜阳。
高标空仰文中子，陋器徒惭涓蜀梁。
启聩发蒙承顾复，还期异日服恩章。

烛暗星飞影弄墙，蟛蜞伴我读书狂。
难忘负笈游岷上，空羡束装赴洛阳。
此日精研重伏案，从今勉学更悬梁。
史编发展成科学，索隐钩沉究典章。

生童明伦重抄
八、二十、夜

八月廿一日上午感即将辞别凌老师情不自已因谩集杜诗一阕不成文章但略致微忱耳

雷声忽送千峰雨，颠狂柳絮随风舞。汩乎吾生何漂零，终日戚戚忍羁旅。不见堂前东逝波，向来哀乐何其多。此身未知归定处，几时回首一高歌。东流江水西飞燕，若为看去乱相怨①。中间消息两茫然，只愿无事长相见。巫峡长吹千里风，潇湘洞庭白云中。正是江南好风景，驱石何时到海东。先生有才过屈宋，古来才大难为用。今春喜气满乾坤，词人解撰河清颂今年印度支那和平曾言当作诗庆祝。凌云健笔意纵横，不露文章世已惊。爱日恩光蒙借贷，自得

---

① 整理者注："相怨"二字，杜诗原本作"乡愁"。

隋珠觉眼明。江山路远羁离日，且将款曲终今夕。忆昨欢娱常见招，清觞异味情屡极九日就宴有酒肴焉。天时人事日相催，怀抱何时得好开开学在迩而道阻于水今不得不匆匆赴行此心一则以喜一则以虑。愁极本凭诗遣兴，口虽吟咏心中哀。且看欲尽花经眼，传语风光共流转。细推物理须行乐，人事悲欢暂相遣。人生留滞生理难，匣琴流水自须弹。当时得意况深眷时蒙凌老师指点更望异日，百遍相过意未阑。

凌道新老师　粲正

生童明伦谩集

八月廿一日上午

1954年，童明伦手迹

记郎毓秀教授歌会

七月十一日郎教授召与其歌会于重庆以黄水谣及康定情歌二阕感人最深今追记之以博教授一粲也

丽日扬辉海宇宁，银河已挽洗甲兵。更将天上神仙乐，许与人间耳共明。歌坛当代凭谁数？教授大名驰中土。一度三韩两渝州，宁将绝艺辞辛苦。识面荆州五六年，鲖生何幸列华筵。多蒙折简云烟外，百里驰驱慰眼穿。竟夕清商十数行，座中无不色沮丧。黄水谣生家国思，康定情歌足回肠。九曲黄河天上来，青山绿水好徘徊。船娘荡桨情何限，渔父放歌亦乐哉。忽然仓猝乌云合，铁骑长驱来倭贼。烧杀剽掠此同仇，奋执戈矛誓偕没。豕突狼奔历几春，千家不见百家存。寇平痛定伤残劫，犹觉关山哭虏尘。我行剑外十二秋，曾过中原历横流。独此凄然百感迸，那容竟听泪难收。隔座双鬟罗巾泣，掩面唏嘘止不得。忖彼都大燕赵姝，否则安能心似割。信道能歌盖有情，银釭照见忍晶莹。一时众里皆容动，敌忾乡愁共此声。康定月明芳草茸，含情少妇笑春风。青梅竹马原天性，窈窕好逑万古同。俄觉风光转细腻，健儿红粉皆绮旎。珍珠错落走玉盘，恍忽有酒人皆醉。宛转流云上碧霄，清声袅袅渐迢迢。此时始觉珠喉敛，微笑凝眸一折腰。古来曲为肉食许，下士何由识律吕。今也知音遍四方，寰区触处遇周郎。但烦再度不肯散，犹味馀音绕画梁。吁嗟夫两度瀛海求绝艺，十年辞国岂易事。天地一声开新纪，江山无限艳桃李。不道阳春白雪稀，恐经沧海难为水。

八·廿三

記郎就秀教授歌會

七月十一日郎教授台與其歌會於重慶以黃水謠及康定
情歌二闋感人最深今追記之以博　教授一粲也　八三

顧瞻日揚輝海宇寧銀河已挽洗甲兵更將矢上神仙果許與人間
乎明歌壇當代憑誰敘教授大名馳中土一度三峽兩渝州寧將
絕藝辭羣苦識面荊州五六年顧生何羣列華筵多家折簡雲
烟外百里馳越眼穿竟夕清商十散行座中呈不色泪喪黃水謠
生家國思康定情歌足迴腸九曲黃河天上來青山綠水好徘徊船
孃蕩槳情何限漁父放歌無祭乳忽就倉皇鳥云合鎮騎長延來
倭賊燒殺剝棕此同肮奮就戈矛誓備沒狼奇家歷座春千家不
過中原歷模沉獨此淒然那容竟穗淚維收隔座度裴羅
中泣掩面啼噎止不浮村彼都大燕趙妹否則安能忍割信道解
歌蓋有情銀釭照見一時眾裡皆窗動敵壤鄉愁過共此聲
康定月明芳草茸茸合情少歸矢春風青梅竹馬原天性窈窕好述萬
古同饿覺寬風光蒔細膩便兒紅粉皆蒨旋珍珠鐺戲走玉堊忧悠有
酒人皆醉流雲上碧霄清彝壞漸迫此時始覺珠順歛微笑將
眸一折腰古素曲為肉食絆下士何由識律呂今也知青運四方寰區

1954年，凌道新手迹（局部）

少荃教授招饮

余本不拟来蓉乃因重庆酷热难当于八月十九日西上与少荃教授
不期而遇且蒙于九月八日召饮有感而作

残柳西风落雁天，黄花照眼也堪怜。

兴亡酒醒皆陈迹，哀乐梦回只暮烟。

长忆巴山一聚散，何期锦里小流连。

平生未易交多士，独恨辞君又隔年。

少荃于九月十四赴南充不克赴余当晚之约矣

一九五六年

新春试笔①

（一）

虎跃龙飞又一年，绮云丽日照山川。

功垂宇宙旗三面，业举工农策两全。

南海捷书歼逆寇，西陲定计是和边。

古稀词客思弥壮，呵笔欣成颂世篇。

（二）

皓首逢春喜不禁，无边佳气到园林。

德移海内成新象，暖被人间有大衾。

户外儿孙欢笑语，村前箫鼓瑞祥音。

---

① 整理者注：《新春试笔》发表于1963年1月30日《重庆日报》，署名"傅葆琛"。

河清只为斯人出，六亿炎黄共此心。

正月初一作

元宵①

（一）

上元喜雨润红梅，万里东风动地催。

举国飞扬营岁始，一城兴致看灯来。

金龙玉象穿霄舞，火树银花破夜开。

此夕神州无限好，秋登预祝有馀杯。

（二）

宝焰华灯若有情，七旬此境却初更。

忽如皓月升沧海，谁遣群仙下玉京？

盛业千秋辉史册，红旗三面峙江城。

炎黄郁郁英雄气，要挽天河洗甲兵。

一九六三年

寿雨僧师七十②

（一）

诗伯今应四海推，温柔敦厚仰吾师。

---

①整理者注：此二首录自作者手稿，署名"葆琛"。

②整理者注：此二首录自1964年9月13日《吴宓日记续编》。吴宓有按语：去年及今年，宓所收亲友学生之寿诗寿词，当以此二首为最佳，以其情真事切，非同浮泛虚伪之谀颂也。

重吟老杜西南句，正值华封七一时。

碧落定知魂寂寞，星河遥见影参差。

霜蹄谁谓龙媒老，迥立苍苍问所思。

（二）

万里桥西往梦痕，何公巷口少城根。

诗人怀抱谁同喻？赤子心肠更莫论。

岂待枰收方胜负，未须柯烂又乾坤。

炎威使杀秋凉动，可祝南山献寿樽。

一九六四年

病起

一病沉绵未叹休，街寒向晚倚危楼。

令威犹化归辽鹤，工部空期下峡舟。

渐悟躬耕能换骨，每思已过益深忧。

雁声不禁天涯感，陇上黄花又报秋。

一九六七年十一月

七十一歲生日　甲辰年七月二十日即1964年

生世忽焉七十春，齊甚無限對嘉辰

歸寵鳥感殊恩哺　伏櫪馬傷永嘆才

漫調聰明腰腳健　難追時代物情新

檢書秘記為諜付　料理行裝遠去人

去歲1963重陽社業定句韻，作詩未成只得
二句，云「人生滿七十，心如遠行客」安即此
史之意。

1964年，凌道新录吴宓诗手迹

读长恨歌后学玉溪体①

千秋回首恨重新，已死苍天未死身。
绝代朱颜迷幻梦，销魂法相见元真。
已驰赤县宁劳止，犹逐碧虚更苦辛。
为问凄凉凤城月，可怜几照汉宫尘。

初啼此夕十三迁②

初啼此夕十三迁，不尽波澜忆往年。
曾见喜心真到极，何期世路转茫然。
艰辛共惯深惭我，骨肉难分本自天。
寒日疏林初雪后，望穿消息朔风前。

夜夜孤鸣久未眠

夜夜孤鸣久未眠，累年何事长拘牵。
长风万里谁能致，为送鸡声自远天。

马过纤萦大寨沟

马过纤萦大寨沟，犹能力疾到云头。
自知病骥能千里，可是盐车死即休。

---

①整理者注：此诗作年不详。
②整理者注：以下四首诗为未定稿，无标题，1970年作于梁平。

忽忽经冬复到春

忽忽经冬复到春，山原乍见菜花新。
自惭四月屡为客，却是梁平市上人。

读雨僧师自撰年谱

韦杜城南事早空，贞元朝士梦谁同。
百年雪上征鸿迹，隔晓花间舞蝶踪。

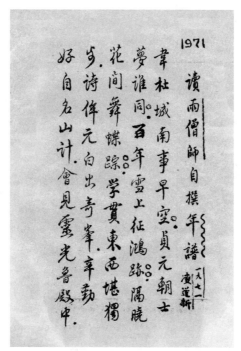

1971年，凌道新诗手迹。圆圈等符号为吴宓所加

学贯东西堪独步，诗侔元白出奇峰。

辛勤好自名山计，会见灵光鲁殿中。

一九七一

送雨僧师自梁平返重庆北碚①

雨僧师于一九七二年七月二十五日自梁平返重庆北碚草此惜别
颇惭才短句拙也

（一）

萧萧白发任孤吟，车发渝州曙景侵。义山诗"芦叶
梢梢夏景深"，又"羁绪鳏鳏夜景侵"，觉其意较"色"为深广。

名盛由来招祸累，天高难与料晴阴。

曾经沧海浑无泪，何处乡园总系心。

不尽临歧珍重意，此情去住应同深。

（二）

世路风波梦一场，客中送客倍凄凉。

频年思过终何补，万事穷原费考量。

行旅安排师弟分，迁流难措别离觞。放翁诗"局促
常悲类楚囚，迁流还叹学齐优。"

清标仰止东篱菊，晚节宁输自在芳。"宁输"取其
in protest 之意也。

道新未是草

---

①整理者注：诗稿有吴宓先生批改意见，定稿有所采纳。诗稿附有吴宓先生致
凌道新一短信，收入书信部分。

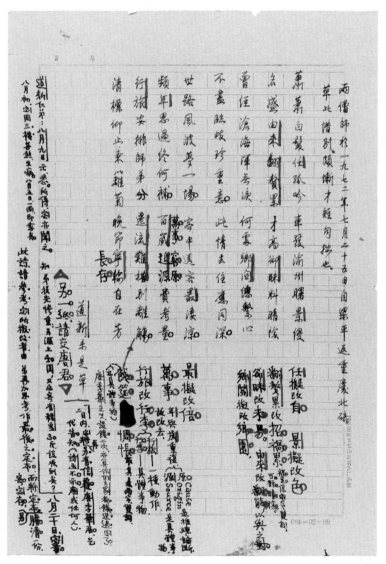

1972年，凌道新诗初稿及吴宓批改手迹

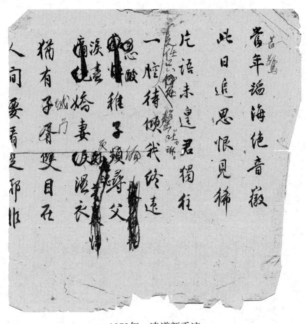

1972年，凌道新手迹

当年蹈海绝音徽①

当年蹈海绝音徽，此日追思恨见稀。

片语未遑君独往，一腔待诉我终违。

心酸稚子偏寻父，泪尽娇妻更湿衣。

犹有城门双目在，人间要看是耶非。

雨僧吾师八秩之庆

（一）

飘然八十此诗翁，碧海青天历几重。

洛下声华惊后世，杜陵家业有前风。

霜蹄伏枥心还壮，老干着花态更浓。

南极寿星须一笑，会昌春好少人同。（乐天诗：大历
年中骑竹马，几人得见会昌春）

（二）

驰骋当年尚黑头，词林笔阵擅风流。

为纾人难恒分廪，饱览世情独倚楼。

仙侣爱才皆怅惘，使君何事太疑犹。

元龙今日真强健，百岁定期二十秋。

---

①整理者注：此诗原无标题。

（三）

每忆成都怀抱开，间关万里寇中来。

学诗有幸开蒙昧，聆道茫然愧下才。

江汉风光饶想像，剑南日月再徘徊。

荏苒三十流年后，又向渝州祝寿杯。

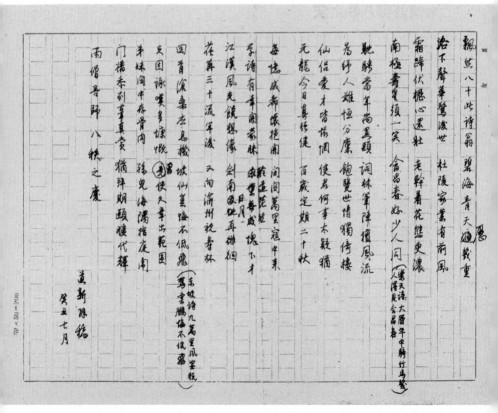

1973年，凌道新手迹

（四）

回首沧桑应息机，坡仙岂悔不低飞。（东坡诗：

九万里风安税驾，云鹏今悔不低飞）

只因咏叹多慷慨，曾使文章出范围。

弟妹关中存骨肉，甥孙海隅指庭闱。

门墙忝列辜真赏，犹拜期颐旷代辉。

道新拜稿

癸丑七月

炎天烈日尽迟迟①

炎天烈日尽迟迟，噩耗传来骇复疑。

巧官半生终幻梦，深情一往叹顽痴。

可怜宛转哀鸣际，却是横飞血肉时。

家破人亡堪恸哭，今人宁遣后人悲。

中秋癸丑梁平

中秋几见月婵娟，冷雨凄风剑外天。

百岁流光真梦幻，一灯照影忆播迁。

生涯有尽人安计，消息无凭雁浪传。

寂寂荒山谁共醉，三逢此夕滞东川。

---

①整理者注：此诗为未定稿，原无标题，估计作于1973年8月16日，时凌道新在梁平，听闻同事、劳改队队员西师生物系教授汪正琯在北碚西师被人用扁担连击头颅而亡。

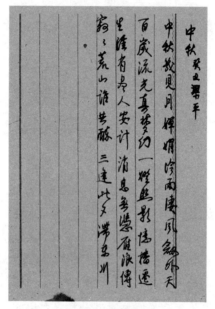

1973年，凌道新手迹

附：曹慕樊[1]诗二首

呈凌公

一部文史休回顾，文人多被诗书误。

满纸幽怨屈原辞，血光长照太史书。

李白高歌夜郎去，晚世凄凉杜工部。

---

[1] 曹慕樊（1911—1993），四川泸州人，字莫凡，号迟庵。1943年毕业于金陵大学，曾任梁漱溟创办的北碚勉仁文学院副教授，1953年调西南师范学院任图书馆副馆长，1955年调中文系，1957年被划为右派，1980年改正。1987年任西南师范大学汉语言文献研究所教授及古代文学研究室主任，讲授杜甫研究、苏轼研究、韩愈研究等课程，主要著作有《杜诗杂说》《杜诗杂说续编》《杜诗选注》。

君不见山中木直遭砍伐，为人善良命独苦。

又不闻处世德高而毁来，古往今来皆一律。

想君胸藏珠万斛，融合中西名声著。

未惜半世萤窗下，无数功夫化为土！

惟恨多愁多病身，十五年中陷囹圄。

抛妻别子隔尘寰，银汉鹤桥几时度？

芰荷逢旱忧早萎，天人有眼在何处？

若将身世谱一曲，声声动彻关山路。

世难容，命也夫？

条条大道接云端，苦尽甘来君自出。

可喜青山容颜在，谁知未得鬼神护？

应许梁山葵叶树，子满枝时叶尚绿。

迟庵
壬子年冬至后六日

奉和道新兄中秋夜雨感怀之作敬乞指政

虚传韩叟中秋句，韩有八月十五夜古诗，有"一年明月今宵多"之句。无奈苏髯绝代歌水调歌头。

壮岁情怀如梦杳，暮年心事此宵多。

药炉病榻头催白，风雨荒原客养疴。

入手新诗潘杜亚，潘岳秋兴赋。赋古诗之流，故云诗。冷灰残烛动吟哦。

迟庵未是草
癸丑秋

译诗一首

来迟①

（英）克里斯蒂娜·罗塞蒂

凌道新译

寻芳只博来迟悔，迢递蹉跎竟失期。

怨鸟单栖空遗恨，小姑独处死堪悲。

思君赢得痴心苦，待尽平生未展眉。

弹指流光逐逝波，华年颜色竟如何。

冰泉初泻花初发，破雪南风袅袅过。

莫凭身后问容光，曾是珊瑚在玉堂。

密卷螺云金靥额，论来倾国拟天香。

可怜今日花冠素，覆面轻纱掩恨长。

千古冤魂消不得，一生心事总凄凉。

---

①整理者注：此诗译于1946年6月。译稿经吴宓先生批改。克里斯蒂娜·乔治娜·罗塞蒂（Christina Georgina Rossetti, 1830—1894），英国"拉斐尔前派"杰出女诗人，其诗明净清丽，音韵和谐，感情细腻，哀婉动人。吴宓先生对克里斯蒂娜·罗塞蒂评价极高，称之为自己追慕的三位最伟大的诗人之一，"罗色蒂女士纯洁敏慧，多情善感。以生涯境遇之推迁，遂渐移其人间之爱而为天帝之爱。笃信宗教，企向至美至真至善。大西洋文明之真精神，在其积极之理想主义。盖和柏拉图之知与耶稣基督之行而一之。此诚为人知正鹄，亦即作诗之极诣矣"。凌道新英译《来迟》节选自克里斯蒂娜·罗塞蒂的代表作之一、长篇叙事诗《王子的历程》（*The Prince's Progress*）的最后六个诗节，通常以《新娘之歌》（*Bride Song*）为标题单独收入一些英美出版的诗集中。

未轻一粲未轻嚬，锦缛龙须梦觉频。
不择绮罗霜蛾敛，银丝行见上云鬓。

珠落玉盘次第匀，凌波翠袖自天真。
一生慢结无穷恨，断肠何曾见好因。

君应昨日哭，病榻息犹存。
不须今日泪，死别已声吞。
即敛如丝泪，与彼着花冠。
任取素色花，还君红蔷薇。
招魂折此花，当知不为君。

附：英文原诗（节）

Christina Georgina Rossetti

Bride Song

From *The Prince's Progress*

Too late for love, too late for joy,
   Too late, too late!
You loiter'd on the road too long,
   You trifled at the gate:
The enchanted dove upon her branch
   Died without a mate;
The enchanted princess in her tower

Slept, died, behind the grate;
Her heart was starving all this while
You made it wait.

Ten years ago, five years ago,
   One year ago,
Even then you had arrived in time,
   Though somewhat slow;
Then you had known her living face
   Which now you cannot know:
The frozen fountain would have leap'd,
   The buds gone on to blow,
The warm south wind would have awaked
   To melt the snow.

Is she fair now as she lies?
   Once she was fair;
Meet queen for any kingly king,
   With gold-dust on her hair.
Now there are poppies in her locks,
   White poppies she must wear;
Must wear a veil to shroud her face
   And the want graven there:
Or is the hunger fed at length,
   Cast off the care?

We never saw her with a smile

    Or with a frown;

Her bed seem'd never soft to her,

    Though toss'd of down;

She little heeded what she wore,

    Kirtle, or wreath, or gown;

We think her white brows often ached

    Beneath her crown,

Till silvery hairs show'd in her locks

    That used to be so brown.

We never heard her speak in haste:

    Her tones were sweet,

And modulated just so much

    As it was meet:

Her heart sat silent through the noise

    And concourse of the street.

There was no hurry in her hands,

    No hurry in her feet;

There was no bliss drew nigh to her,

    That she might run to greet.

You should have wept her yesterday,

    Wasting upon her bed:

But wherefore should you weep to-day

That she is dead?

Lo, we who love weep not to-day,

But crown her royal head.

Let be these poppies that we strew,

Your roses are too red:

Let be these poppies, not for you

Cut down and spread.

（1860—1866）

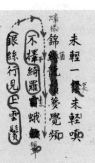
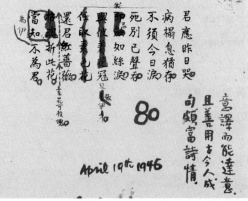

1946年，凌道新译诗、吴宓批改手迹

四、《真珠船》
锦册诸家题诗

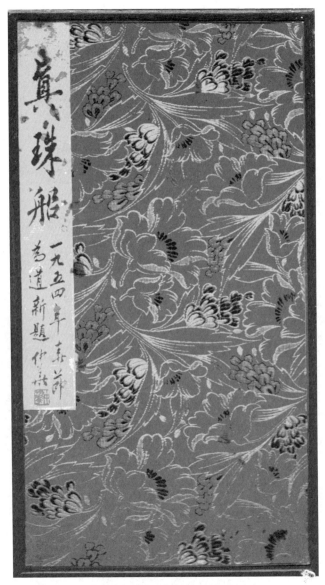

华西协合大学梁仲华教授题字手迹

吴宓题诗

浅草平场广陌通,小渠高柳思无
穷。雷奔乍过浮香雾,电笑微闻送
晚风。酒困不妨胡舞乱,花娇弥觉汉
妆浓。谁知万国同欢地,却在山河破
碎中。

右录陈寅恪兄1945夏日所作华西坝诗,为
道新仁弟留念。时吾三人皆在成都燕京大学。
1966四月十三日 吴宓

宓七十生日,诸友上寿贺诗词,道新所作二律,最佳,惜与不合时情意,今呈道新书写,识语入册如寒斋之主人陪客云尔。

1966年,吴宓手迹

浅草平场广陌通，小渠高柳思无穷。

雷奔乍过浮香雾，电笑微闻送晚风。

酒困不妨胡舞乱，花娇弥觉汉妆浓。

谁知万国同欢地，却在山河破碎中。

右录陈寅恪兄1954年夏日所作华西坝诗为道新仁弟留念

时吾三人皆在成都燕京大学

1966四月十三日

吴宓

宓七十生日，诸友生祝贺诗词，道新所作二律最佳，馀皆不合宓之情意。今望道新亦书写该诗入册，如宴席之主人陪客云尔。

叶麐[①]题诗

叶麐手迹

──────────────

①叶麐（1893—1977），字石荪，四川古蔺人，教育家，诗人。1921年毕业于北京大学哲学系。1929年获法国里昂大学文学博士学位。1930年回国，历任清华大学、山东大学、四川大学、武汉大学教授。1945年至1950年任四川大学教务长、代理校长。1952年院系调整后，任西南师范学院教育系教授，1958年被划为右派，1980改正。

疏影

千山过尽，有翠岩矗立，孤涧深隐。泚水潺潺，穿越林荫，声声落耳清润。疏香寂寞浮空际，却付与，微风遥引。曲径旁，碧草茸茸，一石挺生如笋。

石下苍苔染遍，楚兰拂动处，花蕊娇困。暗逐香魂，高下随伊，休管飘零远近。今来古往无涯涘，不必辨，永恒一瞬。待片时，重觅归途，物我人天俱泯。

道新诗人匡谬　叶麈

缪钺题诗

偕友游湘山寺

兼旬不出过花时，能写深怀赖有诗。
奇籍常思千遍读，寻芳已负隔年期。
无僧古寺兵为主，小憩幽阑影自移。
怅望馨华阻江水，难教双眼醒春疲。

夜读

少时仑兴亲书卷，如向深山踽踽行。
触眼峰峦乱稠叠，回头脉络尽分明。
九原随会犹能作，并世扬云敢互轻？
后世视今今视昔，夜灯下笔悟平生。

夏夜望月有寄

不为经秋月始明，悠然天宇见高清。

每因婉娈思前语，难据晴阴断此生。

善保池荷当日志，渐轻风叶世间名。

怀人未惮宵深坐，邻树栖乌已数惊。

一九五三年夏，道新先生自渝来蓉，樽酒谦谈，得慰契阔，秋风生凉，又将东返，爰录旧作三首，以为别后相思之资。近数年来，久未学书，颇惭笔划之拙劣也。

缪钺

道新先生颇喜余倚声之作，因再补录两首。　钺又记

望远行

曾与瑶姬共惜春，仙路倏相分。金栏私语俯流云，此境最宜君。

天上事，渺难期。人间花月频移。七星明灭寄遐思，霜冷夜深独登梯。今日见颜色，仿佛彩云飞。

眼儿媚

轻云缥缈落神光，离合乍阴阳。凌波欲去，长吟无那，水佩风裳。

谁将奇镜留仙影，永寄此心长。不须重问，人间几度，沧海生桑。

一九五三年夏

道新先生自渝来蓉 樽酒谈谈得此

契润状风生涤 又物东遊 发录旧作

三首以为别後 揽思之资匹羌年

来久未学书频惭 笔拙之拙劳

也　　缪钺

道新先生频寿 余偹觥之作用再补录
两首

地逃行
　　　　钱又恺

曹与缪姬共惜春仙 附倩松今金阑私语
倚流云此境最宜君 天上事瞅别期人
闲花月頭杪七乏吧减雪 遊戶霜冷夜
深狗空梯今日见颜色 罸韩剿雲飛

眼光媚
耕雲儒傲茂神先雜 会乍陰陽凌波欲去良吟会
那水佩风裳 谁將寿倭绍仙影永宇此心良不
浪幸问人淍榮 賣滄海生桑

攜友游湘山寺

蕭閒不出遠花時，性僻深懷賴有詩
寺籍常思千遍讀，名芳已負□閒
香朋覓僧古寺兵為之小憩此間
影白物性斗馨蕭陽江水瀉澒雙
昭醒春疲

夜讀

少時佇興親書卷，似向深山嶠之行舸
眼睿窗寒冏疊回頭脈傳卷不眠
九原值令摘能作亞世揚雲敬互
輕後世視今視昔夜燈六筆懽
平生

夏秋玲月有雲
不因便秋月始明似世天宇見高

1953年，缪钺手迹

黄稚荃题诗

空航旧作

人间无地瘗深忧，好借天风作远游。
不用临睨悲故国，何须浩荡怨灵修。

云路高平四面通，圜方一气望溟蒙。
六龙驭日天门启，万里黄金镀太空。

广寒高处冷难胜，身在诸天第几层。
下视行云觅神女，迷漫烟霭盖黄陵。

俯首千岩万壑颠，奇观应胜太华莲。
群峰尽处吟眸豁，七泽三湘认楚天。

眼底河山是故疆，十年戡敌剩悲凉。
鬼雄壮烈人能说，一角残阳指马当。

白下秋风百事非，钟山无恙认依稀。
重来那有收京赋，肠断人间丁令威。

居近中山陵音乐台

白玉回环千柱廊，绕廊千树玉兰香。
瑶台月夜诸仙集，清乐飘来自上方。

孝陵樱花

看来如雪复如云，蓬岛仙株海外分。
三月孝陵陵畔路，萦徊天地太氤氲。

泸县逆旅赠少荃

邮亭执手惊逢处，相送回车共转程。
银烛五更窗底话，露车三日雨中行。
危言栋折侨将压，小雅河湄乱又生。
如此江山分手去，莫因暝晦阻鸡鸣。

叠潭秋微字韵

日日江楼坐翠微，多君珍重叩荆扉。
休言隔岁花城事，不及西风候雁归。
举足未工馀子步，此心早息汉阴机。
试看洪流催白日，何用凄惶咏绿衣。

冒鹤老海上书来询问近状

失计江湖早作归，归来难采故山薇。
春回歇浦三年别，病卧衡门百事非。
天禄图书人早散，淮园杯斝梦多违。
暮云不掩江天树，消息东来欲奋飞。

甲午春分雨僧教授来慈溪招宴同人

水村山郭画中诗，伐木丁丁日正迟。
命驾方思嵇叔夜，驱车真见郑当时。

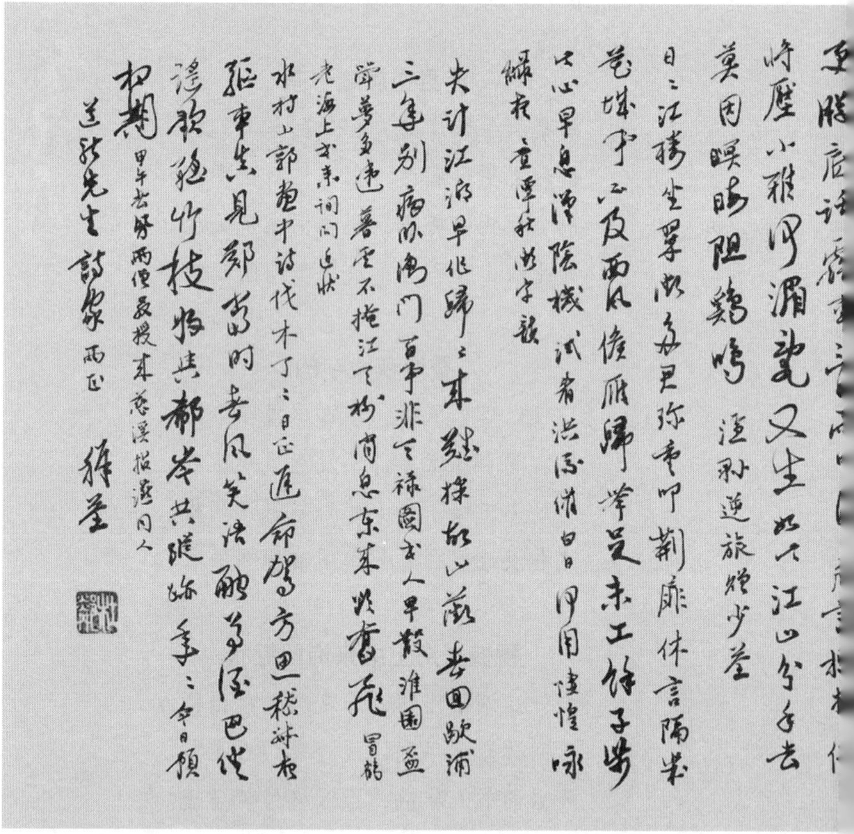

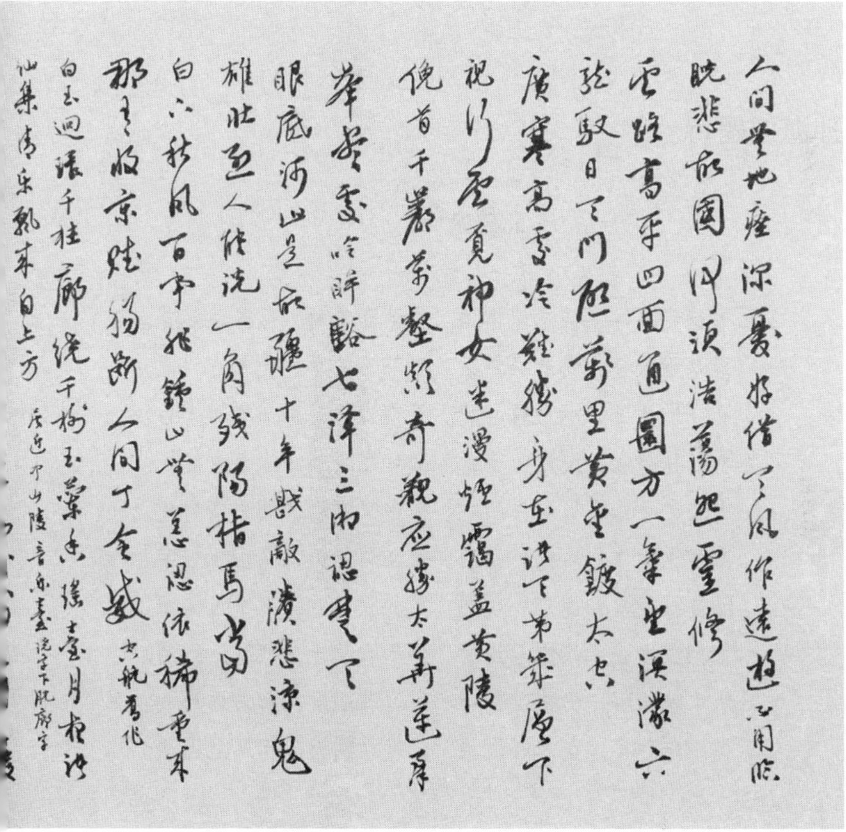

黄稚荃手迹

春风笑语融尊酒，巴俗谣歌听竹枝。

好与郗岑共踪迹，年年今日预相期。

道新先生诗家两正
穋荃

孙海波题诗

北碚杂诗

其一　论诗

写诗贵真实，最忌庸俗语。生活即素材，巨匠运斤斧。

落笔干天精，钧音振钟鼓。力扫千人军，止暴方为武。

巧夺造化工，呕血镂肺腑。星宿森光芒，清皦耀千古。

初月挂林端，绮霞收骤雨。又如寒蛩吟，哀怨兼媚妩。

大雅久不作，群黎失所主。蜀道叹艰难，间关多豺虎。

燕雀纵横飞，矫鹤正垂羽。长江涌汹涛，深山唬杜宇。

缅怀杜陵人，遨翔卧瑶圃。神尻驭碧空，高情谁俦伍。

郁郁少岷山，悠悠合川浒。年年春草生，寒绿泛潋浦。

水木映清辉，禽响乱孤屿。习习凉飙发，归鸟远可数。

挥手暗吞声，久客感羁旅。云岚半明灭，因风立洲渚。

其二　晚步

少岷何屡巘，疏凿窥禹迹。渝水汇三江，江流自今昔。

我欲游太虚，苍茫暮潮白。冥冥飞鸟没，孤帆照落日。

远眺烟景昏，枯松歌危壁。峰峦无定形，上有虎豹宅。

山鬼啸悲风，陵谷转萧索。寒蛩响夜露，幽花纷如积。

缓缓初月升，明河挂半席。捣练谁家女，溪边浣白石。
顾盼意态殊，容华荡精魄。绿竹映清漪，白石萦藓碧。
年年春复秋，深闺老颜色。色衰诚可哀，彼姝应自惜。
前进欲通辞，无语空脉脉。愁对枫林青，憔悴山中客。
林壑不可托，搔首长叹息。穿云采紫英，把此共今夕。

五四年夏于北碚　强著书斋主人

予来重庆三载，与道新同学共讲舍且二年，朝夕过从甚欢。今予将有河洛之游，曾为五言二十首纪别。北碚道新博学多闻，吾党之彦，予岂能无一言？尝推江淹"日暮碧云合，佳人殊未来"诗意，为短言以赠之，新公弗善也。今不录。别录近体四首留别。

淼淼嘉陵水，苍茫接楚州。猿啼千嶂转，月澹一川流。
乱树堆黄橘，荒村易白头。忽闻钟梵响，遥望不胜愁。

结屋东阳峡，栖迟此授经。他年一相忆，指点数峰青。
雾苦潮连树，宵寒月在庭。忧思长不寐，搔首望晨星。

去住江村路，发衰渐似翁。生涯愁病酒，时序雨兼风。
潮浸深草没，林近乱峰通。且作归乡计，老夫兴欲东。

世路叹悠悠，浮生半黑头。春风芳草怨，暮雨美人愁。
水石长如此，先生自不留。都将身外事，一笑付东流。似

道新同学弟郅正
孙海波未是草

· 87 ·

五四年夏於北碚遇著書辭主人
于承重慶工載与道新同學共讀倉且二
年朝夕過從甚歡今于將有河洛之遊曾為
五言二十首紀別北碚道新博學多聞吾黨之
彥于堂能無一言雲雖江漢日暮碧雲合佳
人漂未詩意為狂言曰贈之　新公亦善也
今不錄別錄道體四首留別

淼淼嘉陵水蒼茫後楚州綠帶千峰時月
澄一川溫氣樹維黃橘貫村易白頭忽聞
鐘篦聲遠望不勝愁

結屋東陽岥徙遠此後往他年一相憶悄然
歊岒青露苦湖連樹宵寒月在庭憂思長不
寐拾首望晨主

去住江邗路甚哀漸似翁生涯慈病頌時序
而景風湖沒深草沒林道亂峰通且作鄉鄉
計老夫興欲東

世路笑悠悠浮生丰黑頭春風芳草恩著而
美人慈水石長如此先生自不留都將月外
事一笑付東流　　似

道新同學弟郢正　　　　　孫海波未是草

· 88 ·

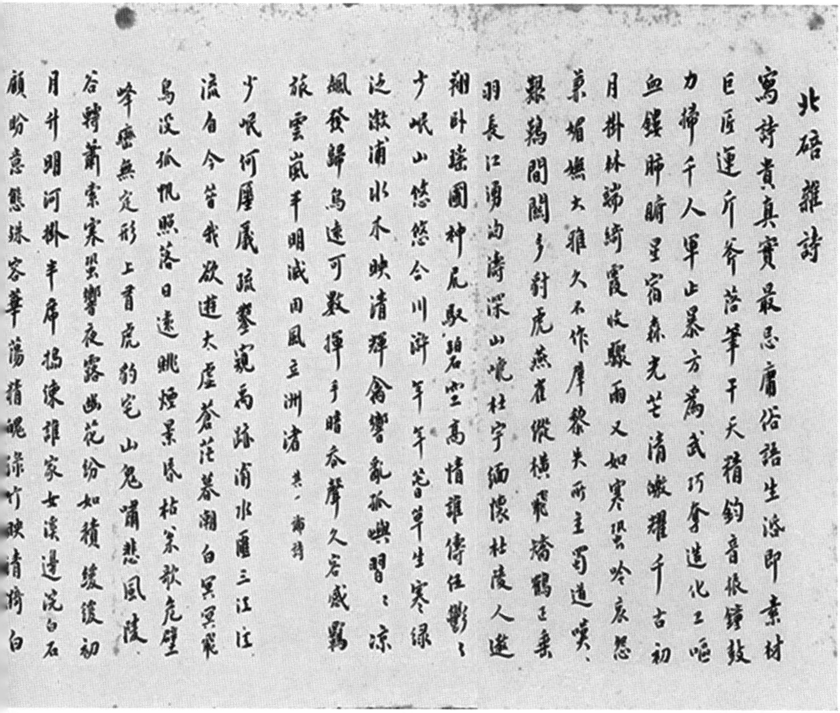

孙海波手迹

董季安[①]题诗

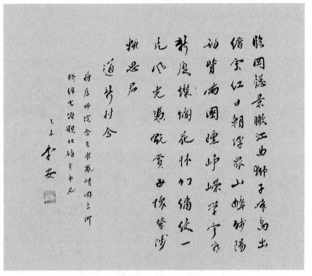

1955年，董季安手迹

道新村舍

临冈窗景瞰江曲，狮子峰高出缙云。

红日朝浮众山醉，残阳初背满园曛。

峥嵘学宇看新厦，灿烂花林幻绣纹。

一片风光凭玩赏，每怀登陟辄思君。

时居师院舍在水岚岈岗上仰睎缙云俯观北碚全市也

乙未季安

---

①董季安（1898—1960），重庆巴县人。日本明治大学政治经济科毕业，曾任巴县中学、重庆联中教员，重庆大学、四川省立教育学院、国立女子师范学院中文系教授。1950年任西南师范学院中文系教授，讲授历代韵文选、传记文选。1957年1月调任西南民族学院中文系教授。

周汝昌题诗①

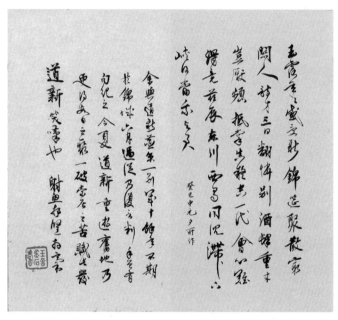

1953年，周汝昌手迹

五、《密勒氏评论报》
（*Millard's Review*）时评四篇①

---

①中文为整理者所译，仅供参考。

1. Chengtu Rice Riots

To The Editor:

Since the CNC$10,000 notes were released a few days ago, commodity prices have sky-rocketed. Chengtu has always held the cheapest cost of living record among the principal cities of China, yet the terrific inflationary trend has not spared this city. For instance, the price of rice was CNC$170.000 for a double tan (i.e. double the amount of one tan in Shanghai) on May 5, but on May 6 it had risen to CNC$250,000. This was a tragedy.

On the morning of May 5, at the Fu Hsin public rice market outside of the new South Gate, a quarrel broke out between an old woman and a rice dealer, after the latter insisted on the price of $25,000 per tou despite the offer of $20,000. A number of poor people showed sympathy with the old woman and the furious crowd began to riot. More and more people joined in until the whole rice market had been ransacked and the rice and meat shops in the south suburb were all-looted by thousands of hungry people.

Similar robberies occurred at the East, North and West Gates. Rice shops and godowns of the banks, in which considerable amounts of rice were stored waiting for even higher prices, were cleared except some which were very strongly constructed. The total loss was estimated at over 300 double tans.

During the tumult, which lasted from nine in the morning until five in the evening, the garrison forces and the police failed completely to control the situation. At seven o'clock in the evening, two men belonging to a photo-studio near the Fu Hsin rice market, who had taken snapshots of the riotings, were executed near the scene where the tumult had started. The bodies were, by order, exposed for the night at the new South Gate. The charges preferred against them by the Pacification Headquarters were that these two men had planned and directed the looting while taking pictures, thus violating a public order. Another was executed on the morning of May 6.

Since the night of May 5, martial law has been enforced in Chengtu and curfew from 10:00 p.m. until 6:00 a.m. is enforced. More arrests are being made, and the garrison commander has been appointed as provost marshal concurrently, empowered to dissolve gatherings and censor new, ordinary letters and cables as he considers necessary. Travelers entering and leaving Chengtu are searched. It was reported in the *Chung Yang Jih Pao* that the authorities are planning to replace all losses to those who were robbed.

What happened in Chengtu has many parallels in Chinese history. The Huang Chin (yellow scarves) of the Han Dynasty and some others were all cases of the poor masses' rebellion against bad government and a shortage of food. The Chinese people, after thousands of years of monarchic rule and the recent more than 20 years of "tutelage government" by the KMT, have become tame.

It is only when they are deprived of their last means of

subsistence that they are driven to extremes. Of course, the Chengtu authorities are still hotly searching for more unlucky people who are suspected of being involved. But the only fundamental way to solve the problem which is seriously confronting the whole of China is to keep the people free from starvation.

LING TAO-HSIN
Chengtu, Szechuan
May 7, 1947

译文：

成都大米暴动

编者：

　　自从几天前发行一万元法币纸币以来，大宗商品价格飙升。在中国主要城市中，成都一直保持着最低生活成本的纪录，但可怕的通货膨胀趋势并没有让这座城市幸免。例如，五月五日，大米价格为每两石①十七万法币（即每石价格为上海之两倍），但五月六日，价格已升至二十五万法币。这是一场悲剧。

　　五月五日上午，在新南门外的复兴公共大米市场，一位老妇人和一位米商发生了争吵，米商不顾二万法币的报价，坚持

————————

　　①整理者注：民国时期粮食度量不按重量，按容积升斗，十升是一斗，十斗是一石（音dàn），双石就是两石，二十斗。

THE CHINA WEEKLY REVIEW

報 論 評 氏 勒 密

A Weekly Newspaper Established In 1917

May 24, 1947

INDEPENDENT COURTS

AN EDITORIAL

Tragedy Of Liberalism In China

By C. Y. W. Meng

Living Skeletons

By Isabella Mong, B. Litt.

Taming The Bore And Chientang

By Dick Wilson

CRYING FOR PEACE

AN EDITORIAL

VOLUME 105   PRICE CNC$3,000   NUMBER 13

The China Weekly Review, May 24, 1947

LETTERS
From The People

Comments from readers on current topics are cordially invited: their opinions, however, do not necessarily represent the views of The China Weekly Review.

Chengtu Rice Riots

To The Editor:

Since the CNC$10,000 notes were released a few days ago, commodity prices have sky-rocketed. Chengtu has always held the cheapest cost of living record among the principal cities of China, yet the terrific inflationary trend has not spared this city. For instance, the price of rice was CNC$170,000 for a double tan (i.e. double the amount of one tan in Shanghai) on May 5, but on May 6 it had risen to CNC$250,000. This was a tragedy.

On the morning of May 5, at the Fu Hsin public rice market outside of the new South Gate, a quarrel broke out between an old woman and a rice dealer, after the latter insisted on the price of $25,000 per tou despite the offer of $20,000. A number of poor people showed sympathy with the old woman and the furious crowd began to riot. More and more people joined in until the whole rice market had been ransacked and the rice and meat shops in the south suburb were all looted by thousands of hungry people.

Similar robberies occurred at the East, North and West Gates. Rice shops and godowns of the banks, in which considerable amounts of rice were stored waiting for even higher prices, were cleared except some which were very strongly constructed. The total loss was estimated at over 300 double tans.

During the tumult, which lasted from nine in the morning until five in the evening, the garrison forces and the police failed completely to control the situation. At seven o'clock in the evening, two men belonging to a photo-studio near the Fu Hsin rice market, who had taken snapshots of the riotings, were executed near the scene where the tumult had started. Their bodies were, by order, exposed for the night at the new South Gate. The charges preferred against them by the Pacification Headquarters were that these two men had planned and directed the looting while taking pictures, thus violating a public order. Another was executed on the morning of May 6.

Since the night of May 5, martial law has been enforced in Chengtu and curfew from 10:00 p.m. until 6:00 a.m. is enforced. More arrests are being made, and the garrison commander has been appointed as provost marshal concurrently, empowered to dissolve gatherings and censor news, ordinary letters and cables as he considers necessary. Travelers entering and leaving Chengtu are searched. It was reported in the Chung Yang Jih Pao that the authorities are planning to replace all losses to those who were robbed.

What happened in Chengtu has many parallels in China history. The Huang Chin (yellow scarves) of the Han Dynasty and some others were all cases of the poor masses' rebellion against bad government and a shortage of food. The Chinese people, after thousands of years of monarchic rule and the recent more than 20 years of "tutelage government" by the KMT, have become tame.

It is only when they are deprived of their last means of subsistence that they are driven to extreme. Of course, the Chengtu authorities are still hotly searching for more unlucky people who are suspected of being involved. But the only fundamental way to solve the problem which is seriously confronting the whole of China is to keep the people free from starvation.

LING TAO-HSIN.

Chengtu, Szechuen,
May 7, 1947.

THE CHINA WEEKLY REVIEW

J. B. Powell
(Editor & Publisher, 1918-1947)

John W. Powell, Editor & Publisher

Assistant Editors
Elizabeth Purcell
Urii Sdobnikov
Fang Fu-an, Financial Editor
Contributing Editors
Lin Wo-chiang
Charles J. Canning J.
C. Y. W. Meng
Edward Rohrbough
Ben Y. Lee
Leo Hsin
J. R. Kalm
Frank L. Tsao
Teng Yu-hao, Ph. D.
Shen Chien-tu
James L. Stewart

Correspondents
Wang Dtsong-yen — Canton
Tong Chun-cho — Chengtu
Duncan Lee — Honan
Mark M. Lu — Kaifeng
Peter S. W. Wang — Kunming
S. E. Shifrin — Tientsin
Anna Ginsbourg — Hongkong
C. Y. Hsieh — London
Joseph P. Lyford — New York
Jacques Decaux — Paris
Ngiam Tong Fatt — Singapore
Hugh Deane — Tokyo

A. L. Meyer, General Manager
F. K. Chao, Business Manager   Chen Pang-cheng, Circulation Manager

Index for May 24, 1947

PUBLISHED AT 160 CHUNG CHENG ROAD (EASTERN), SHANGHAI, CHINA, BY MILLARD PUBLISHING COMPANY, INCORPORATED UNDER THE LAWS OF THE STATE OF DELAWARE, U.S.A. REGISTERED AT THE CHINESE POST OFFICE AS A NEWSPAPER FOR TRANSMISSION WITH SPECIAL MAILS PRIVILEGES IN CHINA.

Contents of previous issues of The China Weekly Review may be found in the "International Index of Periodicals," copies of which are on file in most standard libraries.

All editorials, text and other material in the weekly issues of the China Weekly Review is copyrighted under certificate of registration 警 No. 9953 issued by the Ministry of Interior of the National Government of the Republic of China.

THE CHINA WEEKLY REVIEW

160 Chung Cheng Road (E.)
Cable Address: "Reviewing"
SHANGHAI Tel. 14772
SUBSCRIPTION RATES:

	3 mos.	6 mos.	1 year
	CNC$	CNC$	CNC$
Shanghai & China			
Outports	35,000	70,000	140,000
China Outports (airmail)	45,000	90,000	180,000
Hongkong (ord. mail)	40,000	80,000	160,000
Hongkong (airmail)	50,000	100,000	200,000
U.S.A. & other foreign countries	— US$5.00	US$9.00	

《成都大米暴动》（Chengtu Rice Riots）（1947年5月24日《密勒氏评论报》）

要价二万五千法币一斗。许多穷人对这位老妇人表示同情。愤怒的人群开始暴动，越来越多的人加入进来，直到整个米市被抢劫一空，南郊的米店和肉店也被数千名饥民洗劫一空。

类似的抢劫也发生在东门、北门和西门。米店与一些银行的仓库中囤积了大量大米，等待更高的价格出售。除了一些建造非常坚固的仓库外，其它仓库的大米都被洗劫一空，全部损失估计超过三百双石大米。

在从早上九点持续到晚上五点的骚乱中，当地军警完全没能控制住局势。晚上七点，复兴大米市场附近一家照相馆的两名男子，因为拍下暴乱照片，在暴乱发生的现场附近被处决。根据命令，两人的尸体整夜暴露于新南门。平乱总部倾向指控两人在拍照时，策划并指挥了抢劫，因而违反了公共秩序。另有一人于五月六日上午被处决。

从五月五日晚上开始，成都实行戒严，从晚上十点到早上六点强制实行宵禁。目前正在逮捕更多的人。驻军指挥官同时被任命为宪兵司令，有权在其认为必要时解散集会，并对新的普通信件和电报进行审查。现在凡进出成都的旅客都会被盘查。据《中央日报》报道，当局正计划补偿被抢劫者的所有损失。

成都发生的事件在中国历史上有很多类似的事例。汉朝的黄巾起义（黄巾）等都是贫苦民众反抗恶政和粮食匮乏的例子。经过几千年的君主统治和国民党近二十多年的"政府监控"，中国人民已经变得驯服了。

民众只有当他们被剥夺了最后的生存手段时，才会走向极端。当然，成都当局仍在紧锣密鼓地搜查更多涉嫌参与此事的不幸人士。但是，解决整个中国所面临严重问题的唯一途径是让人民免于饥饿。

凌道新

1947年5月7日

四川成都

2. Secret Weapon

To The Editor:

I am a teacher in a middle school in Chengtu. Yesterday morning, when I went to my class, I found some students absent from the room. I asked the others why they were absent and where they went, and was told these boys, being members of the San Min Chu I Youth Corps, were going to their headquarters for some meeting.

Every month these boys are entertained with feasts and movies and are given some money by their heads. Their work is to spy on the other students' "different party" behavior and thoughts. They have to hand in reports to their headquarters every month and are allowed to be absent from school on "official duties." Of course a number of them take more interest in the entertainments and money than in their work.

It is such an astonishing story to me. These boys are scarcely above the age of nineteen. What demoralization the Government has been doing! What harm the Government has done to the pure and innocent hearts of the boys who should live fraternally together.

Anyone can easily remember that the leaders of the KMT have declared more than once the withdrawal of their party and corps from the educational institutes. I first heard of it when I was a student in a university some years ago. Yet the party and corps are still in existence in all the universities and schools of the country. The government leaders have never made good their words. Such a phenomenon is a disgrace to both the KMT on one hand and the schools on the other. Students should not be used as a secret weapon in the Civil War.

L. T. H.

Chengtu, Szechuan

September 30, 1947

译文：

秘密武器

编辑：

我是成都一所中学的教师。昨天早上，当我去上课时，我发现教室里有一些学生缺席。我问其他学生，他们为什么缺席？去哪里了？结果被告知这些男孩是三民主义青年团的成员，要去他们总部开会。

每个月，这些男孩都会享用美餐和观赏电影，并从他们的头头那里领取一些赏钱。他们的工作是监视其他学生的"异党"行为和思想。他们必须每月向总部提交报告，并允许因

THE CHINA WEEKLY REVIEW

報 論 評 氏 勒 密

A Weekly Newspaper Established in 1917

October 18, 1947

RESULTS OF INFLATION

AN EDITORIAL

Student Movement In Past Year

Frank L. Tsao

Austerity & The Customs

Mei Huan-Tsao

Whither Sino-British Relations?

C. Y. W. Meng

CENSORSHIP AGAIN?

AN EDITORIAL

VOLUME 107   CNC$10,000   NUMBER 7

our spirit of effective solidarity with the Soviet Union, and make learning from the Soviet Union our highest principle. We must squarely face the Chinese national crisis created by the American imperialists and Chinese reactionaries. We must constantly remind ourselves of the calamity, which has befallen us. We must strengthen the union of the people in the Kwantung area and extend the productive capacity in the Kwantung area. Furthermore, we must make the greatest effort to build a democratic new Dairen and fortify the friendly relations between China and the Soviet Union. We must be ready to welcome the coming of the people's victory and bright future.

Secret Weapon

To The Editor:

I am a teacher in a middle school in Chengtu. Yesterday morning, when I went to my class, I found some students absent from the room. I asked the others why they were absent and where they went, and was told these boys, being members of the San Min Chu I Youth Corps, were going to their headquarters for some meeting.

Every month these boys are entertained with feasts and movies and are given some money by their heads. Their work is to spy on the other students' "different party" behavior and thoughts. They have to hand in reports to their headquarters every month and are allowed to be absent from school on "official duties." Of course a number of them take more interest in the entertainments and money than in their work.

It is such an astonishing story to me. These boys are scarcely above the age of nineteen. What demoralization the Government has been doing! What harm the Government has done to the pure and innocent hearts of the boys! There is betrayal among the boys who should live fraternally together.

Anyone can easily remember that the leaders of the KMT have declared more than once the withdrawal of their party and corps from the educational institutes. I first heard of it when I was a student in a university some years ago. Yet the party and corps are still in existence in all the universities and schools of the country. The government leaders have never made good their words. Such a phenomenon is a disgrace to both the KMT on one hand and the schools on the other. Students should not be used as a secret weapon in the Civil War.

　　　　　　　　　　　　　　L. T. H.

Chengtu, Szechuen,
September 30, 1947.

Take It Easy!

To The Editor:

I am completely shocked to find a Mr. S. L. H. of Shanghai clamoring for GIs to be sent to China in his letter appearing in the September 20 issue of your *Review*.

Why? Because he could not hear the "wait and see" policy of Uncle Sam and thus proposed that "The US government should land armed forces in all government occupied areas (meaning the whole of China proper except the Red areas?) as soon as possible, to arrest all those reactionary and bureaucratic officials, and allow the liberal energetic and patriotic elements to rise up." So far so good. Then, firmly, he concluded as a historian: "History will prove that this is the greatest and most beneficial action." By Jove, if history could speak, she would complain that she has been greatly wronged.

Take Japan for example. Has not the US government landed armed forces in all the Japanese government occupied areas with the intention of reorganizing

《秘密武器》(*Secret Weapons*)(1947年10月18日《密勒氏评论报》)

"公务"缺课。当然，其中一些人对娱乐和金钱比对他们的学习更感兴趣。

这对我来说是个惊人的故事。这些男孩的年龄几乎不超过十九岁。政府这是何等的败坏道德！这些孩子本应如兄弟般在一起生活，政府的行径对他们纯洁无邪的心灵造成了多么巨大的伤害！

任何人都不难记得，国民党领导人不止一次地宣布其政党和政治团体从教育机构退出。几年前，当我第一次听说时，我还是一名大学生。然而，其党团组织至今仍然存在于全国所有的大学和中学，政府领导人从未兑现其诺言。这种现象既是国民党的耻辱，也是学校的耻辱。学生不应该被用作内战的秘密武器。

凌道新

1947年9月30日

四川成都

3. Intellectual Victims

To The Editor:

Following the Government's dissolution of the Democratic League, the intellectuals in Chengtu faced another persecution on November 6. The Lienying Book Store was closed on no pretext. Its manager and two salesmen were arrested; the managers of some other book stores including Ching-o, Kaiming and Chungnan book stores, were all put in some secret places. Nobody knows where these men are confined and when they will appear again.

The Lienying book store was established by some contemporary writers and had served as an agent of many publishers, such as Life book store, Yichun publishing corporation, Hsinchih book store, etc.

The Chungnan book store was selling foreign magazines ranging from Henry Luce's *Life*, *Time* and *Fortune* to Henry Wallace's *New Republic*. Its manager who had conducted a second-hand goods business before had amassed a small fortune. Now his family has not the slightest idea of where and when he was held up. He just suddenly disappeared like most of the people who disappear mysteriously in this country.

The victims of such drastic measure of the Government are not only these who have disappeared but also those who are anxious to know things by reading the books in those persecuted stores — because they cannot afford to buy the books as they wish. From now on, they can only read government censored material. It is unthinkable that we should have all our thoughts absolutely stereotyped.

I remember Dr. Wang Shih-chieh, Nanking's Foreign Minister, when negotiating for the US loan in Washington, told the Americans that China now has more freedom of speech. What will he think should he hear what just happened in Chengtu — such a slap in his face. Meantime, this is the kind of government, only interested in persecuting the country's intellectuals and smothering public opinion, President Truman and General Marshall are willing to give aid to.

The rumor of more substantial US aid like the military staff officers, etc., is again prevalent. I hope the US people who are really paying for what Washington is giving to the government will take a look at the real situation and consider a little what good their money is doing for the suffering Chinese people.

I am neither a Communist nor a Democratic Leaguer. I just say what I feel and tell the people what has happened in Chengtu about which none of the Chinese papers has mentioned a single word.

L.T.H.

Chengtu, Szechuan

November 19, 1947

译文：

知识分子受害者

编辑：

十一月六日，随着政府解散民盟，成都知识分子再次面临迫害，联营书店被无故关闭。其经理和两名店员被捕；Ching-o 书店、开明书店、中南书店等一些书店经理，都被关押在一些秘密地方。没有人知道彼等何时被关押，何时才能获释。

联营书店由一些当代作家创办，曾代理生活书店、Yichun 出版社、新知书店等多家出版社。

中南书店销售外国杂志，从亨利·卢斯的《生活》、《时

THE CHINA WEEKLY REVIEW

報論評氏勒密

A Weekly Newspaper Established In 1917

December 6, 1947

UNREALISTIC "PLANS"

AN EDITORIAL

League Ban---Blow Or Blessing?

J. L. Tien

Bloodless Coup In Siam

Charles Chapman

Chinese Elections In The US

Edward Rohrbough

WATCH THE JAPS---V

AN EDITORIAL

VOLUME 108   CNC$15,000   NUMBER 1

4   The China Weekly Review, December 6, 1947

The old woman told us that her son was a ricksha puller and what he earns can hardly support them. Formerly they lived in Tungchow where they possess more than 10 acres of land. Her daughter-in-law and a four-year-old grand-daughter are still living there. She and her son came to the city to escape the conscription of the son. But they are now leading a dog's life in the city. When we were talking, someone quarreled in the neighboring quarters. A coolie having earned no money owing to rain that morning was venting his rage on his wife. He cursed, threatened and beat her.

We left this house and turned to a corner where a ragged woman was nursing her baby who was said to be one year old but looked like four months. This woman told us that she had not heard of her husband in Tsinhsin for more than one month. Now she with her two children are forced to beg. Her little boy helps her by picking coal fragments from the dump which can be sold for money. While we were talking, the little dirty boy came back with a basket on one of his arms. He told his mother he had gathered coal fragments worth CNC$4,000 and asked her to give him a fried cake, meanwhile casting his eyes at another boy who held a fried cake in his hand.

Turning to another quarter, we saw a woman of 30 chewing we too toy the door. She sat there chewing sadly as if she was chewing the misfortunes of her life.

"Where do you come from? Are you from Northeast?" she asked us and then shouted and rushed to us, "Give me back my householder!". We turned away in a fright but her shouting lasted long after we went away. She is mad because her husband is said to have been killed in the Civil War in Northeast.

In this slum, most of the men are coolies, pedicab men, ricksha pullers and waste pickers. Women and children are helping the men in picking coal fragments and by begging for food. Many just coming out from the factories have not got any job. The Civil War has ruined the farms, closed the factories and starved the people. These people are threatened by hunger. They become numb, without feeling and reaction; hunger makes them lose all their energy. They can hardly get enough corn and millet to make see we fou not to mention vegetables and meat for nutrition, their daily food is we we fou with pepper. The authorities do not care for their livelihood at all.

On our way back, we saw many children, like sheep, moving on the dump heaps picking coal fragments and papers, etc. Some of them quarreled with the most unbearable vulgarity because one child invaded another's area of activities.

WANG CHIENG-YUAN.
Fengtai, Hopei,
November 16, 1947.

Intellectual Victims

To The Editor:

Following the Government's dissolution of the Democratic League, the intellectuals in Chengtu faced another persecution on November 6. The Lienying Book Store was closed on no pretext. Its manager and two salesmen were arrested; the managers of some other book stores including Ching-o, Kaiming and Chungnan book stores, were all put in some secret places. Nobody knows where these men are confined and when they will appear again.

The Lienying book store was established by some contemporary writers and had served as an agent of many publishers, such as Life book store, Yichun publishing corporation, Hsinchih book store, etc.

The Chungnan book store was selling foreign magazines ranging from Henry Luce's *Life*, *Time* and *Fortune* to Henry Wallace's *New Republic*. Its manager who had conducted a second-hand goods business before had amassed a small fortune. Now his family has not the slightest idea of where and when he was held up. He just suddenly disappeared like most of the people who disappear mysteriously in this country.

The victims of such drastic measures of the Government are not only those who have disappeared but also those who are anxious to know things by reading the books in those persecuted stores—because they cannot afford to buy the books as they wish. From now on they can only read government censored material. It is unthinkable that we should have all our thoughts absolutely stereotyped.

I remember Dr. Wang Shih-chieh, Nanking's Foreign Minister, when negotiating for the US loan in Washington, told the Americans that China now has more freedom of speech. What will he think should he hear what just happened in Chengtu—such a slap in his face. Meantime, this is the kind of government, only interested in persecuting the country's intellectuals and smothering public opinion, President Truman and General Marshall are willing to give aid to.

The rumor of more substantial US aid like the military staff officers, etc., is again prevalent. I hope the US people who are really paying for what Washington is giving to the government will take a look at the real situation and consider a little what good their money is doing for the suffering Chinese people.

I am neither a Communist nor a Democratic Leaguer. I just say: what I feel and tell the people what has happened in Chengtu about which none of the Chinese papers has mentioned a single word.

Chengtu, Szechuan,   L. T. H.
November 19, 1947.

《知识分子的受害者》（ *Intellectual Victims* ）（1947年12月6日《密勒氏评论报》）

代》和《财富》，到亨利·华莱士的《新共和国》。书店经理之前通过经销二手商品，攒积了一小笔财富。现在，其家人根本不知道他在何时何地被捕。就像这个国家大多数神秘失踪者一样，他也突然消失了。

政府的措施十分严厉，受害者不仅有那些失踪者，还有那些想通过从这些受迫害者的书店里阅读书籍来急切了解情况的读者——因为他们买不起自己想要之书籍。从现在开始，他们只能阅读政府审查过的文字。不可想象的是，我们所有的思想都应该绝对的千篇一律。

我记得南京政府外长王世杰博士在华盛顿谈判美国贷款时告诉美国人，中国现在有了更多的言论自由。如果他听到刚刚发生在成都之事情，他会怎么想？——这不啻于一记耳光。同时，这样的政府只对迫害国家的知识分子和压制公众舆论感兴趣，而杜鲁门总统和马歇尔将军却愿意向其提供帮助。

有关美国将提供更多的实质性援助，如派遣军事参谋等传言再次广为流传。我希望真正为华盛顿政府买单之美国人民，看看中国之真实情况，思考一下他们的钱给受苦受难的中国人民带来了什么。

我既不是共产主义者，也不是民盟成员。我只是说出我的感受，告诉人们成都发生的事情。对此，中国的报纸只字未提。

凌道新

1947年11月19日

四川成都

4. Tumult In Chengtu

To The Editor:

On April 9, just three hours after the new governor, General Wang Ling-chi assumed office, Chengtu, experienced one of the greatest blood-sheds in its history. Students of the National Szechuan University, West China Union University, Chenghua University, National Chengtu Science College, Provincial College of Fine Arts, Provincial School of Accounting, about 1,500 in number, held a petition parade appealing to the new governor for "cheap rice".

Because of the daily hike of rice prices in Chengtu, the rice problem has been a very serious one to most Chengtu people. Students made their petitions when the ex-governor, General Teng Hsi-hou, was still in office. The students asked for 2.3 tous of rationed rice (each tou at a price of CNC$120,000) for each student, faculty member and school servant and also demanded that the rice should be distributed in Chengtu or any nearby towns. These demands were never satisfactorily met. The ex-governor's answer was that each person could only have 1.9 tous of rationed rice (at a price of CNC$240,000 per tou) and that the rice should be distributed in Kwanghan and Tzeyang, 90 lis and 180 lis respectively, away from Chengtu and that the Government would not be responsible for the transportation expenses.

This time, the students petitioned to their new governor. The latter who just assumed his office, was so angry on learning it that he sent for a number of garrison soldiers and gendarmes to be stationed with bayonets fixed and machine guns around the building of the Provincial Government.

When the students approached this place, they sent 10 delegates together with their petition to see the governor first. It was said that the latter worked himself into a fit, tore the petition into pieces and shouted to the visitors, "How many students you have here? I have seen thousands of people losing their lives at my anger, I do not care to kill all of you right away. I am by no means threatened by any demonstrations". The delegates thus came out telling the students of General Wang's attitude.

The students were not satisfied and sent their representatives to negotiate with the governor again. Ten minutes passed; none of the delegates appeared. Arm in arm, six in a row, the students made their way through the gate of the Provincial Government grounds. When about 200 students got inside the court, the policemen surged in and outflanked them. Meanwhile the armed men in the street took action against those remaining outside. About 20 machine guns mounted at several points in the court were ready to fire. The students hurried to flatten themselves on the ground, one on the other. The policemen then started to beat the students with clubs, bayonets, and rifle handles, despite the students' shouting "Chinese do not beat Chinese, we are all for a livelihood". Many police even stole the students' personal effects as fountain pens, billfolds, watches and the like. The tumult went on for half an hour.

About 150 people including some passers-by were arrested. The arrested, both men and women, had their hands tightly tied at their back. Three students of the National Szechuan University were the most badly wounded. Miss Yu Huan-tien, senior, economic major, had her abdomen penetrated five inches deep. Two policemen caught each of her arms while a third thrust a bayonet into her. Li Wei-pin, junior, a history major, received heavy blows on his chest and arms. Lou Tsung-chang, sophomore of law, had his chin and cheek pierced by a bayonet. They are now under treatment in the West China Union University Hospital. Miss Yu's case was said fatal.

The arrested were tried during the night. It was reported by the newspapers here that they were put into three classifications: non-students with the suspicion of agitating the disorder of society, students working as spies of the Communists, students blindly sympathizing with the Communists. The last group, numbering 74, were released the following evening with the guarantee of the various school authorities. The rest will be transferred to the Garrison Headquarters for court-martial.

In the morning of April 10, Governor Wang summoned all the middle school principals in Chengtu and warned them that they should exercise strict discipline among the students and that they would be held responsible for any further trouble. The governor further declared that he would also arrest any foreigners who are found to be agitating the students to revolts.

Hsi Fang Jeh Pao of April 11 reported that the Provincial Government had agreed to give one third of the boarding students, each 2.3 tou of rice at the price of CNC$120,000 per tou, but the places for distributing rice are still Kwanghan and Tzeyang. The transportation expenses must be paid by the students.

It is understood by many concerned with the politics in Szechuan that the two main problems facing this province are conscription and military rice. Teng Hsi-hou failed to supply the Central Government with 4,000,000 recruits a year and an infinite supply of military rice and had to quit. Wang Ling-chi believing himself fit for this mission, took Teng's place. He and General Yang Sen, the newly appointed mayor of Chungking are more obedient to the Generalissimo than other Szechuan war lords. People of Szechuan can well recall how he machine-gunned hundreds of middle school students in Wanhsien and Chungking when he was the "native king" of those two cities. However whether he will fulfill his mission successfully and keep Szechuan from the Communist invasion is still a question, and remains to be seen.

T. H. L.
Chengtu, Szechuan
April 12, 1948

THE CHINA WEEKLY REVIEW

報 論 評 氏 勒 密

A Weekly Newspaper Established In 1917

April 24, 1948

WHAT'S IN A NAME?

AN EDITORIAL

What Is Happening In Peiping?

Jean Lyons

Letter From Paris

Jacques Decaux

Yunnan Follows Tradition

C. W. Launcelot Lee

COMMUNIST QUANDARY

AN EDITORIAL

VOLUME 109   PRICE CNC$80,000   NUMBER 8

Defense Work

To The Editor:

During the past several months, the safety of the city of Kaifeng has been greatly threatened by the Communists. As the result, commodity prices here have run amuck and all inhabitants feel uneasy.

To strengthen the defense of the city, the local government and the military authorities have raised a huge fund, collected a large quantity of wood and bricks, and mobilized more than 30,000 civilians as well as soldiers to construct strong ramparts and to dig trenches around the city.

The first defense line was completed the middle of February and the second line is expected to be finished in the first part of April. The military authorities have sent officers to Chungmou, Chenliu, Weishih, Tunghsu and the hsiens in the vicinity of Kaifeng to purchase wood and other necessary materials for defense construction.

After a careful investigation of the first line, Gen. Liu Ju-ming, commissioner of the Fourth Pacification Area and concurrently commander of the 68th Division, declared that the city's defense

work was as well built as the "Great Wall" and that the Communists, without a 100,000 force, would not dare attack this city.

All the people, excluding the goverment officials who have no property in the city, must contribute for the city's defense. Some big shops are charged over CNC$1,000,000.

All the trees, within five li around the city, have been cut down. The Provincial Government ordered that at the time of emergency all houses within 100 meters of the city trenches should be voluntarily razed by the people themselves. The government will pay CNC$2,000,000 for each room of brick houses, CNC$1,500,000, for each room of straw houses, and CNC$1,000,00l, for each room of mat sheds.

The walls of the Hua Pei or North China public playground, which was built in 1933 when the North China Sport was held here, have been taken down, and all its bricks have been taken away to construct ramparts. Ordered by the National Army Ministry in Hsuchow, the Provincial Government has instructed all magistrates in this province that within five li along either side of the railway and highway lines, no

"Kaoliang" and other tall plants will be allowed to be planted this spring......

MARK LU.

Kaifeng, Honan,
April 1, 1948.

Educational Crisis

To The Editor:

Because of the soaring commodity prices, our tuition fee of this term will be increased by about CNC$2,000,000. To a few, this would mean nothing; but how is it possible for some poor students to afford it?

Everyone has the right to be educated, but now many are deprived of it by the Civil War. Many possible future leaders of China are forced to leave school. Is this a good phenomenon in the "constitutional" China?

A few months ago, the local government of Chungking formed a "relief committee for the needy students," but so far, it has not accomplished anything.

The dike of education in China is going to collapse, I can do nothing but urge the leaders of both the KMT and CP to stop at once the inhuman, cruel Civil War.

DAW JYH-WEI.

Chungking,
April 9, 1948.

Harbin News

To The Editor:

Recently I received news from Harbin which I would like to pass on to you. Workers of Mutankiang important rail hub southeast of Harbin completed repair of a damaged power plant and built five smaller power stations last October. Now the plant supplies motive power to private- and public-operated factories in 26 localities. Harbin power plants began to supply the whole city and three railway county towns in the vicinity with electricity last December. The city's present volume of power supply is seven times that of last year. A public-operated coal mine in Mutankiang Province now produces 1,380 tons of coal daily as compared to a daily output of only nine tons last year when it first became a public-owned enterprise. Each miner digs about four tons of coal daily.

Electric machine shops and power saw mills have been established. The mine personnel now repair most of its own machinery and make all their own tools. The tram car barn dispatches 21 cars per day, seven minutes apart. The waterworks supplies inhabitants with 15,000 tons of water daily, which is double the volume of one year ago. Telephone service between Harbin and Chiamusu has also been installed.

T. V. HUANG.

Hongkong,
April 17, 1948.

Tumult In Chengtu

To The Editor:

On April 9, just three hours after the new governor, General Wang Ling-chi assumed office, Chengtu experienced one of the greatest bloodsheds in its history. Students of the National Szechuen University, West China Union University, Chenghua University, National Chengtu Science College, Provincial College of Fine Arts, Provincial School of Accounting, about 1,500 in number, held a petition parade appealing to the new governor for "cheap rice."

Because of the daily hike of rice prices in Chengtu, the rice problem has been a very serious one to most Chengtu people. Students made their petitions when the ex-governor, General Teng Hsi-hou, was in office. The students asked for 2.3 tons of rationed rice (each

五、《密勒氏评论报》（*Millard's Review*）时评四篇

《成都的动乱》（*Tumult in Chengdu*）（1948年4月24日《密勒氏评论报》）

译文：

成都的动乱

编者：

四月九日，新任省主席王陵基将军就职刚三小时，成都即发生该市史上最大一次流血事件。国立四川大学、华西协合大学、成华大学、国立成都理学院、省立艺专、省会计学校之学生共约一千五百人请愿游行，向新主席要求"平价米"。

由于成都米价逐日上涨，粮食对绝大多数成都居民来说已成为极严重的问题。前任主席邓锡侯将军尚未卸职之前，学生曾请求配给师生员工每人平价米二斗三升（以每斗法币十二万之价格），并要求将食米在成都或附近县城拨发。这一要求从未圆满解决。前任主席答复只能以每斗二十四万元之价格配给每人一斗九升，且须在距省城九十里之广汉县或一百八十里之资阳县拨发，而政府亦不负担运输费用。

此次学生向新任主席提出请求。甫就新职之王氏对此甚为震怒，乃调集军警宪兵以刺刀、机枪警戒省府周围。

学生行抵省府，乃选派出十名代表持请愿书入见主席。据云王氏将请愿书立即撕毁，且斥责请愿者："你们来了多少学生？我曾见数以千计之人在我震怒之下丧失性命，即使马上把你们全体杀掉，亦所不计。我不会为任何示威吓倒。"于是代表等乃将王将军态度告知请愿学生。

学生甚为不满，乃使代表等再度入见主席。十分钟后，代表们未见出来。学生遂以每六人以臂相挽之队形冲入省府大门。当已有约二百名学生进入时，警察即对之左右包围。同时在街上之武装人员即对尚未进入者采取行动。架于省府院内各点之约二十挺机枪已做好开枪准备。学生等慌忙卧倒，人与人相重叠。学生们大呼："中国人不打中国人，大家都是为了生活。"而警察不顾，挥舞木棍、刺刀、枪托殴打学生。许多警察乘机抢劫学生之钢笔、皮夹、手表等私人财物。混乱状况持续了半小时。

约一百五十人被逮捕，其中若干系马路行人。被捕之男女均被背缚双手。三名国立四川大学学生伤势最重。经济系四年级学生游训天女士腹部被刺伤深五寸。两名警察分提其左右手，另一名警察则以刺刀刺入其体内。历史系三年级学生李维品胸部背部被打成重伤。法律系三年级学生罗宗章面颊及下颌被刺刀刺穿。彼等正在华西协合大学医院医治，据云游女士之伤势有致命危险。

被捕者当夜即受审讯。据报载彼等被分为三类：有煽动扰乱社会治安嫌疑而并非学生者；为共产党做间谍工作之学生；盲目同情共产党之学生。其中最后一类，大约七十四人，已于次晚由各学校负责人保释。其他则将移送警备司令部受军法审判。

四月十日上午，王主席召集所有成都中学校长开会，警告彼等必须对学生严加管教，若再有事件发生，彼等必须负责。该主席且宣称任何外国人若经查出有煽动学生反对政府之行为亦将予以逮捕。

四月十一日之《西方日报》报导，省府已同意对在校住宿学生中之三分之一每人配给食米二斗三升，其价为每斗法币十二万元，但发米地点仍为广汉及资阳。学生仍必须负担运费。

多数关心四川省政局人士均深知该省所面临之主要问题

有二：一为征兵，二为军粮。邓锡侯无法供应中央政府每年四百万壮丁，亦不能无限度供应军粮，故不得不离职。王陵基自信能胜任此二使命，故取而代之。对于委员长之恭顺，王氏与新任重庆市长杨森将军远胜其他四川军阀。四川人应该清楚记得，王氏任万县及重庆之"土皇帝"时，曾如何以机关枪屠杀数以百计之中学生。然而王氏能否成功地完成其任务并使共产党免于入川，仍为疑问。吾人拭目以观。

凌道新

1948年4月12日

四川成都

六、南开中学、耀华学校师友题词（1937—1940）

1. 关健南①

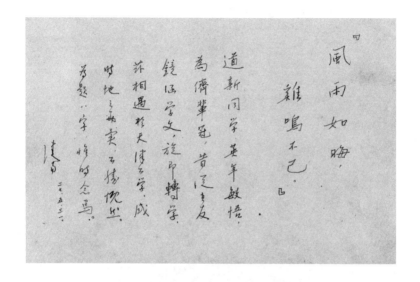

"风雨如晦，鸡鸣不已"

道新同学英年敏悟，为侪辈冠，昔从老友镜涵学文，旋即转学。兹相遇于天津公学，感时地之两异，不胜慨然，为题八字，惟时念焉。

健南

二七.五.三一

---

①关健南，南开中学国文教师，担任过南开中学教务长，撰有《孔子之思想》《"建安文学"底时代背景》等论文。题词出自《诗经·郑风·风雨》。

2. 吕仰平^①

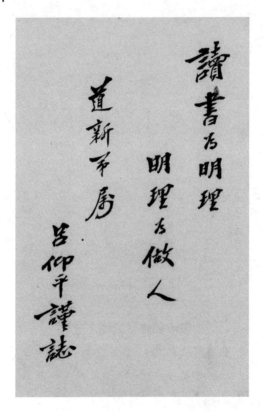

读书为明理　明理为做人

道新弟属
吕仰平谨志

<hr />

①吕仰平，名彭年，字以行，1925年毕业于南开大学，南开中学数学教师，南开中学"新剧团"演员和著名导演，导演过大量话剧，1935年执导天津"孤松剧团"在国内首演话剧《雷雨》，是中国话剧导演事业的先驱之一，解放后，曾任国家歌舞团（原东方歌舞团）、东方民族乐团艺术指导、国家一级演员、国家一级编导。

3. 李尧林^①

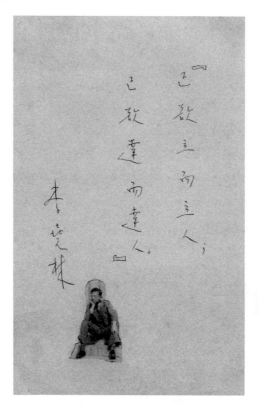

"己欲立而立人；己欲达而达人。"

李尧林

---

①李尧林（1903—1945），南开中学英文教师，四川成都人，笔名李林，作家
巴金（李尧棠）之三哥，1930年毕业于燕京大学文学院英文系，好音乐与词章，教
授南开中学高中毕业班高级英文加选课。2005年10月，为纪念李尧林逝世60周年，
人民文学出版社出版了《李林译文集》（全二册）。题词出自《论语·雍也》。

4. 杨叙才^①

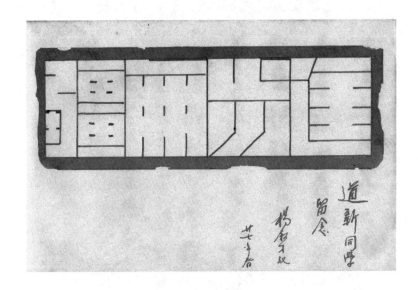

进步无疆

道新同学留念

杨叙才祝

廿七年春

---

①杨叙才，南开中学美术教师，版画、油画艺术家，"平津木刻研究会"会员，1929年参与创办"阿伯洛画院"，主要教授西洋画和现代版画。鲁迅对其评价甚高。

5. 吴秋尘[①]

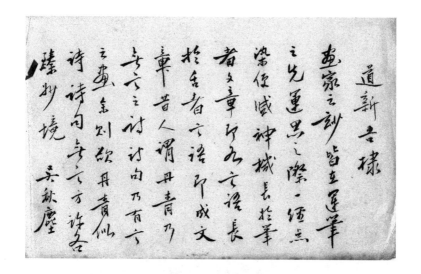

道新吾棣

画家之妙，皆在运笔之先。运思之际，一经点染，便减神机。长于笔者，文章即如言语。长于舌者，言语即成文章。昔人谓丹青乃无言之诗，诗句乃有言之画。余则欲丹青似诗，诗句无言，方许各臻妙境。

吴秋尘

---

①吴秋尘，江苏吴县人，耀华学校国文教师，耀华学生课外团体组织"耀华社"演说辩论会的裁判员，曾就读于北平平民大学新闻系，民国时期天津报界名流，《一炉》的创办人，《北洋画报》和《小茶馆》主编，天津《益世报》（社会服务版）主编。1957年被打成右派，死于北大荒劳改队。题词出自（明）陈继儒《小窗幽记》。

1939年，吴秋尘于耀华学校（凌道新摄）

6. 任镜涵①

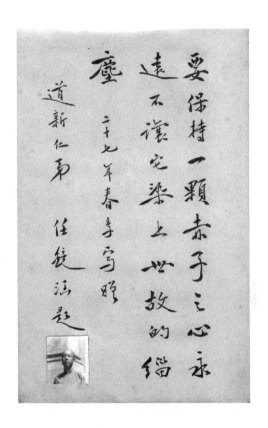

要保持一颗赤子之心，永远不让它染上世故的缁尘。

二十七年春季写赠道新仁弟

任镜涵题

---

①任镜涵，先后任南开中学、耀华学校国文教师，天津私立志达中学教务主任。

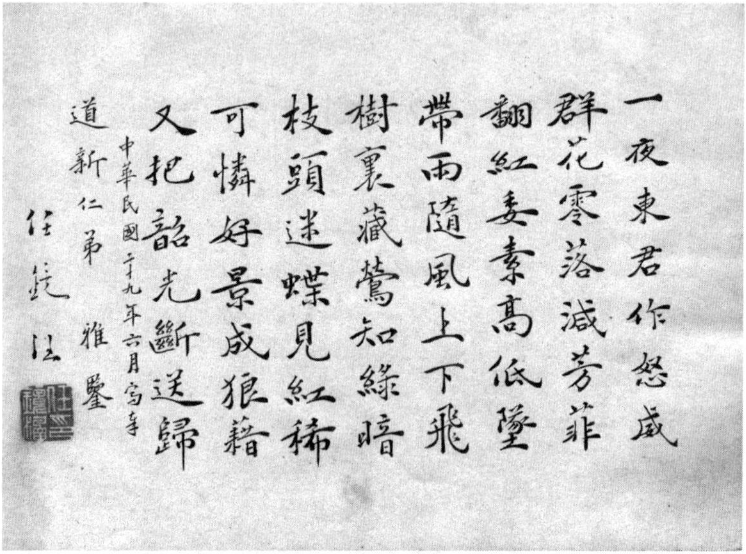

一夜东君作怒威，群花零落减芳菲。
翻红委素高低坠，带雨随风上下飞。
树里藏莺知绿暗，枝头迷蝶见红稀。
可怜好景成狼藉，又把韶光断送归。

中华民国二十九年六月写奉
道新仁弟　雅鉴
任镜涵

1939年，任镜涵于耀华学校（凌道新摄）

7. 王文芹①

1937年，王文芹于耀华学校（凌道杨摄）

①王文芹（1880—?），字采章，直隶清苑人，保定莲池书院出身，桐城派嫡传弟子，清末拔贡，毕业于畿辅大学堂。曾任袁世凯幕僚、直隶总商会协理和总农会协理等职。1913年，当选为中华民国第一届国会参议员。曾代理河间府同知，任湖北巡按使公署教育科长，陕西巡按使公署教育科长和陕西图书馆馆长等职。1918年，当选第二届国会众议员，1922年第一届国会二度复会，再任参议员。后为天津耀华学校国文教师（摘自《维基百科》中文版）。

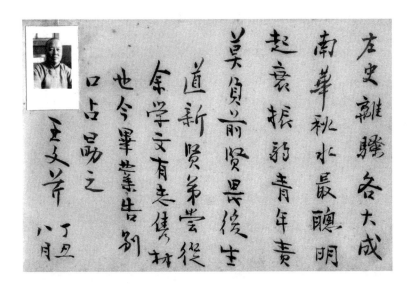

左史离骚各大成，南华秋水最聪明。

起衰振弱青年责，莫负前贤畏后生。

道新贤弟尝从余学文，有志隽材也，今毕业告别口占勖之。

王文芹

丁丑八月

殷勤送别意忠勤，莫惜今朝几席分。

一曲瑶琴两樽酒，乐成以后细论文。

道新贤棣魁杰士也，今将小别，不胜刮目之待，他时相见，约以纪勋为先，而豪饮以乐之。

老棣其勖哉

采章王文芹

庚辰首夏

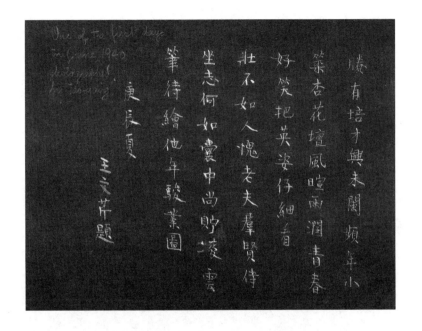

剩有培才兴未阑，频年小筑杏花坛。

风喧雨润青春好，笑把英姿仔细看。

壮不如人愧老夫，群贤侍坐志何如。

囊中尚贮凌云笔，待绘他年骏业图。

庚辰夏

王文芹题

1939年，王文芹（Ts'ai Chang Wang，王采章）于耀华学校（凌道新摄）

8. 白泽培①

学海无涯，书囊无底，世间书怎读得尽。只要读书之人眼明手辣，心细胆粗。眼明则巧于掇拾，手辣则易于剪裁，心细则精于分别，胆粗则决于去留。

民国廿六年六月廿日书应

道新贤弟属

白泽培

---

①白泽培，耀华学校历史教师，清末民国天津著名碑帖鉴藏家。题词出自（明）张岱《小序》。

9. 王彦超[①]

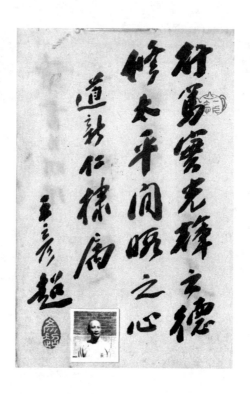

行笃实光辉之德，修太平闲暇之心。

道新仁棣属

王彦超

1939年，王彦超于耀华学校（凌道新摄）

10. 李希侯①

　　夜来沉醉卸妆迟，梅萼插残枝。酒醒薰破，惜春梦远又不成归。

　　常记溪亭日暮，沉醉不知归路。兴尽晚回舟，误入藕花深处。

道新贤弟　嘱

希侯

---

① 李希侯，耀华学校数学教师。题词出自（宋）李清照《诉衷情》《如梦令》。

1939年，李希侯于耀华学校（凌道新摄）

11. 徐靖[1]

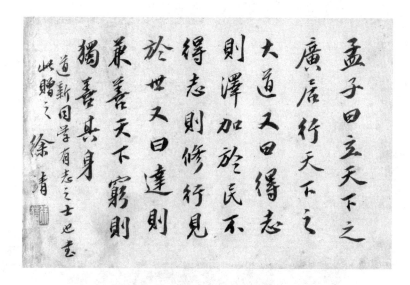

　　孟子曰：立天下之广居，行天下之大道。又曰：得志则泽加于民，不得志则修行见于世。又曰：达则兼善天下，穷则独善其身。

道新同学有志之士也书此赠之

徐靖

---

① 徐靖（Hsu Ching），耀华学校英文教师。

1939年，徐靖于耀华学校（凌道新摄）

12. 曲明心[①]

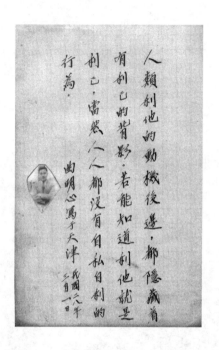

　　人类利他的动机后边，都隐藏着有利己的背影。若能知道利他就是利己，当然人人都没有自私自利的行为。

曲明心写于天津

民国二八年三月一日

---

　　①曲明心（1908—1939），1935年毕业于燕京大学化学系，毕业后任耀华学校化学教师，耀华学生课外团体组织"耀华社"演说辩论会的裁判员。曲明心逝世后燕大校长司徒雷登发表致辞："曲先生之死为人才上之损失，不仅为燕京之损失，亦为社会上之损失。死者虽逝，甚愿吾同学，本其遗志，而继续努力。"（《燕京新闻》1939年第6卷第17期）

13. 刘迪生①

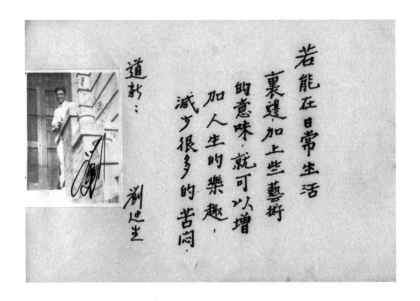

道新：

　　若能在日常生活里边加上些艺术的意味，就可以增加人生的乐趣，减少很多的苦闷。

刘迪生

---

①刘迪生，耀华学校地理教师，抗战胜利后任教于北京大学地质地理系。

14. Henry Lew[①]

Who ne'er his bread in sorrow ate,

Who ne'er the lonely midnight hours,

Weeping upon his bed has sate,

He knows ye not, ye Heavenly Powers.

Goethe

Henry Lew

---

①Henry Lew，耀华学校英文教师。题词出自歌德《威廉·迈斯特的学徒岁月》，第二卷，第十三章。

15. Deborah Hill Murray[1]

It is my joy in life to find

    At every turning of the road,

The strong arm of a comrade kind

    To help me onward with my load.

And since I have no gold to give,

    And love alone must make amends,

My only prayer is, while I live:

    God make me worthy of my friends!

Deborah Hill Murray

30/4/40

①Deborah Hill Murray，耀华学校英文教师。题词出自美国诗人弗兰克·登普斯特·谢尔曼（Frank Dempster Sherman, 1860—1916）的诗集《欢乐之诗》（*Lyrics of Joy*）中的《祷告》（*A Prayer*）。

16. 金之铮①

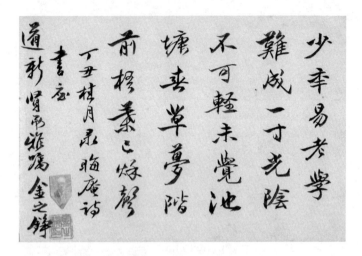

少年易老学难成，一寸光阴不可轻。

未觉池塘春草梦，阶前梧叶已秋声。

丁丑桂月录晦庵诗书应

道新贤弟雅嘱

金之铮

---

①金之铮，清末民国河北籍留日学生同盟会成员，著有《怡志楼曲谱》。题诗出自（宋）朱熹《劝学诗·偶成》。

17. 章从文①

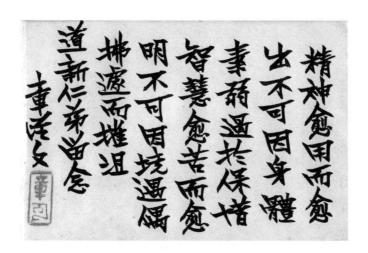

　　精神愈用而愈出，不可因身体素弱，过于保惜。智慧愈苦而愈明，不可因境遇偶拂，遽而摧沮。

道新仁弟留念

章从文

---

　　①章从文，民国时期天津《风月画报》主笔之一，常以"龙眠章六"的笔名发表《从文浪墨》《风月阁诗话》等连载文章。题词出自《曾国藩家书》。

18. 隋长仲①

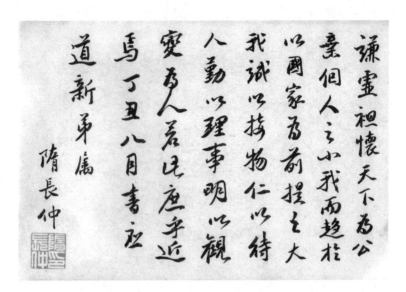

　　谦虚坦怀，天下为公。弃个人之小我，而趋于以国家
为前提之大我。诚以接物，仁以待人，勤以理事，明以观
变。为人若此，庶乎近焉。

丁丑八月书应

道新弟属

隋长仲

---

①隋长仲，情况不详。

19. 卓炜之 [①]

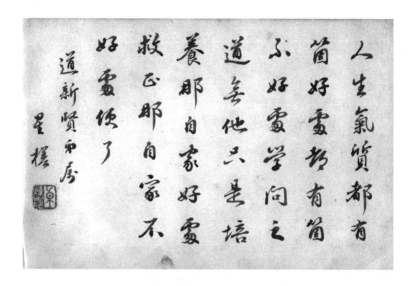

人生气质都有个好处都有个不好处。学问之道无他，只是培养那自家好处，救正那自家不好处便了。

道新贤弟属

星槎

---

①卓炜之，号星槎，情况不详。

20. 刘承彦^①

道新老弟
后起之秀

刘承彦

廿八.六.十四

---

①刘承彦，情况不详。据《北洋周刊》1935年第54期，刘承彦参加了1935年7月在天津北洋工学院举行的第三届全国"斐陶斐励学会"大会，与会者有张伯苓、司徒雷登等。

21. 沈迈①

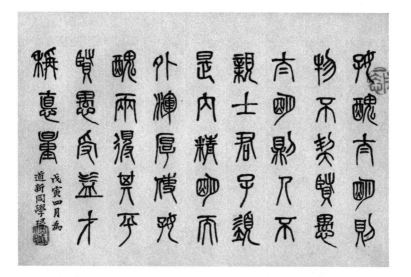

　　好丑太明，则物不契，贤愚太明，则人不亲。士君子须是内精明而外浑厚，使好丑两得其平，贤愚受益，才称德量。

戊寅四月为

道新同学录　迈

---

①沈迈，情况不详。题词出自（明）陈继儒《小窗幽记》。

22. 王崧霏[①]

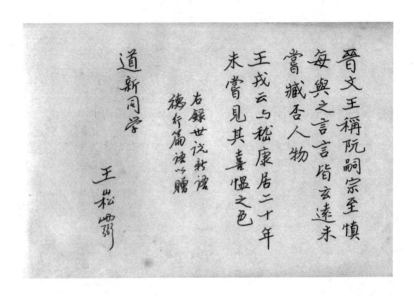

　　晋文王称阮嗣宗至慎，每与之言，言皆玄远，未尝臧否人物。

　　王戎云与嵇康居二十年，未尝见其喜愠之色。

右录《世说新语·德行篇》语以赠

道新同学

王崧霏

①王崧霏，情况不详。

23. 石承露①

大雅文章冠南国
少年词采动洪都

道新学兄　留念

石承露

廿六年秋

---

①石承露，南开中学同学。1940年考入北洋大学，解放后任教于天津大学建筑系，并任工业设计教研室主任。

24. 仲学通[①]

　　西城杨柳弄春柔。动离忧，泪难收。犹记多情，曾为系归舟。碧野朱桥当日事，人不见，水空流。

　　韶华不为少年留。恨悠悠，几时休？飞絮落花时候，一登楼。便做春江都是泪，流不尽，许多愁。

——秦少游《江城子》

仲学通敬书

廿八.五.三十

---

①仲学通，南开中学同学。

25. 查显琳①

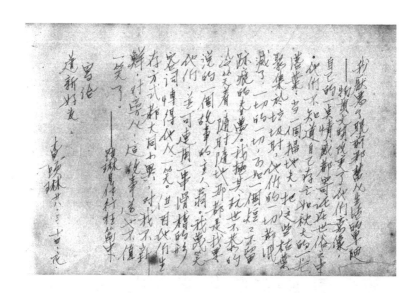

　　我厌恶了眼前那帮人生活的卑陋——物质文明改变他
们意像，自己的一点情感都寄托在世俗之中。他们不知道
自己存亡如秋天的一片落叶，当一个扫地夫，把这些枯叶
聚集于垃圾时，他们的一切都泯灭了，一切的一切，正如
一个短短不留迹痕的春梦。我极其玩世不恭的冷笑着，随
时随地那都是我要说的一个故事的主人翁。我蔑笑他们，
并可连用一串滑稽的形容词博得他人一笑。但因他们生存

①查显琳（1923—2007），南开中学和耀华学校同学，1939年考入辅仁大学，
对诗词、绘画、声乐、京剧等不少艺术门类都有所精通，出版过诗集《上元月》，
在《中国文艺》及《国民杂志》等重要民国时期刊物上发表小说《流线型的嘴》
《真珠鸟》《北海渲染的梦》等。

方式都大同小异，对我不新鲜，对旁人，这故事遂也不值一笑了。

——显琳自作行狂篇中
写给道新好友
查显琳
廿八.三.十四.夜

26. 宝燮①

客岁阅查显琳君纪念册，见有丹青一幅，极隽永生动。当询知系凌君手笔，心窃钦慕而叹观止焉。每以无缘相识

---

①宝燮，耀华学校同学。

为憾，暨瞻丰度，则表表高标，有天际真人之概。相见之馀，弥惭形秽，及聆雅论，尤深倾倒。暇时辄相过从，常蒙赐教，获益匪浅。今离别在即，掷册付余，爰信手漫涂，藉留鸿爪而志纪念。

道新学兄雅命

宝燮

一九三九.三.廿二

27. 胡宗海①

雪泥鸿爪忆前尘

意气相投是道新

愧我好名心更懒

输君抱道志能伸

身无媚骨难谐俗

胸有宏才未算贫

易卜断金诗伐木

岁寒松柏见精神

道新学兄 指正

民国二十八年九月

弟胡宗海

---

①胡宗海，耀华学校同学，1940年考入燕京大学经济系，"文革"后任耀华学校校友会常务理事。

雪泥鸿爪忆前尘，意气相投是道新。

愧我好名心更懒，输君抱道志能伸。

身无媚骨难谐俗，胸有宏才未算贫。

易重断金诗伐木，岁寒松柏见精神。

民国二十八年九月

道新学兄　指正

弟胡宗海

28. 宝福①

---

①宝福，耀华学校同学。

今天是临别的前一日，许多琐屑的事情占据着我底心。你又要求我写一篇纪念的文字，我所要说的话你是知道的。

写给道新学兄

亦暇宝福

1940年6月12日，宝福于耀华学校（凌道新摄）

29. 魏汝岚[1]

　　家庭之中有兄弟焉，家庭而外有朋友焉。然则朋友者异姓兄弟之结合也，故当缔交之始，于其友之品德如何，学问如何，其可不郑重考虑之乎？夫友有损益之分，交益友则规劝有资，斯可以寡过矣，切磋有侣，斯可以进学矣。

交损友则漫游无度，斯丧其志气矣，徒嗜酒食，斯败其事业矣。准是以观吾人，其可交有损于己之友乎？其可不交有益于己之友乎？《诗》有之曰："兄弟阋于墙，外御其侮。"犹有弃仇寻好之日。至若朋友，交非以道，则未有不投井下石者矣。

道新三哥其勉旃。

汝岚
民国念九年夏

1940年夏，魏汝岚于耀华学校（凌道新摄）

30. 吴寿真[①]

　　从事生活斗争的人，所最需要的是——坚决的意志，明晰的理性，坚毅的心思，公平正直的精神和深切的理解力。

道新同学留

民国廿八年春

吴寿真

31. 顾翼鹤[①]

　　有人说人生是苦闷，也有人说是享乐，但是也许我没有对你观察得太清楚。我不能够正确的评判出你的心情和意志，但是我总以为人生有快乐的情和百折不回的意志。希望你失败的时候不要悲观，成功的时候不要骄傲，那么在不久的将来我想你一定会胜利的。

赠给道新

顾翼鹤

廿九年夏

---

①顾翼鹤，耀华学校同学。

32. 杨作民[①]

道新同学:

　　听人说处处都应用理智的人,他的生活必毫不艺术化,总要流于呆板和干燥无味的。对于你,我却劝你多接近些这使人生不艺术化的泉源,因为一个感情太强的人,虽然赤子之心未失,但总不易被这个社会所谅解和同情的,其结果只有自己的痛苦。加大理智些吧,我劝你!

作民写
二十九年六月廿日

---

① 杨作民,耀华学校同学。

33. 曹继农①

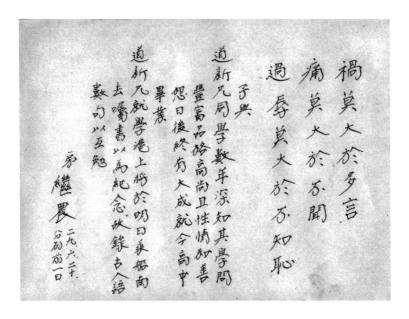

祸莫大于多言，痛莫大于不闻过，辱莫大于不知耻。

予与道新兄同学数年，深知其学问丰富、品格高尚且性情和善，想日后终有大成就。今高中毕业，道新兄就学沪上，将于明日乘船南去，嘱书以为纪念，故录古人语数句以互勉。

弟继农

二九.六.二十，分别前一日

---

① 曹继农，耀华学校同学。题词出自（隋）王通《中说》。

34. 艾绳祖[①]

道新：

　　现在我们正是处在黑暗中，但总有一天，满布的乌云会被我们的努力所冲破。那正是我国的复兴建设方一步一步向成功的途径迈进。各种事业的落后，使我们不得不急起直追，迎头赶上的，这正是国家的一个紧要关头。如果再不努力，那么国家的前途真是不堪设想了。充实国力，必须要集中建设工业人才。我们要想负起这种重任，现在我们应该如何的努力呀。

艾绳祖敬志

廿八年六月十一日

---

　　①艾绳祖，陕西榆林镇川人，耀华学校同学，1940年考入天津工学院（私立津沽大学）土木工程系。

1939年，凌道新与艾绳祖于耀华学校

35. 祝炯[①]

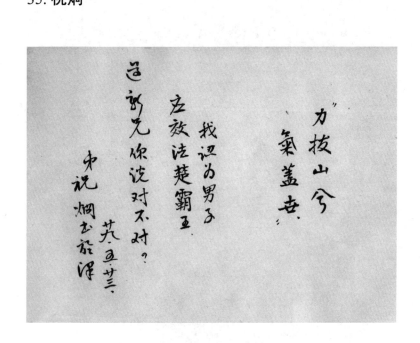

"力拔山兮气盖世"

我认为男子应效法楚霸王，道新兄你说对不对？

弟祝炯书于津

廿九.五.廿三

---

①祝炯，耀华学校同学，1940年考入天津工商学院（私立津沽大学）。题词出自项羽《垓下歌》。

36. 林蟾①

看今朝树色青青，奈明朝落叶凋零。

看今朝花开灼灼，奈明朝落红漂泊。

惟春与秋其代序兮，感岁月之不居。

老冉冉以将至，伤青春其长逝！

蟾
廿八年四月十日

---

①林蟾，耀华学校同学。题词出自李叔同（弘一法师）《长逝》。

37. 陈淑坚[①]

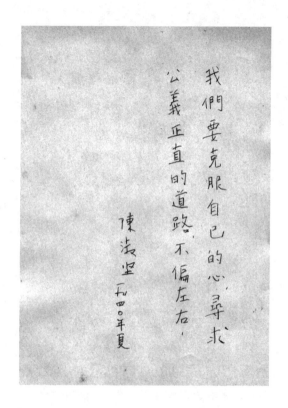

我们要克服自己的心，寻求公义正直的道路，不偏左右。

陈淑坚

一九四〇年夏

---

①陈淑坚（1922—？），耀华学校同学。1940年被保送到燕京大学医学院护预系。历任北京协和医院总护士长，协和医院护理学校校长，卫生部护理中心副主任和世界卫生组织护理专家咨询团唯一的中国代表。

38. 刘益素①

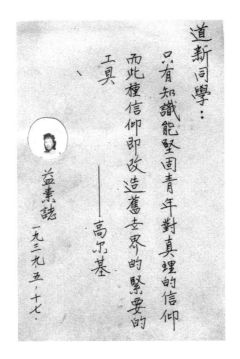

道新同学：

　　只有知识能坚固青年对真理的信仰，而此种信仰即改造旧世界的紧要的工具。

——高尔基

益素志

一九三九.五.十七

---

①刘益素（1921—?），耀华学校同学，1940年考入辅仁大学数学系，1951年后任教于天津女子二中。相声演员冯巩的母亲。

39. 杨淑英[①]

The more we get together, together, together,

The more we get together, the happier will be.

For your friends are my friends,

and my friends are your friends.

The more we get together, the happier will be.

Shu-ying Yang

May 15, 1939

[①]杨淑英（1921 — 1993），耀华学校同学，1940年考入燕京大学社会学系，毕业后在上海粤东中学任英语教师。

40. 渠川玲[①]

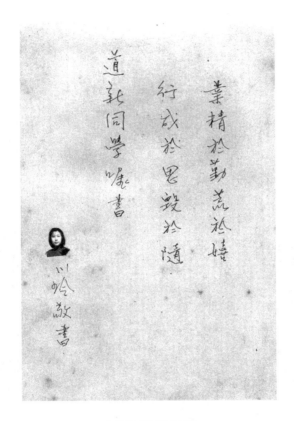

业精于勤荒于嬉
行成于思毁于随

道新同学嘱书
川玲敬书

---

①渠川玲，耀华学校同学。题词出自韩愈《进学解》。

1939年，刘益素（前排左一）、杨淑英（后排）、渠川玲（前排右一）
于耀华学校（凌道新摄）

41. 陈俭红^①

　　过去的已经成为泡影，将来的更是难以捉摸，惟有抓住现在努力的向前干去！

俭红

二十八年四月

---

　　①陈俭红（1923－1998），广东肇庆人，耀华学校同学，1940年考入燕京大学医学院医疗系，先后在北京医学院第二附属医院（原中央医院）、第三附属医院、第四附属医院、北医附属平安医院工作，任儿科主任，北京医科大学附三院儿科创始人。

42. 孙燕华①

道新：

　　我们那年青具有生命力的步伐，踏破了一切途中的障害和毒虫，只要细胞还活动，我们求工作的意志，是永远不褪色的；生活，只有生活，能使我们不畏惧一切地努力发展开去。

燕华

廿八年四月

①孙燕华，耀华学校同学，1940年考入燕京大学医学院医疗系。后改学中医，为京城中医"小儿王"王鹏飞的嫡传弟子，曾任北京儿童医院中医科主任，是京城著名中医儿科专家。

43. 王和玉[①]

道新同学：

  努力是成功的准线，成功是努力的轨迹。

和玉

一九三九.五

———————————

①王和玉，耀华学校同学。

1939年,（左起）王和玉、孙燕华、陈俭红、杨淑英于耀华学校（凌道新摄）

44. 孙郁郁[1]

道新：

　　生活向上的结果就是思想的变化。一个活泼泼的人，是不可以为现成的思想束缚住的。

孙郁

廿八年初夏

---

[1] 孙郁郁（孙郁），耀华学校同学。

45. 关肇湘①

"我深感到对人太认真，对自己太不认真是一切烦恼和失败发生的根源。一切对别人怨毒、怀恨、仇视的心理，大部分是由于对人太认真而起。一切敷衍、颟顸、浪漫的恶习，大部分是由于对自己太不认真而生。因为对人太认真，于是社会间充满了怨毒、怀恨、仇视的空气；因为对自己太不认真，于是社会间表现出敷衍、颟顸、浪漫的情态。"

——沈沙白

录给道新同学

关肇湘

一九三九春

①关肇湘（1922—2004），广东南海人。近代学者、诗人、实业家关赓麟（颖人）之子。耀华学校同学，1939年考入燕京大学经济系。

46. 念祖 ①

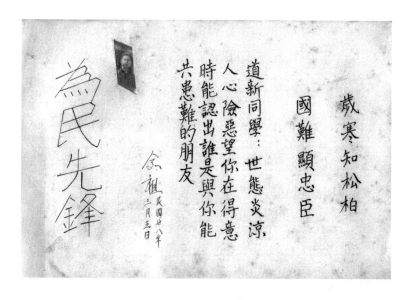

岁寒知松柏，国难显忠臣

　　道新同学：世态炎凉，人心险恶，望你在得意时能认出谁是与你能共患难的朋友。

念祖

民国廿八年三月五日

为民先锋

---

①念祖，情况不详。

47. T. J. Shen^①

To become a real man you cannot live at ease; if you live at ease, you cannot become a real man.

T. J. Shen
20 July, 1939

---

①T. J. Shen，情况不详。

48. F. P. Fan[①]

"Deliberate slowly, but execute promptly the things which have appeared unto thee proper to be done."

F. P. Fan

June 5, 1940

---

①F. P. Fan，情况不详。题词为美国总统林肯（Abraham Lincoln, 1809—1865）的名言。

耀华学校部分教师签名

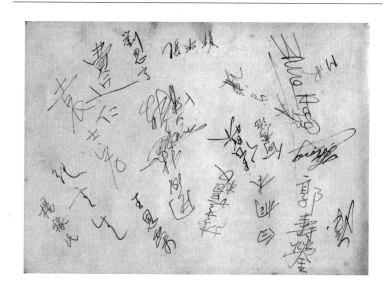

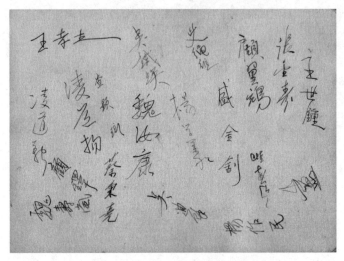

耀华学校部分同学签名

七、日记

1945年

11/2，晴

晨至教堂，与刘洪昇同查经后至校注册。得半部贷金、教部贷金及时事新报奖学金。卢惠卿坚持送十二学分，则必牺牲《元白诗》（陈寅恪教授）。其实此等实 enjoy rather than obligation。卢无此脑筋也。晚又同张在后院谈论祷告。

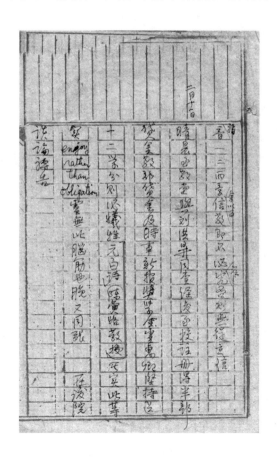

1968年

十一月

2/11，星期六，大雨

晨在一教楼集合，学习老三篇。因天雨无法下地，管理员指示全上午学习。日记交管理员转工宣队一中队。

下午一点，李邦畿来通知，至化学系食堂赶运萝卜。当即前往。运毕后即下班。

3/11，星期日，小雨，阴

早请假上街，弹了旧棉背心的棉花。要至十二月二十日才能弹好取件。买了一点瓢儿白。

下午到院内新华书亭看了看。党的八届十二中全会的文件单行本还未到。

晚读主席诗词。

4/11，星期一，阴，小雨

今天集会时，劳改队里原属于中文、地理、历史、外语等系的人都已回到各系去了，只剩下应属于一中队的四人（图书馆的中统特务黄发仁、卫生科道德败坏分子袁有明，和两个右派，即李邦畿和我自己）。生物系的黄勉、汪正琯也在。我们仍学习一小时，学的是八届十二中全会公报和朗读老三篇。学习后，我们四人商量还是到生产部劳动。生物系的人仍去鸡房。下午仍照常劳动。

9/11，星期六

阴，雨，下午冷，大雨。

上午学习后，历史系人来了，一齐淋牛皮菜。下午因大雨，遂在生产部学习。今天是寒潮来了，所以很冷，雨亦很大，风也大。下午学习时先读公报，和重庆日报社论。读完后，互相抽背老三篇。《愚公移山》一篇我已初步背得，但还很生疏，有待于多加熟读。

15/11，星期五，阴，微雨

早晨背老三篇。读老三段，有关的新闻报导也读了。

栽莴笋秧。原来的海椒土全部都要栽上莴笋。由于天雨，就不必淋定根水了。前几次栽的莴笋秧也都活了。

17/11，星期日，晴，暖

昨天请了假，今天上街买了些小菜。到新华书店问公报又到了没有，他们说还要再过几天才会有。

洗了衣服，作个人清洁。今天在街上看见供应牙膏的通告。我已经自九月份就用盐刷牙了。所以不很感觉有用牙膏的需要。我计划今后只用盐刷牙就可以了，不再用牙膏了，这样比较符合勤俭节约的精神。

19/11，星期二，早雨，至九时转晴

早在生产部学习，首先背诵老三篇，然后背老三段、新三段。

上午历史系的人没来，就不等他们，我们去院墙外继续挖树，刘师父指示只要把干部锯下，运进喂猪房，根部不必挖了，因为根的一部分深深地钻到墙的基脚下面，如果挖根，就要影响院墙的牢固。我和袁有明共锯了一些时候，后来老韩来了，他就来锯，把我换下来去栽瓢儿白。按照刘师父的指示，树干已于上午锯下，运进喂猪房。下午历史系的人来了。我和袁有明、赵彦卿作填平所挖的坑的工作，于下班时完成。

今天下午，生产部老雷来指示我明天一早起床后守粪。到下午两点，就不参加劳动了。我即遵照指示，明天早晨去守。

20/11，星期三，晴，晨雾，暖

早一听到广播即到粪棚守粪，这时天还未亮。见有三个少年农民有想进厕所掏粪的企图，当即上前将其喊走。到七点钟至二食堂打早饭，即在食堂吃了，回厕所时，在石梯上遇见老雷，他说他来看时，见有几个农民掏，已将其吼走。我知道这些农民一定是乘我去食堂之时来的。

在守粪时，背了老三篇。扫了厕所周围的马路。约近十一点时，有两个小女孩在厕所掏粪，即将她们喊走。中午陈良群来棚取碗打饭，我问他厕所钥匙为何不在原处，他才记起，忙在另一地方取出。我建议他仍放大家原先共同商定的地方，否则，他放的地方只有他自己知道，我是今天来的，完全无法找到钥匙，就要影响人家挑粪。他同意了。

23/11，星期六，晴

昨陈良群要我代替他今早到粪棚守粪。在十一点时，发现有少年女农民在女厕所掏粪，当即挡住她的去路，喊她把粪倒转去。不料在十二教学楼处有预先等待接应的少年女农民数人奔跑而来，先后将掏粪的瓢、勺等接去飞跑。这时我就挡住女厕所的门口，挑着粪桶的那个女农民不得出来，她就大叫："快来呀！"另一个女农民即用粪勺向我衣上抹粪。在这个时候，又来了一个较为健壮的女农民换下原来挑粪桶的那个女子，飞似地向十二教学楼前面的球场跑去。我撇开那挥舞粪勺的农民去追挑粪桶的。同时从女厕所出来的周绍清的爱人也帮忙追赶，但追到球场边上近新图书馆那边的山坡时，从坡上又跳下两三个少年农民，其中一个男的挥舞粪勺，以向我衣上抹粪企图阻止我，另外的几位挑起两挑空桶，飞跑保护着原来从厕所挑出来的那个女子从大操场跑了。我追到图书馆坡上一看，才了解，在坡上的空桶是预先准备好等待接应的。这次追逐，粪仍然被偷去一些。我的衣服上又被抹了粪。自己思想上很有负担。这批农民共约六七人，她们进入女厕所之时我未发觉。但在发觉她们之前，我已经发觉有三批想进入男厕所的男农民。这些男农民和我前后纠缠了相当长的时间，而我在同他们打交道时，就无法照顾女厕所这边，打午饭时，老雷向我说他也看见了农民把粪挑走的事。要注意使他们不能进入厕所才行。然而我想很难把男女厕所同时兼顾，因为两厕所入口方向相背又相距七八丈远，在这边阻挡时，那边就乘机进入。男厕所我可以进去喊他们出来，女厕所我就不能进去了。我想建议上午的一班多派一个人，分别照顾两边，要好些。下午两点唐季华来接班。

晚间去打开水，因衣服口袋有破洞，不幸将钱包遗失，内有钱一元馀，粮票约八九斤。很觉可惜，然而亦无法挽救，只有以后放勤快点，衣服口袋有破洞要及时补起。

25/11，星期一，晴

　　早六点至粪棚守粪。午饭后约十二点一刻，我到十二教学楼前球场去看有无人来偷粪。果然发现一个少年农民在十二教学楼后面守着两挑空桶，另三个少年农民提着两只空桶向厕所走去。我即跟着他们，他们进入厕所时，我亦赶到，立即喊他们离开，到别的厕所去掏。我向他们解释，学校130多亩菜地，全靠桃园厕所的粪。学校还有几十个大小厕所，你们可以随便挑，但是不能到桃园厕所来。他们和我在十二教学楼前的乒乓台旁纠缠到一点多钟才走。

　　守粪需要不断来回走动，所以无法学习文件。但我还是抓点时间把老三篇背了一道。

26/11，星期二，晴，中午大风后转阴雨

　　早六点至粪棚守粪。因昨日农民来掏粪是乘我去食堂打午饭的机会而来，故我今天决定中午不去打饭，将昨晚的剩饭带来吃冷的。九点半钟，我刚扫完女厕所外边的马路，到男厕所发现昨天中午来的几个少年农民又在掏粪，幸好发现得早，被掏去不太多。我即喊正在担粪的李邦畿来帮忙。农民见人不止一个，即向新图书馆坡上跑去，我们赶上去，见还有两个少年守着空桶在接应。他们见我跟上去，即用粪向我泼来，将我衣裤上都泼上了粪，然后呼骂而去。这时一位工宣队员在旁，看见了经过。这几个农民是常常来的，以前的时候，一经劝说便走了，这几次却泼起粪来。我思想上不

免有些觉得守粪的工作作不下来。来掏粪的农民是私心比较重的。到学校来挑粪的农民很多，他们或是到住家户去收罐子，或是到别的厕所去掏，这个早已布告，学校自用的桃园厕所来偷的却只是少数人。

我想了又想，觉得对农民来偷粪的问题，主要还是防止他进入厕所，如果已经进了，一经发觉，就劝阻他，叫他不要再来。不必追赶。

27/11，星期三，阴，间有小雨

今天依轮次该劳动。早晨至生产部，李邦畿说今天早晨五点多老雷和他把八根小猪担到汽车房赶学校车子去梁平，但又变更计划，车子要明天才走，因此小猪还得抬回来。于是我和李邦畿、黄发仁、袁有明四人就立即去将小猪抬回喂猪房。回来后，背了老三篇，读了最新最高指示，又读了主席在党的第七届中央委员会第二次全会上的报告。历史系的人下来了就开始劳动，转猪粪，下午仍转猪粪。

30/11，星期六，上午阴，下午晴

上午学习了老三篇，背过一通。洗昨天未洗完的衣服。下午自十二点半至七点守粪。在四点半钟时，我正在通往十二教学楼的马路上守望，有三个小孩从二食堂方面走来，向我说男厕所正有农民进去偷粪。我立即到男厕所里面去看。不料这三个小孩竟乘我离开粪棚的时候进入粪棚，将我的毛主席语录袖珍本偷去。他们的父亲是杨宛平、邝玉森、时声。我思想上很波动。整个下午未见有人来偷粪。

十二月

3/12，星期二，晴

晨起背老三篇。宿舍负责人朱云鹏通知我作男厕所清洁，当即到粪棚取来清洁工具，将男厕所打整干净。

下午至粪棚守粪。外语系劳改队来担了粪。晚七时下班回到寝室，已打不到饭，恰好二儿傅翔来耍，我就留他吃自己煮的饭。约八点时，我们刚要吃饭，突然砰砰打门。我开门一看，原来是住在同一层的外语系青年教师毛瑞瑄、阎立言等五六人站在门口。我问何事，毛、阎大叫要我马上搬到向师元寝室。我回答我是要搬。我独住一间寝室心里很觉不安，但第一我要向工宣队汇报请示，第二要向事务科接头搬往何处。向师元寝室是不能去的，因为我有肺病，恐怕传染。毛即说："我的话你都不听吗？"我说我的一切行动都必须听工宣队的指示，首先要得到工宣队的指示，工宣队叫我搬往那里，我就搬那里。我的五岁孩子吓得放声大哭。同来的其他几位青年教师就连说带劝，毛、阎才走了。我们才开始吃饭。不料约十分钟后，毛、阎又来用脚踢门。我开门他们就冲进室内大叫，要我马上搬。我说将才已经谈好了，我决定要搬，不过要向工宣队汇报请示，并向事务科接头。我孩子又吓得放声大哭，大喊"要搬！要搬!"另一个名叫姜可立的人大喊把娃儿拉起去。他们临走说明天一定搬。他们走后孩子仍然哭，说害怕他们打他。我说不要紧，不怕，他们不会打你的。他经此惊吓，连饭都不吃，回他母亲处去了。我在孩子走后，想来想去，觉得毛、阎今晚真是突然，我平日对他们未曾谈过一句话，也没有什么得罪他们的地方，何以他们要这样作呢？去年武斗期间，是有三个多月，在三楼只有我和向师元居住，其他的人都逃光了。我们所住的这一头，两排约十二三个房间完全没有被偷，其他的三十多间屋几乎都是被偷了的。单从这件事来看我住在楼上总算尽了自己的力来保障宿舍的安全。平常在宿舍我也谨慎小心，严格遵守纪律，作清洁从未缺勤。究竟毛、阎为什么原因要这样呢？我想可能有人要结婚。

5/12，星期四，晴

　　早班守粪。先背老三篇。九点时，二中队的劳动队来担粪。前次来的两个少年农民又来偷粪，被发觉喊走。他们又用粪勺将我帽子、衣服都敷起粪跑了。十一点至事务科，未找到人。下午又去，也未找到人。

　　下午至菜地找李邦畿借十一月二十五日的《重庆日报》，李未带在身上。我说明早到生产部来一道学习后再借回去看。下午守粪。唐季华晚饭后来，把杨欣安捐给粪棚的一个小泥炉拿去了，说是"杨欣安给了我的"！这分明不是事实。杨欣安既捐给了粪棚，怎么又会给他呢！

7/12，星期六，晴

　　早至生产部，与李邦畿一道学习。背了老三篇。学了伟大的毛主席在七届二中全会的报告的第一段。根据最新最高指示：

　　"历史的经验值得注意。一个路线，一种观点，要经常讲，反复讲。只给少数人讲不行，要使广大革命群众都知道。"

今后学习主要集中在主席在七届二中全会的报告上。

上午劳动，淋莴笋，下午栽瓢儿白。

9/12，星期一，晴

早起，背老三篇。学习主席在七届二中全会报告的第三段。在这篇中，伟大的领袖毛主席作了最高指示：

"在拿枪的敌人被消灭以后，不拿枪的敌人依然存在。他们必然地要和我们作拼死的斗争，我们决不可以轻视这些敌人。如果我们现在不是这样地提出问题和认识问题，我们就要犯极大的错误。"

主席这一英明指示，揭示了阶级斗争的复杂性。这次全国清理阶级队伍，把这些坏人清查出来，是毛主席革命路线的伟大胜利。我自己受资产阶级教育久，中毒深，在1957年又犯反党反社会主义严重错误。经过若干年来群众的监督教育，深刻地认识到在社会主义革命的时期，自己就是不拿枪的敌人。必须老老实实向人民低头认罪，老老实实接受工人阶级的再教育，才能重新作人，为人民立新功，以补偿自己的罪过。

11/12，星期三，晴

早班守粪，背了老三篇。有四五个男孩和两个女孩来掏粪，前后来了三次，我去阻止，有一个经常来的男孩又用粪勺在我衣服上抹了粪。我想守粪是我的责任，虽然你要抹我的粪，我仍然不能让你们偷的。因阻止较坚决，来偷的事虽然仍有，但是少了一些。每次阻止偷粪的时候，常有一些过路的同学等帮忙阻止，这是很好的。

下午至财务科领了生活费，又到事务科找邝玉森谈房子问题，邝说要经过大联委讨论，未得答复前不能搬。现在问题已成为我和事务科之间的问题了。

12/12，星期四，晴

晨背老三篇。下午守粪，未见有人来偷。二点时，黄发仁来粪棚，说工宣队要他寄外调材料，所以下午不能上班。我即到生产部将黄的情况告知李邦畿。晚上六点半钟，黄发仁又来粪棚，说明天早上八点半至九点他要去工宣队交外调材料，要我帮他自八点至九点代他守粪，我答应向李邦畿说。

现在大雪节气已过了六天，然而天气却很和暖，我觉得有些反常，往往影响冬季蔬菜的生长，希望立春前能有降温才好。

16/12，星期一，阴，降温

早起背老三篇。带孩子到九人民医院去看牙，未挂成号。（昨天守班，故今天补星期假。）买了米、面粉。下午洗衣服。读主席诗词。

17/12，星期二，晴

晨六点半至粪棚守班。到八点前十分钟李邦畿来通知到生产部集合，要我去喊黄发仁。我到黄家敲门，无人应答。即到生产部告知情况。范忠祥亲自去喊，也无人应答。由生产部到第一教学楼，原来第一中队今天斗争两个人，上午是反革命分子林东，下午是坏分子袁有明。把我和李邦畿喊去陪斗。下午斗争会结束后又游了街。

我认为自己是专政对象，应该老老实实地接受革命群众的监督和工农兵的再教育。应该在每一次斗争中很好吸取教训，深入认识自己的错误，重新作人。

19/12，星期四，阴

晨到生产部，与李邦畿一道学习，先背老三篇，后学公报。

劳动先为挖莴笋土。十点钟后又奉刘师父指示收萝卜，送了六十八斤白菜到中文系食堂，下午继续劳动，收萝卜。

中午一时，漆宗梅带两位中文系青年教师来我寝室，说要我搬出。我即将前次外语系青年教师要房间的事向他们谈了。他们和我一道去了解现在团结村四舍二号（原蒋良玉保姆寝室）的情况，据说现有人锁了门，但并未搬进去。漆宗梅向有关人商谈，无结果。

20/12，星期五，晴

晨守粪，背老三篇。九点时二中队劳动队来担粪。中午少年农民来掏粪的很多，前后有十人以上。当在女厕所门口将他们挡住时，另一批即乘机跑进男厕所。幸亏有同学帮忙，几次都将他们劝阻走了。但有两三人仍远远地在新图书馆坡上等机会。我不敢离开，直到袁有明来接下午班。

下午学习主席在七届二中全会上的报告第八段。在这段光辉的著作里，主席英明地指出当时的条件下革命力量所占的压倒优势已经使国民党内部有一批人愿意接受八项谈判条件，并且指出应当要准备对付各种可能发生的情况。

下午到生产部取了一根竹扫把上来，以便随时清扫厕所前的马路。

22/12，星期日，晴

晨起，广播里播送伟大领袖毛主席的最新最高指示，立即记下。

最新最高指示：

"知识青年到农村去，接受贫下中农的再教育，很有必要。要说服城里干部和其他人把自己初中、高中、大学毕业的子女送到乡下去。来一个动员。各地农村的同志应当欢迎他们去。"

上午守粪。下午去买牙膏，已卖完了。售货员说要等几天。取了上月交弹的棉花。要买点切面，因几处都是很长的轮子，就不买了，三点半回院。晚早睡。

26/12，星期四，晴

晨守粪，背老三篇。早七点多老范来粪棚了解情况，问床到那里去了。我答不知谁人取去，因我在七至十一月未曾守粪，床是在这期间被取去的。他又问冬天需不需要生火，我答以往要守夜班，需火，现不守夜班，我自己觉得白天不需要火。今天来掏粪的少年男女农民三起。男的全被挡走，女的曾经进入女厕所。我下去到生产科喊人，但门锁着，人都不在，幸而有解手女同学帮忙喊出农民。下午三时半至五时半在生产科栽瓢儿白和莴笋，我挑水三挑。写呈生产科报告，说明每逢学习的早上在学习后参加劳动有困难。

1973年

五月

1/5，星期二，阴

上午曾往见梅生，午饭后写毕致邹果复信，午睡后发之。晚至梅生室谈。近来头晕目眩之情况较数日前为甚，翻阅《农村医药手册》始知其为"美尼攸"病。忆去年在梁平亦曾一度有之，但不若此次之显著，约一两周后自行消失。

2/5，星期三

阴，昨夜雷雨，今降温，27℃（79 ℉）。

上午至大校门候买菜，不遇。1:00 — 3:00午睡，起至卫生科，吴孝友医生诊视，谓系耳前庭发炎（起因于受凉）所致，盖此部器官司平衡感觉，若感失去平衡，则故在前庭。开s.m.p（即长效消炎药）及维他命B_1。离卫生科即往见梅生，晚饭后回。

吴孝友医生亦谓长时间熬夜亦可致"美尼攸"病，然则数日前曾读书至深夜一时恐有关也。

3/5，星期四，晴

上午上街买菜，午饭后归，2:00—4:00午睡，起写致刘连青英文信，晚饭后出散步，觉头晕、目眩、腿痛，再加原来之呼吸困难，遂未去看梅生，因其处于高岩，难以攀登也。自昨晚开始服吴医生所开之s.m.p，然头晕目眩不见减轻。

腿痛（下腿）似由于昨晚腿部受凉，盖内仅着短内裤，外着维棉布裤，此种维棉布极薄，宜夏季。昨晚在梅生室时即觉腿部甚冷，幸上身尚有毛线衣，否则更不堪矣。九时许回室，下团结村石梯时目眩腿战，几不能下步，勉强挣扎，中经多次歇气，始得下来。

4/5，星期五，晴

9:00—11:00睡甚熟。午饭后1:00—3:00午睡，起外出，拟翻阅 *Peking Review*，乃至图书馆，不料各门紧闭，无人应，乃回。半途启群自后来，盖彼等在楼上上班，始下班也，因在楼上遂不闻敲门矣。谓邓爱兰来帮刘炽亮家，又谓有哈工大人欲出售小电扇。乃往。见邓爱兰，较前老甚，背已微驼。甚热情。见小风扇，尚好，知启群甚欲购之，乃决定出45元（其原主1970年购时为55.30元），俟彼明日回话。又见梅生所借之孙述万之电唱机（处理品价80元。可唱片、收音、播音三用）。试放"Home, Sweet Home"，又试放英语语音教学片。梅生即聆学之，于l、n二音之分别已具初步能力，若再反复习之，仔细听，仔细摹仿，必可完全校正原学之错音也。九时许归，睡时已十一点矣。晨遇黄彝仲，向其订购日语教本三册。

5/5，星期六，阴

晨写毕致刘连青英文信，12:30—3:00午睡，起发信，至梅生处细看孙述万之电唱机，又听唱片。启群带小电扇与原主之小孩子往街上寄卖行请估价，谓可标50元，则扣手续费后仅可得44.50元，请其小孩告其母，若肯出售则明日可交彼价款矣。

回室正煮晚饭而曹慕樊来小坐。

6/5，星期日，阴

　　晨至黄彝仲家取得日语教材三册，即包扎二册分寄刘连青及王能忠，十二时正午餐毕，起浴室洗澡，一时半回，午睡至三时半，头仍晕甚，晚餐后至梅生处为其校正英语读音，由于有孙述万之唱机及唱片，梅生读音已大有进步，唯其学习乃系直接摹仿其音，而未联系每音之国际音标及单词，须加注意。

7/5，星期一，晴

　　晨9：00—10：30睡甚熟，午饭后1：30—3：00又睡，尚佳，起上街至邮局寄刘、王日语教材。晚餐后回。

8/5，星期二

　　昨夜突起大风，至2：30下猛雨，12：30—2：30不能入睡，晨七时醒，雨不止，至中午始歇。邹果夫妇来。午饭后方欲午睡，而彼夫妇又来。乃起迎。三时许领工资，扣家具费0.34，实得58.66。雨老借去30元，至10/6还。晚饭后赴见梅生交彼生活费20元。

9/5，星期三

　　昨夜雨，晨续雨，室内温度24℃（74 ℉）。

　　上午9：00—11：00睡甚佳，2：00始吃毕午饭，3：00—5：00又午睡，亦佳。可能有微受凉。余近数年来经验，每受凉则思睡，且能熟睡，甚舒适。

　　近两周来因头晕目眩之故，记忆力亦减退，记日记每有遗漏。且读书不甚敏锐，常觉昏然。昨翻去年日记，在五月间亦有此头晕目眩之现象，唯忆每天仅在上床卧下，及起床之数分钟内，不似今年之竟日如此。去年约在六月间自行消除。其苦不若今年之甚。或今年因注射链霉素之故欤？

10/5，星期四

昨夜雨，今竟日雨。

上午至期刊组拟阅 *Peking Review*，未见。2:00—4:30午睡，晚饭后访萧成智，写致王能忠信。

11/5，星期五

昨夜雨，上午雨，下午阴。

1:00—3:00午睡，起上街购枕套一对作王能忠婚礼。在街上晚饭后回，晚为梅生教英语。

12/5，星期六，阴

晨洗昨日取回之翻领衬衣，1:30—3:00午睡，起发致王能忠信，晚为梅生补英语。

自昨起觉头晕目眩稍好，是否因食黄鳝之故？

13/5，星期日，阴

晨至梅生处，彼上街看朝鲜电影，翔儿则去浴室洗澡。稍坐即回，午饭后洗澡，3:00—4:30午睡，起又去看梅生，周家骍、刘安娜、安娜二妹夫张某均来启群室晚饭。九时许回。

付启群2.00以招待邓爱兰母女及女之男友。

14/5，星期一

昨夜雨，今竟日阴雨相间。

上午至梅生处，午饭后回，交彼1.00以购干电池一对。1:30—3:00午睡，起读书，晚饭后复去看梅生，晚九时回，手脚疲软，步行下坡乏力，不稳，必与头晕有关。昨夜周家骅医生亦言头晕目眩系由于链霉素之故，以其防害耳内半规管也。

15/5，星期二，阴

上午九时读书不久倦甚，方欲脱衣睡，曹慕樊来，1:00—3:00午睡，起拟早进晚饭，以便为梅生补英语，汪正琯来，示以王能忠致彼信，内言王"文革"告文件已到校，右派三恢复。此与前所闻传言完全相同。汪离去已六时半，始晚炊，而吴宓又至。晚饭毕已八时半。拄杖散步，归已九时半。十时半就寝。

16/5，星期三，阴，下午间放晴，略闷热

上午洗外裤，读书。1:00—3:00午睡，晚在梅生处晚饭。八时即归。十时许就寝。接王能忠信，所言与汪言同。

17/5，星期四，昨夜大风，降温，雨

晨九时许上街理发洗澡购物，午饭归。1:30—2:30午睡。洗棉毛裤及内衣裤。晚饭后去看梅生。

18/5，星期五，阴，有风，晚雨

上午至北碚区门诊部，见病人太多，遂未挂号。见其黑板上写明星期六下午看病（上午政治学习），乃回。郭冰昌交来

所代购黄鳝一斤半。1:30—3:30午睡，未成眠。晚将黄鳝带梅生家，炒之以供晚餐。八时许回，已落雨矣。梅生参加赛跑，200米第三名。

19/5，星期六，阴，雨

上午将昨晚自梅生处回时取用之伞送回，正拟早午餐以便早午睡后携梅生赴北碚区门诊部照Ｘ光，而汪正瑄来，耽延近一小时。1:30—2:30午睡，起找梅生，赴北碚区门诊部。余亦复诊，据夏医生云头晕目眩乃链霉素反应，乃改用"1314"，得药后乃知即"乙硫异烟胺"，系因 P.A.S 等已用过之病人对长久使用之药已生抗药性而使用者。梅生本拟照光，然照 Ｘ 师去开会未照成。晚又至梅生室查阅《常用药手册》，果见有"乙硫异烟胺"，为抗痨药之"第二类"者。思俟链霉素反应完全消失后再徐徐试用之。以《手册》上言其有呕吐、恶心、头晕……等反应也。

20/5，星期日，阴雨

晨至商店买定量糖，售货员忽以今日上午十时之法国火山科学电影票求售。以为"内部"影片。余本有昨夜一时之票，实不能去，已交梅生母与别人看矣。今竟不意得此时间适合之票，乃购之。十时放映，回校抵室已十二时四十分矣。午饭后洗澡，4:00—5:00卧床休息。晚饭后看梅生。为彼补汉语语法。

21/5，星期一，阴

上午至图书馆西文书库浏览。归途遇一女农民要求以八斤粮易布票10尺，乃易之。1:00—3:00午睡。起读梅生要求为补习之《现代汉语语法讲义》（1963，商务印书馆出版，北京师范学院中文系刘世儒编）。觉其中颇有扞格，盖作者于印欧语系语言乏知识也。又动词中分类甚多，名目颇繁，学之者须由定义而及实际连触之词，则须先背诵定义，甚无谓也。今之论汉语语法者类无外语知识，遂有此弊。

晚赴梅生处，渠去看电影钢琴演奏《黄河》。

22/5，星期二，阴

上午准备为梅生补习语法，睡约一小时，曹慕樊来。1:30—3:00午睡，起为梅生备课。晚至梅生处，早回备课。曹慕樊借去Robert Grave: *Greek Mythology* 二册。洗衬衣及内衣。

23/5，星期三，阴间晴

洗枕套、枕巾及蓝卡几外衣。至刘元龙家探其病。又至曹慕樊家送草帽。中午始回。2:30始食毕午饭。4:00—5:00午睡，晚饭后往视梅生，彼今继参加运动会，200公尺第五名。回备课。

24/5，星期四，阴间晴

上午睡二小时，午睡又二小时。每次均熟睡一小时。准备语法，晚看梅生。吴宓今又来欲暂借10元。幸当时受彼赠款未全用掉，否则难应付矣。此老既赠款以济人，而又欲被济之人随时予彼借款以便彼再给其他之人。晚遇戴蕃瑠，同散步。

近两日来头晕目眩之症渐减。

郭冰昌为买菜。

25/5，星期五，阴间晴

因晨五时醒后不宁，上午9:00—10:40又睡。午饭后1:00—2:30又睡。曹慕樊来。晚至梅生处为其补语法。

26/5，星期六，晴

晨七许至大校门，拟候卖菜者过而买之，至八时许未见有过者，乃信步至服务大楼观览。无甚稀奇，回至街上买菜、笔墨各物，午餐后乃回，抵室已12:30。1:30—3:30午睡，不宁。起，晚餐后为梅生讲语法。

27/5，星期日，晴

晨五时半起洗床单及棉毛衫。9:00—11:00睡着。午饭后洗澡。归来思睡。4:30—5:50又睡着。晚饭后看梅生。渠老师交下重庆市各区1973春季初中毕业生升学考试语文试题，欲渠以大纸毛笔抄之张贴课室以备同学学习之用。渠求余为书之，乃应。

吴宓今借去5元。

28/5，星期一，晴

上午汪正琯来坐近一小时。1:00—3:00午睡，晚饭后看梅生，归为其写试题。

29/5，星期二，晴热

上午至留守组取得六月份粮票27.5斤，回室写试题。11:00访萧成智。在梅生处午饭。3:00—5:00午睡，晚饭后为梅生补英语。

30/5，星期三

阴，昨夜雨，晨续雨。

未打到牛奶。上午睡二小时，读书。1:00—3:00午睡。起读书，晚看梅生。近来头晕目眩之症更减。惟未完全消除。主要在晨起后之一两小时内。益当候卖牛奶者时每往来漫步以遣时光，仍觉头晕也。目力则大不如两年前，亦不如数周前。视远处之物初不能辨，须俟数秒钟，始渐清晰。然亦不能如数年前矣。

右耳下于前晚睡下后不久愈觉胀而不适，以手触之乃觉块然有瘰疬，甚大。忆有瘰疬之感系四十馀年前十岁左右时也。昨起服"贝母二冬膏"。今瘰疬又大部消平，不知何故。究与该膏有关否？唯此膏或有安定神经之作用，因近来上、下均思睡，夜间仍能睡，尤以近二日为然。

31/5，星期四，晴

上午读毕 *Short Dictionary of Classical Word Origins*（Harry E. Wedeck, Philosophical Library, New York, 1957）。睡休息约二小时，午饭后1:00—3:00午睡甚熟，起外出理发、洗澡、买干电池等，晚饭后归。梅生亦买到干电池。

六月

1/6，星期五

晨阴，盖昨夜曾细雨。旋转晴，本拟早带翔儿外出，以今日为"儿童节"也。而曹慕樊来,10:30方去。至翔儿室,已与同学外出矣。乃自上街购得桃及面条而返。抵室已近一时。午饭毕已2:00。午睡至4:00。晚饭后去看梅儿等。吴宓今来借去1元,以付某家儿童。

今日起自习日语。

下午起雨,晚尤甚。

贝母二冬膏一瓶一两今食毕,前后共服四天。

2/6,星期六,竟日阴,时雨

昨夜十时上床,读旧英语杂志至十二时半始睡,今晨起精神尚好。写致陈良群信。1:00—3:00午睡。起习日语,四时半将信投邮箱并探慰吴钊,以其爱人于30/5被肇祸卡车撞死也。在梅生家晚饭,八时许回,临行交翔儿二元,并粗粮2斤,嘱其明晨为上街买菜。

3/6,星期日,阴雨

上午习日语,小睡约一小时。午饭后赴浴室,不料售票人以人少停售票(实际系旷职),乃返,2:00—4:00午睡,起习日语,晚在梅生室晚餐,回早睡。拟写信致Miss Jones。

今日翔儿上街为买黄鳝及面条。

4/6,星期一

上午阴。昨夜虽早就寝,然卧床读旧杂志至12时,故今晨觉倦,习日语时颇思睡,乃于9:20—11:00睡,开窗睡。午后转晴,亦睡2:00—4:00,起习日语。晚饭后赴梅生室,觉痰多,

尽白泡沫痰，知系受凉，带回"川贝枇杷止咳糖浆"一瓶，服
少许。十时就寝，复以读旧杂志而至12：30始熄灯。

晚回时，启群给以粽子五枚。

曹慕樊下午来，仍为借裁衣服书及"甩手"疗法说明书事，
甚耗时间，影响习日语也。

5/6，星期二，晴

下午甚热。晨曾至大校门买得青椒一两而返。倦甚，卧床
一小时许。起习日语，午睡1：30—3：30，起习日语，晚看梅生，
以香烟一包赠邓爱兰。吴宓借去2元。

6/6，星期三，晴

起洗衬衣、外裤、袜、床单。略习日语，1：00—3：00午睡，
起习日语，翔儿来。晚看梅生。其母将于明日赴蓉贺其外公80
整寿。今晚赴四十四中与梅生班主任谈话。赠白糖一斤，盐蛋
四枚，《吉林师范大学汉语语法教材》一册。盖今夏高中收生不
经考试，完全由原校推荐也。

7/6，星期四，晴

上午外出拟洗澡，盖数日来觉呼吸不畅，思洗澡可出汗，
或使呼吸略舒也。不料甫至路上即遇曹慕樊，约同去买菜，遂
买菜同返。午睡不宁，以心跳及呼吸不舒而心中烦躁不能入睡。
数年来凡卧床时心跳每分钟约90跳左右。若在站立或走动则在
100跳以上，故时觉精神不宁。

起习日语，晚饭后赴梅生室，彼得赛跑200公尺第五名奖

状。其母言昨晚见其班主任。谈今夏高中收生全由保送，盖以若考试则成绩低者几不可能升学（如"戴帽初中"之毕业生，其成绩素低）。又云将审查父母之人事材料，思想状况，改造状况云。

8/6，星期五

晴，下午甚热。

上午洗被面，午饭后缝铺盖，故未午睡，翔儿中午来言晚上去吃稀饭。2:30发工薪，得58.66。赴北碚区门诊部，梅生如约而同时到达，即挂号照X光，结果"胸部无异常发现"，遂放心矣。旋上街洗沐浴，晚饭后回至梅生室食稀饭少许。翔儿因今日上午在班上殴打女同学，老师中午来家与其母谈其事，令翔儿写一检查。因嘱其务必写好，并作好作业，以扭转老师对彼之印象云。8时回室，早睡。今开始服"乙硫异烟胺"。

9/6，星期六

晴，下午觉甚热。

上午闻有学校卡车一部已开梁平。洗被面，吴宓还来借去之款40元。早进午饭，十二时即午睡，然至12:30左右始睡着，1:00即醒，不复能睡矣，因室内温度逐渐上升颇感不宁，此或为不能入睡之原因。3:00起，准备晚饭。晚饭后散步遇戴蕃瑨，后至梅生室。今日为其外公80整寿。晚十时即睡，然甚热而闷。

10/6，星期日，阴间晴

昨晚十一时许忽起风，旋雨，渐觉凉爽乃酣然入睡。觉凉醒来，视表为2:30，起盖薄棉被。即前日甫缝上者也。甚舒适。雨、风正大。又睡着，至今晨五时方醒。起刷牙洗面，为5:30，又睡，至6:30起床。晨往看梅生。午饭后赴浴室，方知已停止营业矣。恐整个夏季均不营业也。回室午睡2:00—4:00，起习日语，晚赴梅生室。

郭冰昌今日为买菜。

11/6，星期一

阴，下午间晴，闷热。

上午上街买菜而返。1:30—3:30午睡，闷热，室内又有煤油炉正在烧鸡，尤觉热，且呼吸不畅。习日语。晚饭后与梅生耍。早回，早睡。

12/6，星期二

昨夜甚凉爽。10:30 p.m熄灯，直至3:00 a.m方醒。觉气压忽闷，知转密雨矣。4:00 a.m起，洗脸，刷牙，抹身，始觉较爽适。4:30又睡，至6:30方醒。

近两三月夜睡均佳。唯均早醒，盥洗后又能熟睡一二小时。亦甚好也。

晨起后9:00习日语，又沉沉思睡，乃睡至10:30。曹慕樊来坐约一小时。午睡2:00—3:30。起习日语。汪正琯又来坐。晚在梅生室晚饭，将昨烧好之鸡带去，以使二儿略增营养也。晚早回。

近来呼吸困难现象微好转，岂乙硫异烟胺之效？

13/6，星期三

阴，下午四时后间微晴。

晨七时半至大操场，仅着白衬衣，觉冷，未以为意，殊料竟致竟日两肋隐痛，腹亦痛，当因晨受凉故也。上午习日语，9:00—10:20睡着，午饭后1:00—2:00复睡着，起写给道宏信。至4:00又思睡，且腹隐痛。坐室内觉闷热，然不着长裤及衬衣似又觉冷。晚看梅生。

14/6，星期四，阴

下午上街，始出门时有零星雨点，乃愈大，然已行矣，至街上雨转大。考虑如雨大淋湿，必受凉，可能导致肺炎，甚致胸膜炎，则身体更不堪矣。只有忍痛购一雨伞，仍可给梅生等使用也。但又忆或有出租雨伞之商店，访得之，乃租一纸伞，得免淋湿矣。买菜，进晚餐。又访王峥嵘，返校已近九时矣。王言李长河在石棉，经济困窘，又生病。春节曾来渝西南医院看病，在家住五天云云。因思应量力帮助。拟赠彼粮票10斤。得便交王，或自寄去。

15/6，星期五

阴，下午及夜均雨，夜且有风降温，晚睡时室内75 ℉。

上午至萧成智处略坐。回家，至吴宓室借报，适见吴宓将银行存折交唐季华，言其上700元，取200元则应余500元云云。唐见余来急藏不迭。

午后三时上街，还伞，理发。将粮票10斤交王峥嵘，支援李长河者也。洗澡归。晚雨，风大。九时许就寝。

见人民日报（12/5）及光明日报，上载Bill Small来华与郭沫若交谈照片。

李长河地址：石棉，新康矿，大洪山36队。

16/6，星期六

昨夜雨，今续雨。上午曹慕樊来坐。1:30—3:30午睡，起习日语，晚看梅生。

17/6，星期日

阴，昨夜雨。

上午习日语，睡一小时，翔儿来。1:00—3:00午睡，习日语。晚在梅生处晚餐。

18/6，星期一

阴，昨夜、今晨均雨。

上午赖启宁来谈，汪正琯亦曾来。1:00—3:00午睡，起略习日语，上街买米、菜，招待赖启宁晚餐，晚九时始回抵寝室。

19/6，星期二，阴

上午9:00—11:00睡。下午1:00—3:00亦睡，晨曾作"甩手"运动三百次。习日语。晚看梅生。

20/6，星期三，阴

上午上街，拟洗澡（以肢体生若干小红斑，痒如虫咬者），但已停水，澡堂停业，购物返。

1：30—3：30午睡，起习日语，晚看梅生。

21/6，星期四

雨，阴，下午一度晴约三四小时，闷热。

上午至图书馆期刊室取信，中午为梅生及其同学王文年补习英语。1：30—2：30午睡甚熟，起上街洗沐浴，一周来闷腻之感得以稍除。晚又为梅生补英语，以其次日考英语也。

启群言人谓梅生学习成绩凸出，可能作为"可以教育好子女"而推荐进高中。

22/6，星期五，阴

上午至大校门买到青椒，下午1：00—3：00午睡，起习日语，晚饭后至梅生室为其补英语，本拟早回，忽遇其母之同学某（自南充来），及孙述万、李应流等亦来，因回避之，候至彼等散去方回，已十时后矣。

今洗内外衣共五件。

23/6，星期六

阴，昨夜雨，晨续雨，下午阴。

上午9：00—10：30睡甚佳。午饭后洗床单、枕套。三时至文科馆查阅*Webster's Geographical Dictionary*。与郑祖慰谈甚久，晚在梅生室食面，以至文科馆甚久，约七时许始回也。

24/6，星期日

阴，昨夜豪雨，晨续雨，下午五时放晴。

上午习字，习日语。1:30—3:00午睡，因闷，未盖铺盖，旋因凉惊醒，亟盖之。起习日语，在梅生处晚餐。

下午草致Miss Anne Jones信。

25/6，星期一，晴，转热

上午习字，习日语。1:30—2:30午睡，起习日语，晚饭后看梅生，渠左下生智慧齿，肿痛。

26/6，星期二，晴

甚热，室内为88 ℉，然觉甚热。

上午习字，曹慕樊来。1:30—3:00午睡，起上街，洗澡，买纸而还。幸中午预煮两顿之饭，故晚归来即食之未再煮。晚饭后料理停当已八时半，九时半就寝，然遍体汗，不能寐。至十一时起，续点蚊香，又睡，至十二时半醒，接水。续点蚊香。睡至次晨六时。

27/6，星期三，晴

草致Miss Jones信。1:00—3:00午睡，起，誊信，习字，晚为梅生补汉语语法。

今日甚热，故午眠不佳，燥热之故也。闻将续晴，则温度愈高矣。

28/6，星期四，晴

室内晚九时半尚为92 ℉。

上午上街购物，至邮局发致Miss Jones信。1:50—3:30午睡，因热不寐。起习字，晚为梅生讲汉语语法。

29/6，星期五，晴

上午至刘元龙处稍坐。1:30—2:30午睡，不宁，因热，且呼吸不顺，间有"落气"感。起习字。习日语。写致王能忠（连同刘连青）信，附五元请代购瓶胆及灯泡，信封上书烦韩凤鸣带去。晚为梅生讲语法。

30/6，星期六，阴

仍闷热。昨夜门窗通夜开，然仍热，为90 ℉。难入寐。晨起打馒头后赶至卫生科，然韩凤鸣所搭卡车已开去，幸有吴钊搭另车，为带致王能忠信。

共交郭冰昌三元，嘱其代买肉、米、菜。晚为梅生讲汉语语法。

七月

1/7，星期日，阴

昨夜九时许突起大风，大雨竟夜，温度陡然下降，盖薄棉被，熟睡竟夜，甚舒适。今上午仍有小雨，上午曾看梅生，为其讲语法。1:30—3:00午睡甚佳。五时许突放晴，至八时又转阴。看梅生，渠言气候预报言明日将为阴间多云。

郭冰昌午饭曾送来米及腊肉，并结清账目。

约在夜二时醒，久不能复寐，乃起抹身，并作甩手运动500次，又上床睡，此时为四时。甫上床不久，即入睡矣，直至次晨六时半始为广播惊醒。此可见甩手非无效也。特习之为恒为难耳。

2/7，星期一，晴

　　昨晚十时半就寝，卧读吴梅村诗集，十一时十分熄灯入睡。旋觉冷，又加毛毯，入睡。约四时前廿分钟醒，不能复寐，至四时半起盥洗，甩手1000次，五时十分又睡，乃稳然入寐矣。上午习日语，1：30—3：00午睡，竟日觉四肢酸痛乏力。恐系自30/6夜起降温受凉之故也。下午习字，看梅生，晚餐后回。

3/7，星期二，晴，转热

　　上午曹慕樊来坐。1：30—3：00午睡，起上街理发，洗澡，晚餐后回。先至梅生处为其复习英语，晚九时归，洗衣，就寝时近十一时，十二时半醒，又睡着，三时醒，不能复睡，起接水备明日之用，甩手四百次。四时睡下，不觉成眠，醒时已次晨6：30矣。

4/7，星期三

　　晴间有云，日间有风，故不甚热。

　　十一时许即进午餐，收拾毕，十二时二十分上街，看1：20之电影《毛主席会见墨西哥埃切维里亚总统》。2：30毕，出购桃，洗澡，5：00离浴堂。近7：00始抵宿舍。因起大风，甚凉爽。以恐如1/7之受风寒，且倦甚，未去看梅生。本拟早睡。汪正琯来，遂耽延半时。九时半就寝。睡佳。十二时半醒，觉闷，盖风止也。起开门窗透气。点蚊香，旋又睡着。晨五时半始醒。

5/7，星期四，晴，间有云，闷热

晚九时许忽稍有风，稍为凉爽，近二日来胃痛，尤以昨午餐，恐因饭较硬，胃痛甚。今胃口亦不佳。晚看梅生。渠手指误触正在转动之电扇，幸未受伤。然扇遂出怪音。

6/7，星期五

晴，闷热，夜亦闷热，至夜十二时室内犹90 ℉。

午睡不着，太热之故也。晚在梅生处进饭。回寝室为九时，热不堪，抹身，洗内衣后十时就寝，不能入寐。12:30起接水，室外已甚凉，然室内仍热极，盖不通风之故。2:30又起抹汗，洗脸。

7/7，星期六，晴

晨五时半醒，六时起。上午方在室草致云从龙信，而汪正瑄又至，耗去一小时半以上，盖及打午饭，彼始去也。午饭后极热。不能午睡。通体流汗。今日发本月工资，扣去家具费实得58.66。晚至梅生处，付给其生活费20.00。彼已毕业考试完，翔儿正在考试中。夜极热，通宵室内90 ℉。门窗开通夜，犹无风。

8/7，星期日

晴，极热，室内94 ℉，入夜犹92 ℉。

上午习字。煮午晚两顿之稀饭。午睡通体流汗，犹能熟睡约一小时。三时上街洗澡，购"酸辣菜"一瓶而返。

晚看梅生，彼将凉席及小电扇送来。

为接水昨夜起数次。2:30 a.m起来后曾将门窗关闭，然闷不通气，甚难过，乃又起而开之。竟夜热甚。

9/7，星期一，晴，极热

上午习字，读吴梅村诗集。午睡1:00—3:00。起草致Willmott信。近五时室内极热，晚饭后看梅生。翔儿正在考试中，晚九时回抵室，开小电扇而睡。1:30 a.m醒，起接水，洗内衣，至近3:00 a.m又睡。

10/7，星期二，晴，极热

室内下午36℃，晚十一时犹35℃。盖空气不能对流故也。当初修建者之无知，遂致居室者无穷之痛苦。上午将炼乳一瓶、酸辣菜半瓶交梅生。

下午午睡不成，太热之故。起而洗灰方格外衣。五时太阳入室，乃赴梅生处晚饭。晚归适二楼淋浴室有水，乃洗淋浴，睡。十二时半又起洗内衣、被单，二时半睡，甚佳。夜间在过道水管处接水时觉风甚大，微感不支。入室则热烘烘。足见居室通风之重要。

11/7，星期三，极热

上午习字，续草致Willmott信，以热气太大，头晕不能凝思。旋睡片刻。吴宓忽来，言彼已定18/9约人为其庆八十整寿。午饭后更热，午睡1:00—3:00。起更觉难过，乃赴合作社购得蛋糕及罐筒蘑菇。盖数日来每日三顿均食稀饭，无菜，颇感胃中不舒。至梅生处，小风扇为其弄坏，转动时出极大怪音，且剧烈抖跳，如不用手按住即可跳落桌下。晚饭后回室，热极。抹身而睡。十一时半起至二楼淋浴。又睡至一时半起洗内衣，接水。二时半又睡。六时起。

12/7，星期四，晴，极热

上午习字，读吴梅村诗。1:00—3:00午睡，起赴卫生科取得异烟肼、Vit.B各100颗。在梅生处晚餐。自下午六时突转阴，起风。在梅生山岗上风颇大，甚凉爽。回室时约八时。在走廊稍坐。数日来酷热不能安睡，故拟早睡。不料汪正琯来，持二信托带交樊师傅及王能忠。至近十时方离去。

13/7，星期五

昨夜有风，阵雨，凉爽，故十一时熄灯至一时半起关门窗，旋睡至四时半方醒。未能续睡。五时起洗脸，烧开水。半小时后又睡着。六时起。早饭后即赴北碚区门诊部诊病，照X光，查血，查痰。上次所开之"乙硫异烟胺"此次已无。上街午饭，洗澡。赴菜市买菜，途遇陈义容，乃至公园茶馆吃茶，至六时许方回。抵寝室已近八时，正在准备晚餐，戴蕃瑨先生来，谈拟请余为其女补习英语，以赴梁平在即，无法应命矣。

14/7，星期六，阴，雨

晨起视昨夜挂于墙柱之卤牛肉已被耗子食去一半。昨夜之挂于外，系恐为偷油婆所食，不料竟为耗子食去如是之多矣。

恐系昨在公园受凉，今觉无力。1:30—3:00午睡。五时去看梅生，晚餐后回。读吴梅村诗。

15/7，星期日，阴，下午转晴

上午睡一小时许，1:00—3:00又睡，均睡着，然起来后一直头痛，或云受凉也。忆星期五在公园山顶茶亭时风大，且少许淋雨，恐即受凉于该时也。下午五时去看梅生，渠正同夏永强（青年工人）修电扇。进晚餐时，梅生不肯为余洗碗，而余又以病，每弯腰必牵扯右侧支气管灼痛，不能自洗。乃大怒，掷碗于地，径回室自煮饭。静思之，此实自己缺乏克制，而梅生之有斯表现，亦由平时过于放纵并且对余之怨恨。然总而言之，社会使然。于己则力戒放肆，勿再有斯举矣。

16/7，星期一

晴，多云尚不大热，以微有风故也。下午室内90 ℉。

上午睡一小时许，起写致云从龙信。下午写毕。晚至梅生室晚餐后返。

晨梅生于山坡等余到问："你吃饭了没有？"知其有悔意矣。吾儿毕竟天真无邪，心地纯洁！

晚购罐头鱼一瓶供晚餐。

王能忠及刘连青来信，言找到一室。至梁可立住入。

17/7，星期二，晴，渐热

上午曾略睡，曹慕樊来，以余将赴梁平来看也。午饭后午睡不成。三时半上街，发致Willmott信。洗澡，往看王峥嵘，不料渠称彼校近规定凡教师来客一律在办公室接待，防止为毕业生升学"开后门"也。乃即辞出。在街上食烧饼二枚而返。抵寝室已八时许。洗过内衣已九时半，即睡。夜一时起接水，抹身，近二时复睡，甚佳。

18/7，星期三，晴，甚热

上午习字，读书，程新友来谈亦将赴梁平，今日郭冰昌犹未买到煤油，言卖处称无货。中午在梅生处吃。2:00—3:00午睡。起略整顿室内，终以温度太高，难以在室停留。四时至天生桥买得煤油8两，盖瓶小只能装8两也。在梅生处晚餐。晚九时回抵寝室，在二楼洗冷水淋浴，洗内衣后即睡，一时一刻醒，起接水，二时许又睡直至六时。

19/7，星期四，晴

习字，甚倦。睡一小时，午睡1:00—3:00。二时忽起大风，密云，甚觉凉爽，然约半小时即散，依然酷热，上街理发，洗澡，回室晚饭后，看梅生。

20/7，星期五

晴，热，致头昏痛。习字，仍觉头昏。汪正瑄来，致无法休息。1:30—3:00午睡，起洗毛巾单、枕套，拖地板，晚饭后看梅生。

21/7，星期六

晴，极闷热，下午室内35℃。

上午曾略睡，盖以昨夜酷热难眠也。下午1:00—3:00午睡，闷热头痛，赴陈东原、汪正瑄处交还彼昨遗落之纸烟盒。在梅生家晚饭。今为启群生日，在山岭坐歇凉至9:10方归。洗淋浴而睡，至十一时许忽狂风大作，雷电交加，暴雨，至次晨未止。一时半起室温渐低至能眠程度。

22/7，星期日

上午续雨，睡一小时。午睡1:00—3:00，起往访刘元龙，下午渐微晴，然犹不甚热。在梅生室晚饭。九时许回，卧读范文澜著《中国近代史》，十二时半方熄灯。

23/7，星期一，阴

上午赴图书馆，本拟借英文小说，然以不便，未入内。回室习字，料理午饭。2:00—4:00午睡，梅生来为装箱以便赴梁平。赴梅生晚饭，九时回。

郭冰昌为买各物昨结账。

在梁平必买各物：软席（可供遮窗、包皮箱）、手杖。

24/7，星期二

阴，下午雨，夜雨，凉爽。

上午习字，本拟即上街，未意曹慕樊来，至十一时方去，午饭后1:30—3:00午睡。四时上街，购物回，从后山至梅生室，以所买之炒肉给彼等明日午饭。西瓜则分而食之。九时回，阎修文先生言明日有车，如不雨即赴梁平。洗衣，十时半睡。

25/7，星期三，阴，间雨

晨赴卫生科视阎先生上车开行。回室早饭，习字，睡一小时，午饭后睡1:30—3:00，起赴卫生科，拟接洽乘车司机，彼东西支吾，盖不欲人搭其车也。至梅生处，其母外出，八时许方回。言在夏永强家吃晚饭后方回。李天梅与夏已于今日办到结婚证，即日结婚矣。因思明日须买枕套一对相送也。晚饭后回室。

下午购得饼干、糕点，以便带往梁平。

26/7，星期四，阴

上午上街买枕套一对为送邓爱兰女李天梅结婚礼，其夫为夏永强。以邓当二儿在褓褓时均曾带过，故宜略重也。回途遇翔儿飞奔往购电影票。2:00—4:00午睡。起习字，整理行李。晚饭后看梅生。约邓来看送其女之礼物。给梅生白糖约二斤（去年五月梁平所购），虾皮半斤。

27/7，星期五，晴

上午至萧成智处小坐，回习字，读《中国近代史》。1:30—3:30午睡。起读书，晚看梅生。

吴宓来取回其吴梅村诗集及其读书笔记。

28/7，星期六

阴，但闷热。

上午六时半有车二部开梁平（此二车昨傍晚抵此）。因不及摒挡，未能搭上。

回家睡一小时。起读毕《中国近代史》。

1:30—3:00午睡。极闷热。幸四时许二楼淋浴有水，乃得淋之，略舒。赴梅生处晚餐，见又返来校车一部，特无法知其开行之确切时间日期。

29/7，星期日

　　阴间晴，闷，虽不甚热，而人感不舒。昨夜开门窗睡至一时方起而关之，大约受凉，故今日竟日咳。泡沫痰（似生于喉头，或上呼吸道者）甚多。午睡亦不甚佳。至卫生科看病。

　　上午习字，读吴梅村诗集。下午四时半赴梅生处，在彼晚饭，七时许回。乃知刘连青、王能忠二君搭校车傍晚抵达，来访。九时二君来，谈不日即回，则赴梁有人于车上照顾矣。

30/7，星期一，晴，甚热

　　咳渐止，痰渐消。大约系因服"川贝枇杷止咳糖浆"之效。王君昨自梁平提鸡一只相赠，上午请郭斌昌为杀鸡，持交梅生，嘱晚间约刘、王来食之。午睡初尚可，然室温不断上升，头痛，四时乃赴梅生家。至六时二君未来，乃进晚饭。饭后在山顶乘凉，以有凉风也。八时回，刘君来言明晨六时有车，即走。乃积极收拾行李，汪正琯来，以事忙，不能听彼久坐，婉词请其早去。十一时许下大雨，起大风，顿觉爽然。睡至次晨四时醒，起摒挡行李。

31/7，星期二

　　晨雨止，四时起，摒挡行装就序，六时前刘、王二君及翔儿来将全部行李运去上车，自提一网袋后至。六时果开车矣。翔儿亦去，据言其母同意，托刘君照看，被盖则刘君设法。车行甚顺利。十时半抵长寿，十二时抵石堰，未下车。一时四十五分即抵七间桥校内矣。刘、王二君为准备之寝室甚佳。翔儿当晚与王君睡。晚饭后抹身，换内衣。在门口略坐休息，即觉甚凉，需穿衬衣。八时许即就寝。王君借给煤油炉使用。

八月

1/8，星期三，晴

　　昨夜初上床即熟睡，十二时为大风惊醒，急起关窗，即不再入睡矣。至四时起作甩手400次，乃又安然入睡。六时醒，起。1:00—3:00午睡。晚饭后有电影，往看，乃知系曾看过多次者，遂回。9:30就寝。自电影回室觉凉，乃着毛线衣，写便笺给梅生。

　　加餐肉票连翔儿二份共0.90。

　　写信致陈良群。

2/8，星期四，晴

　　至戴大珍处取回前陈良群为寄放之物。1:00—3:00午睡，起领工资，未料财务科以为余尚在硚，故未包余之资，须俟彼等自硚返回后再领。读吴梅村诗集。晚间翔儿去看表演。十时半后方回，致使刘君候久。盖必待彼回始能锁门也。余亦等至彼回，十一时就寝。晚间又加毛线衣。

　　此地今夏较去夏为凉。尤以余居室为然。盖窗本西北向，如开门则风穿室而过，甚凉也。前托王能忠所购之瓶胆今亦装上。甚佳。

　　王能忠君交20元，备用，却之，不可。其实亦无大必要也。

实深感谢！但备之而已矣。

3/8，星期五，晴

　　夜睡尚佳，三时许醒，甩手400次，四时许又睡着至6：30起床。8：30—10：30睡，甚熟。王能忠君携翔儿搭校车赴梁平，午饭后回（1：30）。午饭后洗衬衣及长裤，2：00始睡，甚熟。4：00起。晚饭后王能忠来读英语，学读音，言其爱人不日将来，学英语，以便求一代课机会或可调出农村也。

4/8，星期六，晴

　　上午8：30—9：30睡，起读吴梅村诗集。1：30—3：00午睡，起。洗澡。晚饭后读吴集。十时就寝。十一时一刻为某夫妇吵架声惊醒，遂不能睡。旋忽闻有人唤余，应而起床，开门，乃见财务科郑学君，送来本月工资，且问何以不去领。告以曾去领，熊道高言未包起，须等自北碚发薪回来始能领云云。亦奇事也。

　　难入寐，约一时后方入睡，而五时醒矣。

　　翔儿赴戴大珍约，带回戴补给其母1.23元。

5/8，星期日，晴

　　本日为屏锦区物资交流会，先在七间桥买得蛋、鸡。本拟再赴屏锦买菜油，以天气过热作罢。今日买各物甚顺利，未等待许久，亦未费口舌。翔儿随刘、王二君赴屏锦，七时去，九时许即回，盖物资甚贫乏也。上午10：00—11：00睡着。下午1：30—3：00亦睡着。今晨购得鸭蛋90枚（@0.09），即由刘、王

二君向程新友工人师傅阅说，托其带交梅生，赠以香烟二包
（0.68），又戴大珍夜晚亦来，将所剩饭菜票转让，并允带部分
书籍交梅生，可以稍减将来返碚之负担矣。唯夜深之际戴数来
叫唤，殊不安，又扎捆书籍亦觉劳累，虽然不过十馀册书，重
约三四斤也。

6/8，星期一，晴

晨四时许即起，为准备送戴大珍上车也。唯车至近八时始
开来七间桥口，装床甚多，人亦多，戴未能上去，程新友则上
车，车八时许开行，戴只有俟下一次车矣。写信致梅生。

翔儿每晚必外出玩耍，夜半十二时方归，甚堪忧虑。近
十二时忽感饿，煮鸡蛋二枚食之。

读 *An Anthology of Famous American Stories*。

7/8，星期二，晴

晨至邮局发致梅生信，喊周来玉洗铺盖和蚊帐。给以白肥
皂半块。读书，晚八时许卧床休息，十一时熄灯。

8/8，星期三

晴，甚热，室内下午33℃，然以通风及无日光直射入室，
犹大胜于北碚也。读书，1:00—3:00午睡。起读书。王能忠君
读英文颇勤，时来相问。晚早睡。

9/8，星期四

晴，昨日立秋，亢热，今由重庆日报知最近一周均为"连

晴高温"天气。

上午作寿吴宓八十诗，下午续之，成二首初稿。午睡未成，以小麦蚊时来叮咬之故。翔儿本拟随戴大珍晚乘车返北碚，后以车装过多过高，恐不安全，乃作罢。

10/8，星期五，晴，热

修诗稿。1：00—3：00午睡。王坤慧自北碚来，带来启群致翔儿信。张宗芬分给鸭蛋20枚。

11/8，星期六，晴

晚饭后忽有大雷雨，唯历时甚短，仅二十分钟之谱。

翔儿因在小河洗澡，受冷之馀又受烈日直晒，故今日言不适，刘君给以土霉素及A.P.C。傍晚洗热水澡。翔儿亦洗，至晚饭后乃霍然而愈。

竟日修诗稿，已成四首七律。

张宗芬分去菜票1.00。

12/8，星期日，晴

晨在七间桥买得蛋、肉、鸡，上午全在烹调。刘君带翔儿上街买回菜油。下午修诗稿。晚饭后修诗稿。

13/8，星期一，晴

昨买之菜油因铁罐漏，已漏湿地面一大滩。刘君借秤来秤，损失二两馀。

竟日修诗，至晚定初稿，连信交邮，明日邮车可发出也。

翔儿自来梁平，作业荒疏，亦难以找到，整日在河沟或他处玩耍，诚令人不满。

14/8，星期二，晴

作书答汪正珀。读*Anthology of Famous American Stories*（ed. Angus Burrell & Bennet Cerf, Modern Library, New York, 1954）。

15/8，星期三，晴

作书答陈良群。九时与翔儿上街，理发，购物。翔儿在街上食面一碗、炸糯米团二个为午饭。十一时归，十二时始到达。1:30—3:00午睡，起读书，洗澡。晚早睡，以连二夜睡不安也。

16/8，星期四，晴

上午洗床单，枕套。下午1:00—2:00午睡，只睡着约20分钟，起读书，3:00—4:00又觉倦而睡，约睡着20分钟。起发至陈良群信。翔儿本定今回碚，以无车，而不能成行。

晚忽闻传说汪正珀被黄斗一之子打死。

17/8，星期五，晴

因无风故，日间室外甚热，洗毛巾单。翔儿又未能成行。读书，1:00—3:00午睡甚佳。晚十时就寝。

18/8，星期六，晴，甚热

上午闻中午有校车赴碚，刘君即摒挡与翔儿共去，午饭时果有车，饭后即赴分院门口等候，果见有搬家具车。一时司机来，乃坐司机台开行。若晚歇垫江，则需住旅馆，若不歇则晚八时必达也。午睡后洗澡。闻人言汪正瑄确为黄斗一之子用扁担打死，以借书不遂衔之也。

晚乘凉至九时半乃睡。

交翔儿一元及粮票一斤，备其路上进餐进用。

19/8，星期日

晴，极热，较以往数日皆热。

上午在七间桥伫候购得物事。王君爱人自梁平来，在工矿食店炒肉丝一份待之。1:00—3:00午睡，起读书，晚十时睡，有风，室内逐渐退凉，至十二时醒，已觉微有凉意。

20/8，星期一

晴，极热，室内下午最高时34℃。

上午读 *Basic History of the United States*。旋倦思睡，睡一小时起，晒木箱，以曾见其中有蠹虫也。1:00—3:00午睡，赴卫生科看病，盖四五日来感胸腹相交（脐以上）处闷，堵塞，食欲不振，医生给以酵母及另一种药名"健胃片"共四日量。晚十时就寝。

数日来夜睡均不佳，午睡亦差。总感脐以上处堵塞乃至影响呼吸。恐系横膈粘连之故。

接吴宓寄来18元，云尚有30元，10-12/9寄来。诗已接到。

21/8，星期二

晴，极热，室内下午34℃。

上午思睡，9:00—10:30睡着。下午1:00—3:00睡着。极感倦乏，当系天气太热之故。梁平犹如此，北碚更可想而知矣。洗凉席，用之。此为到梁平二十一天来首次使用凉席。晚七时后天气渐凉，夜间室内凉风习习。然此等状况亦最易致感冒也。

22/8，星期三，晴，极热

午睡因热不能入眠。食欲不振，脐上仍觉梗堵如故。晚十时睡，约十馀分钟后即醒。至十二时以后方睡着。二时一刻又醒，起抹身、刷牙、盥洗。四时许又睡，至六时许醒。

所以不能安睡之故，有数种：①腹脐间觉梗塞，影响呼吸；②睡下后每因气管牵扯不舒而咳，不能安睡，以甫睡着而醒也。估计可能与气候有关，盖室温甚高，而又有凉风时来。因室温高觉热，而凉风来时又阵阵觉冷，风过又热，甚致出汗，故不能安宁也。

23/8，星期四，晴，极热

下午二时许刘连青君自碚返回。上午思睡，曾睡着一小时。下午则室温不断上升，甚难入睡。夜晚则因有风，竟夜凉爽，睡较佳。

24/8，星期五，晴，极热

尤以下午难耐。入晚则渐凉爽。室内温度下午35℃，晚为

31℃。

25/8，星期六，晴，极热

无法读书，尤以下午午睡之后日光偏射入室（4:30—6:30），不能坐于窗口，室内温度不断上升，头昏脑胀，不能用心也。下午洗澡。

26/8，星期日，极热

上午在七间桥候购各物。1:00—3:00午睡。晚早睡。

27/8，星期一

晨阴，落稀小雨约6:00—7:00，然竟上午阴，亦稍减热。下午饶有晴意。读 *Basic History of the U.S.*。晚甚凉爽。

28/8，星期二

昨夜大雨，晨止，上午阴，下午间有晴意。

整日无风，故虽无烈日照射，仍觉闷热。上、下午均读 *Basic History of the U.S.*。在食店购炒肉丝一盘，肥肉太多，殊不合味。

29/8，星期三

晴而微云，空气中湿度甚大，故觉不舒。

上午读 *Basic History of the U.S.*。1:00—3:00午睡，起读书，晚九时半忽起大风暴雨，但数分钟即止。楼上陈先生之子骑自行车赴梁平，托其购来8Ω小耳塞一个，但插头似仍过大，恐插不进。

30/8，星期四

晨阴，旋转晴。

上午觉倦，熟睡近二小时。午饭后睡两小时（1：00—3：00）。刘连青帮忙杀却星期日所购之鸡，以其屙稀屎且不甚进食故也。剖之见其甚肥，而肠内尚有正常之屎。但蛋肠中有蛋黄液体，乃知其病在生蛋系统，恐系遭人打或踢伤蛋肠乃不进食矣。晚十时许睡，稍合眼睡熟约一二十分钟即不能复睡，心甚不宁。觉腹内梗塞，难过。二时半起如厕。三时又睡，恍惚睡着。但晨六时又醒矣。一夜之间睡熟不过二小时许。精神烦虑，多思，混乱。恐即系"神经衰弱"之病也。

31/8，星期五，晴，有云

上午曾找人洗铺盖，其人以手痛却之，乃自洗。8：00—9：00洗棉被面、里，棉絮之一角亦用水浸之稍挤俾去污垢。洗毕卧床休息一小时，盖以昨夜睡不佳亟须休息也。下午洗袜、手帕。2：00—3：00午睡，起缝铺盖。晚饭食堂卖肉，因在食堂吃毕洗碗毕始回。今日读 *Basic History*。

九月

1/9，星期六，晴

晨倦，睡一小时。午至食堂打饭，并购面票5斤。1：00—3：00午睡，起寄致梅生信，赴财务科领工资。还其一月份借款

30元，汇梅生20元，回室读*Basic History*。晚九时半就寝。

今日发9月份工资，扣家具0.34，医药0.10，实得58.56。

2/9，星期日，晴

晨在七间桥购核桃，第一次76枚，1元。第二次240枚，每元80枚。回室洗内衣及外衣各一套，1:30—3:00午睡，起读*Basic History*。晚读*Basic History*。

3/9，星期一，晴

上下午各睡一小时许，尤以上午之睡甚熟，盖以夜间（特别为晨三、四时）恒醒一二小时故也。曾闻人言，此种睡名"还魂觉"，以其在晨起后不久又睡也。惟从来经验，始终觉其极舒泰。读*Basic History*。上午曾赴樊师娘为汪正琯索还款项，彼不但不付，且不悦，显然已因汪死而蓄意侵吞矣。写信致汪妻陈锦珍告其事。本来汪托索还时即屡却之，以其人鄙，而樊师傅钱已在手，无可为力。乃因汪死，转觉应全始终，不料樊竟侵吞。

4/9，星期二，晴

上午8:00—9:00睡，起读*Basic History*。发致陈锦珍信。下午1:00—3:00睡。仍读书，刘君赴聚奎场，托其购得小煤油炉一个。

5/9，星期三，阴

7:00—8:00睡，起上街理发购物，回来寝室已12:15。午饭。

2:00—3:00午睡，接陈良群信云9/9来此。5:30—6:30洗澡。刘君来试新购小油炉，不甚合理想。

今日虽无烈日照射，但闷热，恐系雨之先兆。

6/9，星期四

阴晴不定，闷热。

王能忠君赴梁平度中秋节，烦其将小耳塞带去，如店中有"红波"即试插，如合式即最合理想。若有较小插者，能调换亦佳，不能调换即买之。上午睡一小时，将破麻袋布洗净，尚有包装或垫床（以隔稻草）之用。1:00—3:00午睡，起读 *Basic History*。晚9:30睡。

7/9，星期五，阴雨竟日

上下午均读 *Basic History*。上下午睡均尚好，唯夜睡极差，约仅睡觉三小时——10:30—12:00，3:00—4:00，5:00—6:00。其他时间均醒，但极思睡而不能入睡。

樊师傅午饭后来，言将赴北碚与陈锦珍当面结清汪正琯钱事。

8/9，星期六

晨微有零星雨点，旋止，即晴竟日，可无"烂白露"之忧矣。因昨夜睡眠欠佳，晨9:00—10:30补睡，甚熟。陈良群11:00自梁平来。下午2:00—3:00午睡，起至卫生科看病，欲取眠酵素或 Vit B_1，均无，仅取"眠而康"五粒而已。至赖喜才师傅室欲收回陈良群借与彼之煤炉，乃知其已赴北碚，只有俟其回来再谈。

晚陈来闲谈，至11：00方去。

9/9，星期日

晴，上午闷热，午后突降温，风雨。

上午在七间桥购得蛋、鸭、核桃、花生。午后读 *Basic History*。夜风雨，读书至10：00 p.m.陈良群晨言上街，正午回。但未回，竟夜未回，必已返梁平矣。

10/9，星期一

阴雨竟日，降温。

上午8：00—10：00睡，起读 *Basic History*。下午1：00—3：00睡，起续读 *Basic History*。

11/9，星期二，阴，雨，降温

昨夜睡不宁。大约只睡着四个多小时。上午补睡约二小时。下午亦补睡，读 *Basic History*。陈良群来信言星期日晨离去后即头昏痛，不知不觉间搭公共汽车返梁平矣。其人神经失常，故有此拙劣之遁词也。

今日中秋，然竟日阴雨，直至夜间犹不止。

刘君赴聚奎场，将小油炉掉换回来，甚佳。

12/9，星期三，晴

昨夜仅睡着约二小时馀，恐系加盖毛毯，温度太高之故。上午补睡二小时馀。午饭后即不能入睡，三时上街，修理锅漏，六时许回到寝室，颇发觉锅虽经修而仍漏。唯自中药铺所购之明矾，于澄清浑水颇有良效。晚十时睡，服"眠而康"一粒。然仍至十一时半后始渐入睡。甚佳，至次晨近六时醒。

王君回来，小耳塞未调换到。

为戴蕃老买洗衣刷。

13/9，星期四，晴

上下午均洗涤衣物。上午洗衬衣、枕套、毛巾被，下午洗床单。上下午均未睡。晒核桃。

今日未读书。生活琐事占用时间实多。

14/9，星期五，竟日阴雨

昨未昼眠，故夜眠尚佳。今上下午各熟睡二小时。读*Basic History*。答陈良群信。

15/9，星期六，阴雨

草致吴宓函。

1:00—4:00午睡。读*Basic History*。

16/9，星期日，阴雨

上午在七间桥购得鸡、鸭、蛋等，回室忙于烹饪。下午午睡约十馀分钟，起而烹饪，五时赴赖喜才师傅处取回陈良群借与之小煤炉。晚读*Basic History*。

17/9，星期一，阴雨

读*Basic History*。接梅生6/9信。上下午睡均佳。

18/9，星期二，阴，但未雨

发致吴宓信，草复梅儿信。读*Basic History*。

19/9，星期三，晴

上午治生活琐事，下午亦然。又洗澡，未读书，抽空写致梅生信。拟写信致道宏，询其需购花生、核桃否。

20/9，星期四，晴

整个上午洗衣，共棉毛衫裤一套，外裤、内衣上下各一。因水浑必加矾澄清，需时甚多。下午午睡一小时，晚看廖蜀儒，以彼将返碚也。

21/9，星期五

晴，间有雨，每次约下数分钟。

上午在七间桥邮局发给梅儿信，将老盐蛋送8个给杂货店老板娘，彼乃卖给白糖一斤，亦意外收获也。1:00—3:00午睡，仅睡着一小时。起上街，走过七间桥，觉累，又恐回来过累，乃不去。回读*Basic History*。晚续读书，十时就寝。

22/9，星期六，晴

昨夜初睡甚熟，十二时醒，即不能再睡，至二时服"眠而康"一颗，仍不能眠，直至六时许起床。思购"天王补心丹"

一试。早饭后至原工棚地点，见工棚皆已拆除，乃拾一二废木片以归，备盖背兜也。回寝室即睡。9—10熟睡。10:30起，备午饭。1:00—2:00午睡甚佳，起拟上街，又行至七间桥外而折回，以体力不支也。接熊正伦信，访廖蜀儒，渠已接洽最近乘车返碚。九时二十分就寝。晚饭前洗澡。

23/9，星期日，阴

　　早洗内衣，上街，购得背兜、花生。见卖灯泡须以坏灯泡调换，再交0.41，即可购一枚。乃匆匆返回，草草午饭，又至街上，调得灯泡八枚，皆40W。五时许自街回七桥，行至场口，见王能忠君迎面而来，初以其有事上街，交谈始知渠午睡后见余房门锁闭，以为自早未回，恐遇意外，乃上街探视云云。深情可感。晚草草晚餐。九时十分睡。

24/9，星期一

　　晴，甚热，据闻室内近30℃。晒花生，恐其生虫也。上午廖蜀儒来言可能当日有车，嘱将鸭蛋等装好，以便带给梅生。彼亦帮忙包装，王能忠君亦来，将小背兜内下装核桃300，下放鸭蛋97枚，用木板盖口扎紧。下午未午睡，照看花生免被小孩偷也。下午停电，闷热，晚饭后遇张宗芬，言无车。八时许仍无电无水，乃睡，因倦，即睡着。近十时忽闻廖呼喊，乃知有车矣，急起，王君来将背兜提至廖门口，车果至，行李逐一由临时搬运工提上车，十一时乃行矣，首晚将宿垫江。明日即达北碚。

25/9，星期二，阴，大雨

上下午各熟睡二时馀。盖昨夜一时半醒来即不复睡着，因而倦甚也。晚饭后读*Basic History*。十时就寝。竟日甚冷。

26/9，星期三，竟日大雨

上下午各熟睡二小时馀。读*Basic History*。晚十时就寝。夜雨通夜。

27/9，星期四，竟日大雨，夜雨

上午取得稻草垫床。午睡甚觉舒适。今日读毕*Basic History of the United States*。此书末注有21/11/1954读毕，当系在赶备课程时所读也。难怪于其内容几不复忆矣。由此乃知读书非专心、细心，始能有得。若夫仓猝赶读，摭其可用于课堂者而已，则非研究学问之道也。此次之读，可谓尚精，然而犹未能完全掌握，故尚有待进一步之努力也。晚九时许就寝，四小时后醒。思想杂乱不成眠。乃诵《秋兴八首》，玩其神味，不知不觉间入寐。

此次读*Basic History of the United States*始于八月二十日，毕于九月二十七日。

28/9，星期五，阴，雨

草答熊正伦先生书。本拟上街理发，因雨而罢。读吴梅村诗集。请王君代买酱油。

29/9，星期六，阴雨

晨在饭堂遇侯亚兰先生，渠已将余九月份粮票自北碚带来。续草致熊信。读吴梅村诗集。午后1:00—4:00睡甚佳。起读书，晚作诗，十一时就寝。

30/9，星期日

阴，微雨，午前即止。

在七间桥购得猪脚一对，鸽子一只。因烹饪，未午睡。写成致熊信，发之。晚十时就寝。

酬苏铁匠烧猪脚皮，香烟0.05。

十月

1/10，星期一

阴，下午转晴。

上午洗床单、枕套、枕巾、内裤。因枕套未干，未午眠。草致曹慕樊信。晚忽停电约一小时，致耽延事务。九时半就寝。

2/10，星期二

晴，日出即感热，午后转阴。

昨夜就寝后，楼上发柴火，其烟下行，灌于室内，甚觉刺激，亦感气不够，故不适良久。后睡着，而晨一时半醒，感闷热，至三时半始又恍惚入睡。此种情况已连续二晚矣。

今上下午各睡熟一小时半。十月份工资今日发放，计领到58.66。暂未汇梅生生活费。

3/10，星期三

阴，至正午放晴。

昨夜仅晨1:00—3:10醒，其他时间均睡着，故今日精神尚佳。上午上街，将旧毛毯带去"锁边"。此毯为1944年在成都购自Joseph Kennard，当时系将水獭帽一顶卖去得款所购，近年来其原"锁边"皆磨耗净尽，线颇脱落，幸此地裁缝师傅肯于"锁边"，若在北碚则毫无办法。理发，购零星物品而回，至寝室已一时半。一路幸赖万熙然师傅之女万青为提毛毯网兜，得以轻装而返。午餐后已二时半，抢洗衬衣、外裤，休息一小时。即赴浴室洗澡。晚九时许睡。

4/10，星期四

晴，极热如夏，室内下午达30℃。

昨夜九时许就寝，略读杜诗，即熄灯睡。至二时醒，不能复寐，至四时许方睡着，约半小时又醒矣。乃于五时四十五分起床。抢洗棉毛裤及线背心。早饭后又拆洗被。十一时半午饭。即于十二时半午睡。然以附近广播至近二时始止，毫不能睡。二时起，缝被。至四时又卧下休息，然不能成眠。恐系天气燥热所致。晚早睡（约在八时半）。

5/10，星期五，晴，仍热

昨夜睡前服"眠而康"一粒，睡甚佳，一时半醒，至二时三刻又服一粒，乃睡至四时半，五时许至六时又睡着。晨七时起，早饭后洗毛巾毯及外上衣。午后1:00—3:00午眠，晚早睡。

发致曹慕樊信。

6/10，星期六，阴，有小雨

　　昨晚九时许就寝，睡尚佳，约在晨1:30—2：30醒，此前睡甚熟，此后恍惚而眠。至晨五时许乃醒。而近六时又思睡，旋至七时，必起矣。

　　今日将三周前所购之母鸡杀之。下午1:00—2:00睡甚熟，四时起，旋洗澡。晚早睡。

7/10，星期日，阴，大雨，降温

　　今年首次着棉被心。昨夜睡尚佳，约2:00—3:30醒，前此熟睡，后者恍惚而眠，至晨六时许乃醒，旋即起床。上午在七间桥购得板栗二斤，柚子十枚。午饭后与剩馀之鸡半只与栗同烧，置于煤油炉上后乃睡，未料一觉醒来闻有糊焦气息，乃知鸡已烧干，急起视之果然。系因初烧时水少之过也。晚八时许睡。

8/10，星期一，阴，甚冷

　　上午买饭票四斤，回室草致道宏信。下午1:00—3:00午眠甚熟。亲自打开水。晚将七月份以来开支逐月结算。本人每月消费在30—35元之间。

9/10，星期二

　　阴，未雨，较昨日为暖。

　　晨上街，午后一时许返抵寝室，本思购鸡蛋以带回北碚，未料无售者。3:00—4:00卧床小憩。起打开水，晚饭后早睡。

　　为翔儿买颈圈，1.66。

10/10，星期三，晴

上午洗外裤、袜及废麻袋布。午睡1：20—3：00，起打开水。在废木堆中找得小木块二板，以供盖背兜之用。今日本思洗澡，因甚倦未果。

昨夜睡甚佳，9：20—1：30均熟睡。3：00—6：30又熟睡。唯今日间仍觉倦怠（此倦乏感恐由受凉而生）。

11/10，星期四，晴

昨夜12：30 — 晨4：00几完全不能入睡，此前睡甚熟，此后亦尚可，然至7：00前则非起床不可矣。上街购得生活必需之食物而返，蛋每枚一角，固不廉也，唯闻北碚已一角五分矣。昨日似受凉，故入夜不适，尤觉臂酸痛，今经步行略出汗，则痛解矣。十二时半回抵寝室，2：00—3：30卧床，不能入睡，但休息而已。晒书。晚九时二十分就寝。

12/10，星期五，阴

上午至卫生科取得异烟肼100粒，欲取酵母片，则云明日上午始有。回洗衬衣，盖计划明日洗澡，则需洗棉毛衫裤，若再加衬衣则不堪累。故今日先换洗之。洗好塑料布，以备回碚打铺盖卷之用。午饭后1：30睡，甫睡着约十分钟即为搬运校具声惊醒，即不能再睡。起即准备晚饭。早睡。

13/10，星期六，雨，降温

昨夜九时二十分就寝，即熟睡至12：30醒，不易入睡，乃起服"异丙嗪"半粒（时在一时半），遂酣然睡着，至今晨六时半后方醒。早饭后至卫生科取得酵母片27颗，氨茶碱数颗，回至寝室，仍觉昏昏然有睡意。九时三十分又睡至十一时方起。午饭在食堂吃。回室后又午睡至三时许，黄发仁来，大喊始起。黄系甫至自北碚，带梅生信（中有粮票20斤），及香蕉六枚。信中言如不便，不必急于返碚。彼殊不知余此际实急欲返也。盖以此间房舍将交解放军居住，是以住处成问题，而天气日益寒冷，带来衣已全部穿着，再无可加，且被亦薄。自以返碚为宜也。

吴宓2/9信言十月发薪后当汇款来，迄无消息。

接曹慕樊信。

王能忠君来言宜早回，盖以车不易找，日后更困难矣。遇韩凤鸣，谈搭车事，称最近不行。

14/10，星期日，雨，甚冷

晨赴七间桥候购物，仅得鸡蛋四枚，大背兜一只。旋冒雨上街，途中买鸡公一只。至街上后，蛋极稀少，小而贵，喊价每枚一角。久候不能购得合宜者，乃返，抵宿舍已二时矣，徒劳往返，费时四小时，而受雨淋，受凉。殊为失算。午饭后三时卧床，不能入睡，盖腹部时有下沉之感，极为不适。四时起。晚饭后十时就寝，因倦极，极思入睡。而腹内下沉之感时发作，不能成眠。十一时后始昏沉入睡，而至一时半醒。一小时后又睡着，屡为腹部下沉之感所扰，直至晨六时实不能睡矣。此腹部下沉之感为呼气时觉腹内下沉而气似欲绝，旋恢复，然极难受也。必与横膈粘连有关。此种感觉只在卧床时有，站坐均无，又受凉后常有，较不受凉时为多。将来回碚须至歌乐山结核病院求细检查之。

今日王君为购得蛋20枚，小李为购得10枚，白菜一颗。

15/10，星期一

阴，傍晚有转晴之势，但早尚有小雨点。

甚冷，除着毛线衣、棉背心、围项巾外，又加棉毛裤一条，始感较适。以今日情况度之，昨冒雨受凉殆无疑义，惟以穿着尚多，又用塑料布裹身障雨，故未罹大祸耳。

今接吴宓汇30元。写复梅生信。

上午10:30—11:40卧床仅能休息，欲眠不得。下午1:30上床，约廿分钟后睡着，约三时许醒，四时起。尚可。

16/10，星期二，阴，下午略晴

上午复吴宓信，连致梅生信同时发出。中午购得生花生三斤。午睡1:30—3:00，起将花生尽剥壳，盖原甚潮湿，恐其腐烂也。晚本拟早睡，王能忠君来谈其明日进梁平城，问带何物品，遂请其购花椒半斤，芝麻二斤。然皆不可必得也。十时许就寝。

17/10，星期三，阴

昨夜1:30—3:00醒，其他时间均睡着。唯在此前睡甚佳，此后则恍惚迷离，甚至自知梦呓。恐系神经衰弱之象。

上午上街理发，购物，8:30去，1:20返回。去用一小时，回用一小时又廿分钟。回室午饭后已近三时，卧床不能寐。四时许起，洗澡。晚九时就寝，服"异丙嗪"一粒，近十时甫将睡着，忽闻敲门，乃系事务科邝玉森来告以明晨有车，可坐司机台。但以过于匆忙，不及准备，只好却之。缘今晨上街途中遇邝，曾向其谈，请其予以搭车也。邝言今后恐不易有司机台矣。

18/10，星期四，上午晴，下午转阴

昨夜睡甚熟。今晨五时方醒，共睡着七小时。上午洗内衣棉毛衫裤。午饭后1:00—2:30睡着，3:00起床。整理行装。将前剩下之花生米借秤称之，共1.73斤（原连壳3斤）。王君昨入城后购得药皂四块，花椒半斤。

菅德茂上午来言将向廖蒙清建议请事务科为黄发仁、菅及余要专车一部。余云本人病重不能坐后面，只能坐司机台。菅云："你可买票。"足见此人之奸滑无耻。

19/10，星期五，阴

昨晚正记日记，约十时许邝玉森又来言："明日有车，走不走？"答以不及准备，邝即去。旋整理行装，十一时半方就寝，然不能入睡。其故或为日间曾饮茶，或为晚饭后谈话过久，或为搭车事心中不宁，皆有可能。十二时半乃起服"异丙嗪"半粒，即泰然入睡。今晨六时许方睡，七时起床。至饭堂早饭，果见黄发仁搭车归碚。回室洗床单、枕套。洗毕已十时半。至七间桥小憩。十二时半即午眠，二时醒，仍卧床休息，四时起。晚后八时许即睡。

20/10，星期六，晴

昨晚八时半就寝，即睡着，醒来时12:30，即清醒，觉臂酸痛，可能系因在被外之故，然犹觉热。撤去被外之毛线衣。约三时又睡着，此后即恍惚迷离，醒而旋睡着二次，直至晨六时半。觉精神尚佳。疑昨日间身体倦怠酸乏恐系因前晚服"异丙嗪"之故。

八时上街，购得布、蛋（七枚）而归。将在屏锦银行存款全部提取销帐，计本金25.00，利息0.82。在街上遇万熙然师傅（司机）。回程万师傅驾车自后来，竟刹车请搭。以实不能攀登，只好谢之—— Thanks just the same！自街上12:15起程，回抵宿舍已1:35矣。2:00—4:00午睡，其间睡着约20—30分钟，其馀但卧床休息。

21/10，星期日，晴

晨在七间桥先后购得柚子、鸡、蛋。9:35上街，适见卖芝麻者，即将其购下，计3.2斤（@0.85）。鸡、背兜。因实大拥挤，又因忙碌而极疲乏，乃在茶馆休息。自11:50—1:15均在休息。适同桌有一农民，因问其愿否为背背兜至七间桥，答愿，代价三角。其人甚朴质善良，一路完全随余之速度，此实不易，盖余因呼吸困难，行走极慢，且需数步一歇气，此在他人殊不耐也。回程购得米四斤。抵宿舍已二时四十分矣。以其人实在良善，乃于力资三角外又赠粮票0.6斤。王君今赶聚奎场，为购得蛋109枚，价共10.70。三时以早馒头一只为午餐。晚自煮，七时食毕，八时许就寝。

22/10，星期一，阴

上午择鸡蛋之外观可疑者照之，不透光者别置一旁，共十一枚，中午逐一打之，皆为腐坏者，此皆王君购自聚奎者也。盖经前两场皆逢落雨而交易稀少，昨恰晴，又逢大批西师人来梁平抢购，故狡黠之徒乃得乘机以劣充好，利用人之不暇选择而欺骗之也。1:30—3:00午睡。睡着。

昨夜初睡至两时醒，约3:30又睡着，以迄天明。睡前曾服aminophylline一粒。

23/10，星期二，阴

中午在"工矿商店"馆子打得"红烧牛肉"一份，价0.35，质、量均极差。午后1:30—3:30午睡，睡着约一小时。晚饭后闻言楼上陈正贵先生明日将有专门搬家车返碚，但其物件不够一车，因有馀地供搭行李，乃与邝玉森磋商，将余之行李托陈先生带碚交梅生收，余则另购客车票返碚。晚王君来大力帮忙打包，十时始去。余则继续料理零星各物，至十一时方告结束。乃就寝。今日可谓紧张。

24/10，星期三，晴

昨夜十一时就寝，三时即醒，不复能睡，进异丙嗪约1/3粒，仍不能睡。五时起床。王君旋亦来帮忙。允将各物件（计大小九件）照顾上车。余乃于5:45离七间桥赴屏锦候购车票，陈正贵老师之爱人及二女从后赶来，余以呼吸困难，勉力行走，犹较彼等后达，已近七时矣。七时半车来，然已购得昨日票者昨日尚未能上车，今日又来守候，故今日无票出售。本拟即宿街上旅舍，以便明日再来候票。周仲霞先生建议由余赴梁平购票，并代陈家三人购票，以起点站较有购得之把握也。如购得即电话通知周，转告陈师母来车站守候。余乃购票赴梁平，在候车时果见陈正贵老师坐于解放军卡车行李之上过屏赴碚矣。约九时登车，十时抵大河坝车站，立即购得明日赴渝车票四张。乃电话通知周仲霞。又电话至梁平中学约陈良群来会。即在车站对面旅馆登记住宿。房间尚洁净。旋进午餐。质、量、价均优于屏锦多矣。饭后至寝室午眠二小时，甚佳，盖自昨晚起即超度紧张疲劳之故也。四时至茶馆候陈良群，渠来，但坐约数分钟，茶馆称即关门下班。陈力约进城，余以进城往返十馀里，余实不堪，盖以过劳之故，呼吸尤感困难也，坚却之。购得花椒一斤。晚饭后陈偕至寝室略坐，渠即离去。陈君为人热情，然主观过分，强人所难，是为人所不悦也。晚八时就寝，被颇厚，竟夜未大咳，此为秋凉以来初次盖足够之被盖也。睡亦尚可。

旅馆0.60，屏锦至梁平车票0.80，梁平至渝车票6.70（此约可报销）。

25/10，星期四，晴

晨五时半起。昨夜睡尚佳，约醒二小时，其馀均睡着。六时一刻离旅馆至饭馆进包子二枚。又购馒头四枚备用。六时半至车站。六时五十分登车，七时开行，七时四十分抵屏锦，陈家三人已在守候，即上车西行。午饭在石堰，有炒猪肝，甚可口，一改三年来之旧印象。下午四时二十分抵牛角沱下车。此次乘车免受卡车攀登颠播之苦。盖余以右横膈粘连故，右支气管不但改位，而且不能适应弯腰之动作，若勉强为之则剧痛，呛咳，非常痛苦也。唯车中座位过密，膝不能充分容纳，是一缺点。

抵牛角沱即又至车站购返碚车票，五时二十分登车，六时三十分抵北碚车站矣。

下车后提二书篮缓缓向学校行来，不数百公尺，于暮色苍茫中突见梅儿迎来，唤"爸爸"，接过书篮。余不觉热泪盈眶。问彼得到高中升学通知否，答以因父为右派，其中学校长不令其升学矣。此次凡家庭成份有问题者皆不升学。然西师将自办高中，必收之，此高中之办系经重庆教育局同意，且算学籍云云。此儿平时成绩冠于全班，政治表现亦佳，然竟受此打击，吾其不知"重在表现"将如何解释，而于国家下一代人材之培养，究竟如何考虑也。

旋见翔儿亦来，乃先遣翔儿回家提开水二瓶至我室。梅儿提书篮伴我缓行至校门时先行至我室准备，余则缓行而回至寝室。梅儿昨晚接陈正贵老师通知，已将各物布置停当。据谈此次升学，其班主任曾力予支持，唯其校长宁左毋右，遂遭排斥。西师领导人如景丕焕科长等均谓此不合政策。并谓必可入西师自办之高中班，将来附中收回，可能并入附中也。渠于九时离去，余已倦极，十时就寝。

26/10，星期五，阴转晴

晨八时许起。料理摒挡各物。十时半出宿舍拟往看梅生，未意在商店门口遇司机万师傅，言即去吃午饭，饭后驾车回七间桥，乃急购得饼干四包（每包粮半斤），分赠彼及王能忠君，托其将来时借用王君之背兜带回。

午饭后午睡，不能成眠。三时半起上街，四时半抵达洗澡堂。洗毕购物而返。晚梅生来，送来开水二瓶及鸡汤。谈曾赴城里赵荣璇先生处请路纪绯教彼小提琴。又言道宏又寄来许多饼、糖之类。渠于某时（大约在十月初）曾致函梁平七间桥附来道宏致彼等信。然余因从未接得，必已遗失矣。渠将芝麻、花椒等提去。

27/10，星期六，晴

晨八时半起，早饭后洗昨换下棉毛衫裤及衬衣。三楼无水，在二楼洗清二道后亦无水，乃至文化村二舍去清，诚为吃力。清毕回三楼，不胜其苦。午饭后睡，约睡着一小时馀。四时许起，外出至商店附近买得"瓢儿白"菜。即回舍。晚饭后写致王能忠信。翔儿午前曾来，携去水瓶二。梅儿晚亦来。谈至十时许方去。此儿思考较前大为长进矣。

28/10，星期日，晴

晨八时起，早饭后续写致王能忠信，投入信箱。在大操场散步。日光和暖，见二儿在山坡玩耍。回室午饭。1:30—3:30午睡，甚佳。五时半方起床。今觉上半身及上肢隐痛，岂前日洗澡受凉，抑昨夜受凉？晚饭后曹慕樊来，8:00离去。9:00梅儿来，约十馀分钟即回去。梅儿携来道宏自己加印之余三十馀年前所拍照片数张。又携来琴谱嘱将其中英文解释译为中文。

今上午在大操场遇胡玉明小孩。衣服破烂，状殊可怜，乃给以粮一斤、钱二角。

29/10，星期一，晴转阴

早饭后至十二教学楼拟向膳食科领取上月及本月粮，因经办人不在未果。乃信步访陈东原，聆其爱人谈汪正瑄死况。即在陈家午餐，一时回，一路上坡，抵家已二时矣。午睡极安。四时半起，至大操场，见梅生，嘱其今晚将床灯带来。晚饭后梅生来，谈西师将办之高中班确为高中性质，其入学仍须经北碚区文教科审查，将来西师接回原附中后可能并入附中云云。谈至十时许始去。因体力实不支，拟使曾大娘之女郭冰昌或其子妇每日打早饭及开水，月给二元。

30/10，星期二，阴，雨，甚冷

起，未打到牛奶。拼力将书桌与沙发之位置对调，盖以书桌原傍床，对于上下床不便。且阻碍视线。而易以沙发则无此弊，且脱衣可置其上甚便也。与曾大娘商量打开水及打早饭事，彼支吾其词，盖冀多得报酬，未得具体结果。午饭后1:30睡下，4:00方醒，5:30始起。晚饭后写致陈良群信。翔儿来，言梅儿流鼻血，不能来。希以后自己烧开水云，带来油炸花生米及核桃仁。翔儿于夜晚风雨之中来，余心颇不忍。

拟为梅生译乐谱之解说，未果。

31/10，星期三

晴，昨冷甚，夜间尤冷。

晨打得牛奶。往视黄勉。午饭。2:00—4:00午睡，曹慕樊来始起。曹去后陈东原夫妇又来。晚饭后拄杖散步至卫生科而返。现上楼梯较前数月尤难。恐病不易愈矣。

十一月

1/11，星期四

晴，晨雾，十一时晴，雾时冷，晴即暖矣。

曾大娘为打来馒头稀饭，但不肯打开水。拟打牛奶，而久候不来，乃知亦有不来时也。九时半至商店购得邮票，发致陈良群信，将虫蛀米约六斤交梅生喂鸡。盖虫太多，几乎每粒中均有虫屎，极难洗净之故也。至天生桥买得菜蔬、广柑，午餐后回。去时自大操去，用约五十分钟，回程至寝室用约八十分钟，数步一歇，几不能支，诚衰矣。到室后立即睡下，时在二时，三时半醒，四时许始起，盖醒后犹思睡也。起后虽晴光满室，犹觉冷，岂身体过于亏损耶？晚饭后散步至卫生科，回室不久梅生来，带来英语课本二种，均大学一年级使用者，择其一以便学习。近十时离去。

2/11，星期五，晴

早餐后赴膳食科领得十、十一两月粮票。并购得饭票、面食票及红苕票共18斤（饭5，红苕5，面8）。上街理发、洗澡，午饭后归。自百货大楼开始，行至小校门竟用去约一小时，至校已四时十分，勉力至财务科领得十一月工资，实得52.51，盖扣还借款6元，医药费0.15，家具0.34也。晚饭后翔儿来，送来板栗烧鸡。以未午睡，九时即寝。

付翔儿生活费20元。

3/11，星期六，晴

晨六时前即起，以抢在无水前洗衣也。水为昨夜用各锅及盆所储者。将昨洗澡换下之棉毛衫裤、衬衣、袜等洗毕已八时半矣。早餐为昨购之油条。稍事休息即至大操场散步晒太阳。遇万熙然师傅，拟托其将棕索带给王能忠君。彼言彼之车将至重庆大修，彼本人则日内买客票回去，故可托回梁搬行李之同学带云云。回家早进午餐，餐后吴宓来询要否帮助营养，余以目前尚不要，如要再向其谈。12:45午睡。二时半起，赴北碚区门诊部复查，并拟打听歌乐山结核病医院究如何就诊。行至校门遇冯文杰同学，彼日内即赴梁平取物，即将王之棕索交彼托带去。至门诊部已近四时矣。经照光，透视，验血，以尚须查痰，医谓必俟下次查痰后再看，乃回。据云歌乐山医院不考虑收8型以上病人住院。回舍时已五时半。

据左开国医生言，余之呼吸困难源于肺气肿。盖肺气肿则呼吸量小，氧与二氧化碳之交换不够，缺氧，遂致无力。斯言甚是。又云心跳快系因机体之代偿作用所致，盖氧与CO_2之交换量既小，则必增加交换次数始能勉强满足体内需要。又言目前对肺气肿尚无良法。

4/11，星期日

阴雨，降温，室内18℃，着棉袄。

昨夜因日间经医生诊断为肺气肿，内心颇多焦虑，致影响睡眠。十时许就寝，十二时半始睡着。二时醒，四时始又睡着，而五时又醒，直至七时起床矣。心内不宁，思难舍二儿而死也。设不幸不久即死，则二儿何措？其母收入至微，不足以抚二儿也。晨陈文清先生（其夫为李效庵教授，1968因肺气肿故去）为打馒头一个，曾大娘为打来牛奶一斤，遂免下楼之劳。饭后为梅儿译乐谱之英文说明。十时下楼，拟外出买菜，不料甫至门口即有卖菜者，乃购之而返，仅下楼之劳而已。午饭后1:00—4:00午睡，睡着二小时。起读《白氏长庆集》。

晚梅儿冒雨来，送来道宏自天津所寄月饼五枚。十时始回去，带去五元及煤油瓶，为购米及煤油。

5/11，星期一

阴渐转晴，气温渐回升。

上午为报销自梁平返碚旅费事赴图书馆拟见孙述万馆长，孙不在，会到刘杖芸副馆长。刘谓意余已不属图书馆，而属生产科。又云须待问明。嘱余找孙馆长谈。回途在商店门口遇孙馆长，亦谓须弄清是否仍属图书馆，是否可报。俟彼先弄清楚再决定。回室午餐，1:00—3:00午睡。起访戴蕃老，不在，将彼托买之洗衣刷交其夫人。晚读《白氏长庆集》。

6/11，星期二，阴

上午至北碚区门诊部验痰，为阳性，但含菌不多（＋）。夏医生谓根据去年重庆市结核防治所照片报告，左肺已钙化，右肺中、下叶均问题不大，问题主要在右上叶（不张，空洞），可以考虑作肺叶摘除或胸廓成形，但须先事休养，待体力稍壮后，明年五月间去作。可先到歌乐山结核病院看看门诊。遂去车站问得赴青木关班车晨六点五十分开出。至青木关再买至歌乐山票。看来当天恐不易赶回。购物，午饭而返，抵室已下午二时矣。倦极思睡，然恐睡下即须超过四时始能起，恐有人来访（主要是戴蕃老，彼甚客气也）。

刘尊一先生之子忽来，主动开一单方，谓可捉痨虫。嘱买得药来即为余捉痨虫，余甚不信也。发火炉。四点梅生来，送来minced meat，必烹之，否则必坏也。又忙于烹调，至八时方食毕晚饭。梅生又来，送来米十斤，煤油则明日送来。

今日在新华书店购得范文澜著《中国通史简编》第二编一、二册，恰为隋唐史也，甚爱而购之。

平时观梅生鞋每湿，盖其脚多汗，而帆布鞋不透气，故鞋湿也。此于冬季最易生冻疮，蓄意为买布鞋久矣，今乃为购得一双。

7/11，星期三，阴，间晴

上午至卫生科拟报销药费，未料今为其政治学习之日，回室读范著《中国通史简编》，为教梅生英语备课。下午1：30—3：00午睡。起备课。至商店购二号电池三只以备梅生收音机之用。晚梅生来，为上英语一课（自第四课始）。近年来英语课本（大学一年级用）多以 phonetics 占去开始数课。将各种规律概用中文名词反复讲说，学生既须牢记此复杂勉强之名词，又须照图练习读音，颇有繁琐之弊。余以为并不需要。况梅生读音经暑假前向唱片学习以来已大改进。因乃从第四课（初有课文）开始。内容至简，相当于抗日战争前高小一年级之课本程度。

午饭后，廖蜀儒来，谓孙馆长嘱转告找政治部以明确组织关系。

8/11, 星期四, 阴

上午至办公大楼找李哲愚副院长, 遍敲各办公室, 均言不知其在何处, 彼且无固定之办公室。乃回, 路过卫生科, 向其报销"胎盘片"药账4.50。甫出卫生科遇李副院长于路侧, 因言图书馆领导谓尚不知究否属其领导。此次生产科之劳改队解散, 各右派分子均已各回各系, 何以余之回图书馆竟产生领导从属问题; 又言自去年与彼在梁平谈话并写致核心领导小组信后, 今已又将一年。彼言关于领导从属, 彼可查问一下, 关于后者"当然信是可以写, 还要看改造情况……"颇有官样文章之意味。午睡1:30—4:00, 起访熊正伦还彼代垫之牛奶费0.18。晚餐前为梅儿译琴谱上之解说。因涉及音乐专门知识, 遂问戴永福, 未意戴亦不知所云, 反谓不应问这些, 彼等教学生亦从来不讲这些, 这都是"好高骛远"。晚梅儿来告之。梅儿大不悦, 谓不该拿琴谱给彼看。晚洗在梁平最后使用之床单及外裤(今始换)。

9/11, 星期五, 阴

昨夜洗衣至深夜十一时始竣事。睡下又读范著至一时半。今起后觉仍倦甚。早九时赴大操场, 又至梅生室取得地图集。收音机电池已耗竭, 幸余前日购得三枚, 乃取回。经商店拟再买三枚备用, 已售罄矣。1:00—4:00打瞌睡, 甚稳, 盖昨夜未能睡够故也。近半年来每夜睡不得晚于午夜。否则次日即感极疲倦。起读范著。晚饭后翔儿来, 送来猪肚、心一小杯。

10/11，星期六

雨。昨夜即雨，今续。

晨自打馒头四个。十时访刘元龙，1:30—3:30午睡甚熟，醒后休息卧至五时十分方起。近每逢五时后觉微烧，唯未曾用口表考过。来日当向卫生科索少许酒精棉花以供自考口表时消毒之用。晚饭后翔儿冒雨来，将收音机取回。

11/11，星期日，阴，仍冷

上午在校内购得素菜。2:10—4:00午睡。曹慕樊来访。晚饭后略读书，早睡。

12/11，星期一，晨雾，近中午晴

上午至梅生处，送去饭盒及鸡蛋十二枚，上街洗澡，购物，午饭后归。计十时半抵街，归抵宿舍已三时馀矣。步行极艰难。稍事休息，至四时半赴办公大楼找李哲愚，五时许始会到，彼谓找组织部门之汪兴高。乃归，晚饭后候二儿不至，至九时二十分就寝。

13/11，星期二，阴

上午曾小雨。九时半赴办公大楼拟会汪兴高，人言其未来办公，遂返。1:00—3:00午睡。起写致王能忠信。告其棕绳已托冯文杰带上，其人昨日已赴梁平。又草给汪兴高之"报告"，盖恐口头谈不易清楚耳。五时出交信，并散步。归来晚餐。读范著。

近来每值下午五时即觉背心（背之中部）冷。

14/10，星期三，阴

晨早起，发煤球炉，以便烧热水洗衣。早饭后洗内衣棉毛衫裤，洗毕已十时半。即准备午餐，煮面条。未料此煤球炉甚不好用，其功能尚不及煤油炉。午饭毕洗碗又占多时，午睡时已2:10矣。四时起，正拟访汪兴高，未意吴宓至，至五时方去，遂不克再往矣。

晨九时王能忠忽来，盖彼于昨日到碚也。晚梅生来，晤谈数语，而王能忠又至。将梁平饭菜票（共粮3斤、钱2.92）与王交换。王去后九时五十分就寝。

15/11，星期四，晴

上午赴办公大楼拟会汪兴高，不在。午饭煮面条约四两馀，竟不能全食，盖食欲大减欤？乃留约1/3供晚间食之。1:00—3:00午睡，起复往办公大楼找汪兴高，据别人称渠今日不得来了。乃回。在卫生科前遇王能忠君小谈，旋往访戴蕃瑨先生，小坐片刻。渠还代垫购洗衣刷款0.25。返室晚饭，将中午剩面与莲花白共煮，又蒸道宏所寄月饼一枚，食之。晚电灯熄数次，每次十馀分钟。9:20睡，卧读范著。10:30熄灯。

16/11，星期五，晴

昨夜10:30熄灯后即睡着，甚熟，醒来颇觉已睡很久，估计时间在2:00—3:00。乃开灯视表，竟不过12:30。此后直至四点尚未睡着。其后又睡着，至六时半为广播声吵醒。起后因竟夜前后均熟睡，故虽中间失眠三小时馀，竟未觉疲乏。早赴食堂打早饭（馒头，红苕）。候牛奶许久不至，乃返楼上，俄尔至矣。但因上下楼太痛苦（气不足，极累）乃未打。至财务科问报账手续，据答称由本单位领导签字即可。又赴办公大楼访汪兴高，备陈始末。汪言按理应回单位，并言可见景丕焕科长谈。乃赴团结村，在商店门口遇景。景言应回单位，并言"告诉孙馆，就说我说的，回图书馆"。回室午餐。2:10方午睡，约二十分钟即醒。盖喉间有痰，似气管微有发炎也。醒休息，至四时乃起。读范著，晚饭后续读书，九时半就寝。

17/11，星期六，阴间晴

早饭后赴图书馆找孙述万馆长，久候不至。亦不知其何往。再候无益，乃上街，时已十一时。至肉店候购卤肉。许久始开门，购得时已十二时半矣。乃在街上午餐。回抵宿舍已二时正。因太疲，乃睡。未能成眠，但略有休息之功。四时起，赴团结村，唤下翔儿，给彼等所购卤肉之各半。晚饭时王能忠君来，翔儿亦来。彼等九时许始去。乃就寝。时已十时廿分。略读《杜牧诗选》（彦威先生选注），即熄灯。

18/11，星期日，阴，间雨

晨起方知昨夜曾雨。早饭后赴团结村唤下梅儿，彼言今晚来。唯观其右脚误踩铁钉受伤，因谓其不必来，彼言必来。返室即准备午饭。一时许午睡。二时半醒，四时起床。读范著。晚饭后梅生来，谈学校办高中班事尚在推宕之中。盖当权者子女多已入高中，故对此事毫不积极也。言之可慨。

19/11，星期一，阴，昨夜曾雨

　　晨买牛奶，竟系酸牛奶。闻人言可以换。赴图书馆找到孙馆长，渠谓有关人事问题均宜找刘馆长，彼不与闻。乃找到刘副馆长。彼坚持必须由政治部出条子，空口无凭。下午1:10午睡。2:30王能忠君来，谓启群已托彼带100鸡蛋，彼亦愿为余购100蛋。乃交彼10元，在七间桥买到后装一小兜（由梅生处带去）交廖蒙清带来。王去后即找景科长，景言此非正式调职，回本单位本属当然，何必写条。乃言彼当亲自向刘、孙等讲云云。晚饭后读范著，十时睡。

20/11，星期二，阴

　　晨起知昨夜雨，上午亦时落点滴。送牛奶者谓昨日之酸奶日后当补好奶。早餐后赴雷禹门中医求治。雷系数日前李新民先生谈甚高明者。因将病情先用纸条写下，以免诊病时遗忘也。渠诊后谓无大妨害，开一方，服二付，可大减痛苦。

　　乃赴医店购之，未料竟缺"桔梗"，他店亦缺。在食店午餐为面一碗，盖为钱、时俱省也。回室已二时矣。睡至四时起，稍事休息即准备晚餐。饭后读《韦庄集》。九时许睡。

21/11，星期三，晴间阴

　　上午读《韦庄集》，取范著对照，以观黄巢起义行军路线。曹慕樊来小坐。午饭后服昨雷禹门所开中药而午睡，熟睡一小时，醒而休息二小时，五时始起。下楼散步至大操上下梯处而还。似较前呼吸稍舒。回来上楼亦较平时呼吸稍好。岂今日天气稍暖？抑药之作用？抑心理作用？七时晚饭，九时许再服药睡。

22/11，星期四，晴，暖

上午发火炉，历时许多，至十时始进早饭。本日牛奶未收钱，盖补前数日之酸奶也。炉火不旺。一时半始食午饭。二时午睡，三时醒，四时起，重新发火。乃旺。盖须多加夫炭，使其一开始即顺利燃烧，其后方能旺也。读范著。

今日续服雷药，未见效验。

晚读《韦庄集》，十时就寝。

23/11，星期五，晴

上午赴图书馆遇刘杖芸，询以景科长是否已向其谈过，云尚未见到景，但教务部书记杨继福已由梁平来，可向彼谈乃能解决。遂往见杨，彼正在开会，良久不散，乃决定明日再谈。午睡1:00—2:30，起上街。理发，买煤油4.4斤。方愁无力提回，幸遇相识之李大耀（中学生），乃以一角钱请其代提回校内彼家中，俟余返校路过其门时喊彼。早餐未打到牛奶，仅食昨剩饭不足一两，中午约食二两，故下午四时许乃觉饿，至冷饮店见有牛奶，乃饮一杯（已烧焦苦），食饼一两。洗澡毕已六时半，遂慢步回校。李大耀在彼门口伫候，乃提回，至寝室疲乏不堪。幸梅儿来。送来肉、蛋、可可粉、糖。其实余尚有白糖二斤未食。梅儿谈至九时许始回去。吾儿诚可爱也。

因等接水，至十一时始睡。

24/11，星期六

阴，昨夜雨，晨犹微雨。

至图书馆俟会在对面原馆长室现为教务部开会之杨继福书

记。近午始出来，即与谈组织关系问题，彼言俟问一下再答复。午饭后2:00—4:00午睡，起往会李泽民。彼已卧病两年，现已因气管炎、哮喘而形成某种心脏病矣。彼介绍医气管炎及肺气肿之一种吸入剂名"乙丙基肾上腺……"，并以彼之一瓶为余吸少许。回家上楼时果不似原来痛苦。然固知此为治标也。晚十时就寝。

今日陈良群来信，欲借10元，言将于最近回碚。

25/11，星期日

早阴，近中午转晴，风大。

晨发煤球炉，盖须烧热水以洗前日洗澡所换下之内衣也。至九点始可用。早饭已近十时矣。洗衣（棉毛衫裤、外裤、袜）。一时始午饭。饭后在大操场遇梅生。回室已三时许，洗碗、锅、塑料袋后已近四时，乃睡下休息。五时许起。晚餐后读范著，十时就寝。

26/11，星期一，晴

上午至教务部会杨书记，渠言"图书馆说你四清就离开图书馆了"。闻之不胜惊诧。乃以日前书就之1967—1973简况示之。彼谓俟与景丕焕谈后再说。午饭后12:30即睡，2:30起，3:00至北碚区门诊部开订牛奶证明。旋至街购得李泽民日前介绍之"气喘气雾剂"（盐酸异丙基肾上腺素）及切面等。返抵室已六时半。因在街上曾试喷少许，上坡时累似稍减。晚翔儿来，送来馒头一个。

读完范文澜著《中国通史简编》第三分册一、二册（隋、唐、五代)。

27/11，星期二，晴

上街订牛奶，只允订半斤。午饭后回院，抵寝室已近三时矣。睡下休息至近六时方起。其初一小时许熟睡，其后一小时则半睡半醒，而五至六时则为全醒。起弄晚饭，八时方食毕就绪。翔儿来，送来馒头二个。

今晨在街上遇江家骏，彼言周汝昌现身体甚坏，正在修其《红楼梦新证》，因此书在国外畅销，故出版社将重印之也。

近两日来每晨所吐血痰之血色增浓，岂出血较前为多耶?

汇陈良群17元，10元借彼，7元托购灯泡等。

28/11，星期三，晨大雾，上午晴

仅九时至大操场，旋回，十二时半午饭，一时半午睡，二时半醒。四时曹慕樊来，五时去。六时起，晚饭后读 John King Fairbank（费正清）著 *Trade and Diplomacy on the China Coast: The Opening of the Treaty Ports 1842—1854*。

晨发致陈良群信。

29/11，星期四

阴冷，有风，夹雨雪点，午后停，转晴。

上午至卫生科，遇杨继福，渠言尚未遇景丕焕，俟过两日。领得12月份口粮。午饭时唐季华来交来戴蕃瑨交阅之《新医学》杂志1973年第10期，其中有关气管炎、哮喘之文章多篇，题为：①甲氧苄氨嘧啶与四环素合用治疗慢性气管炎；②胡颓叶注射液喷雾等疗法对100例慢性喘息性气管炎的平喘疗效观察；③中草药新医疗法治慢性气管炎疗效观察。其中②为上海杨柳浦区沪东医院供稿。

午饭后1:30—4:00午睡，起赴卫生科报得"气喘气雾剂"药费1.25。

30/11，星期五，晴

上午赴街，洗澡，午饭后回，出行前携"气喘气雾剂"，回时在百货大楼喷二下，一路上坡觉较前稍顺，沿途约歇四次，以前需歇六七次也。唯其为"盐酸异丙基肾上腺素"，本系强心剂，故心跳甚剧，进小校门内稍停，数脉搏为114/m，故宜少用也。回至室为2:30。因太阳甚好，故立即洗换下之棉毛衫袴，用煤油炉烧热水，虽费煤油，然犹省于请人洗也。晚饭后翔儿来，七时许回去。电灯忽灭，竟夜未来。八时就寝。

下午吴宓来，言学校已补发其扣薪两次，计6000元，一部交杨熹保存，另自保存（或实交唐保存？）。又言将有"运动"。

十二月

1/12，星期六，阴

竟日未出街，上午在校内买得白菜。1:30—4:00午睡，起后曾赴操场信步。晚饭后梅生来，谈院办高中班已肯定，已登记名额，但须由区教育科及原初中批准。约一两周内开学，共二班。又言亦知将有"一打三反运动"。晚十时睡，卧读《元白诗笺证稿》至11:45。

2/12，星期日，阴

上午至大操场闲步，午睡后亦至大操场闲步。读陈寅恪著《元白诗笺证稿》，晚重写致Miss Anne Jones信。

3/12，星期一，阴

上午至大操场。归后读《韦庄集》。午睡1:30—4:00。吴宓病，往视之，云晨左头顶经左太阳穴迄左颔一线疼痛。唐季华为针刺，益痛。至下午方恢复原痛程度。中文系书记李世容及一女党员来探视，已通知卫生科，明日来医诊视。晚梅生来，交彼三元，嘱明日为上街交信，买煤油、水果。

4/12，星期二，阴、冷

昨夜贪读《唐诗纪事》刘禹锡、王建等诗，近一时方就寝，故今晨起甚迟，已经8:45矣。吴宓来敲门，后于路上遇之，彼适自卫生科回。午后1:45—4:00午睡，起后又至大操场信步。回室晚餐，读《韦庄集》。争取早睡，现已9:10矣。近两三日来因寒潮之故，颇冷。

5/12，星期三

阴，甚冷，加棉背心。

早七时起床，烧开水，自往食堂打馒头。至大操场，回室拖地板。1:20—4:00午睡，起赴财务科领本月工资，实得58.61（扣家具费0.34及医药费0.05）。晚梅儿来，当付彼本月生活费20.00元，吴宓送来相助之医药费30.00元。晚10:00就寝。

6/12，星期四

晨起甚雾，冷，约十时始晴转微暖。

九时上街购橘等。信步至服务大楼，午餐后已近12∶30。至车站询得赴青木关车首班开行为六点许。末班五时自碚开出，到青即回，约在六时之谱。乘车至天生桥，步行返校。抵室已三时廿分。稍休息即睡，六时起。以最后仅剩之煤油晚炊。饭后梅儿携煤油来。谈已登记院办高中班。又谈木匠云知青将来可能出事，戒令勿乱谈，勿乱听，以远祸也。

7/12，星期五，阴

早起，十时上街，在缙云餐厅午饭，其菜（蹄花汤 0.30）极恶劣，全系剥去皮之小趾骨，略加"高汤"及烂菜皮、烂海带数片，而等候近一小时，实令人气愤。饭后洗澡。本拟即回，然以尚可购少许面条带回供三天之用，乃购之及茶叶等。茶叶为仅馀之"一级滇红"，其店只有二两，乃购一两（1.41）及"五级花茶"一两（工业票一张，0.39）。遇陈义庸，彼见余力不支，曾为代挤站买面条轮子，因招待其在茶馆略坐。谈其内弟亦患肺气肿十馀年（现41岁），现已基本不能步行，即数十公尺之平地亦不能走。每届冬季必住医院，打氧气。恐余亦将成此种状况也。回院之前将预先带在衣袋中之"气喘气雾剂"喷二下，一路上坡似较稍好，然亦不过较不用为稍好，仍甚苦也。

晚刘玉琼来，因介绍其与吴宓相谈参加英文学习事。回室已九时，即睡。但或系日间饮茶多之故，每隔一二小时即醒，睡而不熟。

今晨以8斤粮票与一农民换布票10尺，又以1.5斤换棉花票1

斤，未意当付彼1.5斤粮票之后，渠未给棉花票，当时不察，事后方知，亦小损失也。

8/12，星期六

阴，全日觉甚冷，尤以午睡起来后为甚。

览历书始知昨日为"大雪"，冷其宜矣。肺气肿因冷而感剧。在寝室内尚感"气噎"。上午至大操场，即回。1:30至2:50午睡甚熟，醒而休息，四时方起。醒后卧床每昏然思睡。此或与肺气肿缺氧有关。晚饭后梅儿来，送来肉"饴"及炸带鱼。殊不知此二者同置一瓶，将肉之味弄坏矣。盖余甚不喜带鱼也。又送来"人参精"一瓶，价三元。其实不应买之，以其难有效验也。近来每以"补药"高价售给病人，其实无甚效也。

晚修旧棉毛裤，备明日着之，因太冷也。

9/12，星期日，阴

今着毛衣、棉背心、棉袄、棉裤，犹觉冷。因思必为缺氧所致。上午十时至梅生家，新建厨房地面尚未敷三合土。梅生在制屏风架。十一时半回室，上楼极吃力。气噎如受绞刑。午睡自二时始，熟睡至三时，犹思睡。近四时戴蕃瑶先生来，送来"胡颓叶"少许，云采自校内。又送来抄自药书之有关记载。坐数分钟即去。休息片时即准备晚饭。洗碗，端水盆均觉极累。

10/12，星期一，阴，下午且风雨

上午至教务部欲会杨书记，见燕国珍，据云彼尚在外地未回，乃回寝室。上楼极吃力。午饭后一时即睡，初睡下之"噎"

感甚剧，几至窒息。乃复稍以肘支上身使上躯与腹部稍成角度，数分钟后，方得勉强睡下，又数分钟始平息。盖身体于站、行时，上下躯成一线，而卧下之前坐于床边脱衣，又使上下躯成90°，甚至小于90°，而睡下又成直线，此种情况，必使已经粘连之横膈难以及时适应，乃成"气噎"之现象焉。此为余自身之体会，不知正确否。初睡熟一小时，二时许醒，每沉沉思睡，而此种思睡似与正常之思睡不同，是否由于"缺氧"所致？近数日来，由于上星期五洗澡之水不甚热，似受凉，故胃口不开，食欲减低（此为近半年多来之现象，唯受凉则特显），"噎感"更频。

休息至四时起，信读《韦庄集》。晚食烫饭约近三两。以豆腐乳佐食。后忽忆数日前某次晚餐曾因食豆腐乳而夜间口渴，咸。乃在最后一碗改食白糖少许。此次晚饭于六时，盖因前二晚初睡之"噎感"，或者早食晚饭，胃内之食物早进于肠，则睡时横膈不致受很大抵压而可稍减"噎感"也。不知效否。

又近来心绪繁乱，心慌，可能系一种神经衰弱之现象。大抵各方面之病感均呈现矣。

11/12，星期二，阴，间小雨

晨十时半，赴大操场，旋至南庄思会成文辉以询其赴歌乐山结核病医院之交通情况。十一时半抵南庄，寻得成之居室，但渠已于数日前赴歇马场。乃在刘元龙处小坐，至二十时回。经食堂拟打馒头，未料无馒头，乃回室，时正一时。立即动手制炊，二时许始得进食，食毕已三时矣。因实疲倦，三时半乃睡下，五时醒，近六时起。即准备晚饭。梅儿来，言今赴老农民老尤家吃肉甚多，又向其购肉12斤，备熬油也。梅儿七时半回去。因近数日来每初卧下即感"气噎"，思恐系胃中太满之故，今乃有意迟睡，欲待胃中食物进肠道后或可减"气噎"之感，故读郑振铎之《中国文学论集》，至近十二时方就寝。卧下之前又斜靠若干分钟，以免躯体之由脱衣时之卷曲状而突成仰睡时之平直状而有"气噎"之苦也。果因"渐进"之故，苦为减轻，然而因就寝过迟，竟夜睡眠不佳矣。又左侧喉痛。痰（白泡痰）较多，此受凉之现象也。唯不知何时所致。

12/12，星期三，阴，有转晴意

　　晨八时起，立即发煤球炉，至九时方可用，乃烧热水，洗脸。至十时赴大操场厕所。返回购大白菜及饼干，因近日来食欲极差，胃甚不舒，思食易消化之食物也。返抵寝室已近十一时，立即洗涤上星期五洗澡换下之棉毛衫裤、衬衣、外裤。至十一时半煮稀饭，一时始成，盖火力不强也。煮米约三两，勉力食尽（未料竟因腹胀而泻肚）。食毕已二时矣。又继烧开水热水，将所洗各衣清毕。三时半午睡。约近五时而醒。近六时而起。晚餐即时所购饼干及牛奶。腹犹微觉胀。

　　梅儿来。

13/12，星期四

　　晨稍有晴意，十时后转阴，下午且有风。

　　晨起早餐后赴大操场。返至商店购菜油半斤，因询昨所买饼干究何价，售货员谓"三角"。遂质以何以昨日收四角五，彼无言，旋写价条若干张置柜台中标明每袋三角。以钱已过手，未要彼退。此后须注意。盖售货员每有乘买主不明价格，或不注意时有欺骗之行为者也。

找到徐大姐洗棉被，给以洗衣粉及肥皂，工价0.50。午饭后以薄棉摺起垫靠，再加枕于上方，和衣仰卧，甚为舒适。3∶30起，读《中国文学论集》。觉其中各篇文章分量不甚平衡，有佳，有较差者。晚梅生来，送来砖二块为垫床脚。又送来食物。据云高中班下星期一上课。

14/12，星期五，阴

上午至南庄拟访成文辉，仍不在，至刘元龙处小坐，谈四十年前事，亦休息之一道也。正午归，由大操场抵室计用45分钟，较取网球场、图书馆、食堂之道约省15分钟。1∶30—3∶30。午睡，起读《唐诗三百首详析》。五时后至大操场散步。今日闻刘师母、李时雨均言院办高中班家长明天开会，下星期一上课。学生年龄限制为1973年8月31日尚未达17岁者。

晚饭后心慌，烦躁甚。此种心理状况余在前似尚未曾有，不知何故。又近日饭量颇减，恐主要系由身体不适所引起。因服"异丙嗪"半粒，十时就寝。

15/12，星期六

晨大雾，至近十二时始散，旋阴，稍冷，晚有小风。

晨十时又往访成文辉。邻人谓其仍未回。乃返。至卫生科取得"异烟肼""酵母片""Vit B$_1$"。下午1∶30—3∶30午睡，尚佳，四时起。上午遇吴德芳，云梅生已得院办高中班入学通知。晚饭后下楼，扶杖过新礼堂，见其中正开高中班家长会，知事已定。又见梅生之母坐于群众之中。步行至卫生科前，见梅生室有灯。返室。昨晚睡尚佳，今日饮食尚可，盖以近数日食欲不调之经验而有所控制，牛奶于四时食之，则距晚饭稍远，可免晚饭时不易进食之现象也。唯食欲终不如半年之前矣。又心中燥乱之感，今亦基本消除。

16/12，星期日，晴

晨十时上街，途遇曹慕樊，旋抵市心，已近十一时，候食蒸饺竟至下午二时，食毕已近三时矣。理发后归，抵室已5∶30矣。闻邻人言戴蕃老曾来，为已觅得某种医喘之草药，曹慕樊亦曾来过云云。晚梅儿来，言已进中学班。

17/12，星期一，阴

上午泥水工来修天花板，将沙发、椅、凳等移出，桌面书籍各物亦一概移出。室中各物全用报纸遮盖，至近中午补毕。出至梅生处，拟细询其开学事。下午泥水工来进行二道修补。全部竣工于四时。乃力疾拖地板、抹桌椅、换床单，至六时方毕。力竭矣。晚梅生来。

晚九时许睡。

18/12，星期二，阴，雨，降温

本预计往图书馆会领导办组织关系事，但与董时恒在廖蜀儒室闲谈二小时，遂未能往。中午找来农民老尤敷起煤球炉。二时许戴大珍自新礼堂领得烤火炭来，告以速往。乃将二背兜往。蒋炎龄在司其事，谓以余组织关系不在图书馆，故未写名字。乃赴图书馆思会馆长，不在。返途遇杨鉴秋主任，询其知杨继福书记已返，遂折回，途遇之，杨云明日又赴梁平，其事已嘱汤永锋，可与接洽。乃向教务部去，亦途适遇之，据云仍以与景科长谈为是。遂登坡至景科长家，据云"群众害怕你传染肺病，不欢迎你回去"。又云"你的供应在图书馆，报账也在图书馆""就在家休息罢"。告以孙馆长非坚持要书面，景科长乃谓其爱人把孙馆长找来。久去不至，又教余去，至则方知孙不在家。因决定明日去会孙。晚梅生来。

图书馆必有人反对余回馆，故造出"四清即已调生产部""要传染别人"等空气。

19/12，星期三，阴雨，冷

近两夜均乏睡眠，夜醒次多而久。上午曹慕樊来小坐。十时乃去。发煤球火，燃烧尚好。十一时往文化村6舍拟会刘蜀贤书记，不在。午饭后睡至2时起。洗毛巾床单。4:30赴新图书馆，适逢学习，至五时过始毕，人将散，乃向孙馆长谈景科长所交待事。孙谓群众说"你四清后即不在图书馆了"。又云"你只有分炭、分肉、分福利才来图书馆，平时就不来"。因询以何人言"四清后即不在图书馆"，孙言"宋传山"。乃恍然大悟，意颇激动。孙竟大怒，谓"态度不好"。乃向其解释所以心情激动，系因平时心跳过速，心中慌乱，又因宋传山所言全非事实，所以激动。孙意稍解，乃谓可简单写数条足以证明1966仍在图书馆之理由，明日交刘杖芸副馆长。归后晚餐。晚翔儿来。去后拟稿，十时睡。回忆下午之事，余并无不好之态度，乃实由孙之主观片面耳。心中颇安。

20/12，星期四，阴，冷

昨夜睡不宁。最近三夜之失眠全系因与图书馆之组织关系之事引起。晨起正拟早餐，陈良群来，言昨日由梁平来此。灯泡、电池均未买到。鸡及柚均买到。陈去后立即写成"四清"以后经历汇报数条。十一时许赴图书馆拟面交刘馆长。行至卫生科不期而遇，遂交之。喊得农民老尤同至数学系陈良群处将柚担来，鸡则交翔儿去喂。一时半午饭，二时半睡，五时半起。晚梅儿来，送来馒头二个。谈已经开学。晚十点前就寝，先服aminophylline一颗，异丙嗪半颗。

21/12，星期五

阴，寒潮似渐去。

晨八时廿分起。九时廿分上街。抵菜市已十时。肉已售完。遂往洗澡。半月未洗，颇不洁。至留园午饭，购"粉蒸排骨"一笼，不料全系肥肉皮，且未蒸熟，正在为难，适有一农民妇女甚欲购。此时已售完，因询其要否，可以出让，彼乃接受，所购之米饭三两亦赠彼食之，彼甚为感激。乃另至豆花饭馆食豆花一碗，饭三两。时已二时许矣。乃取道后山小路而返。抵室已四时半。晚陈良群来，分得芝麻二斤，柚五十个。梅生亦来，送来香肠多条。

22/12，星期六，阴，甚冷，有西北风

昨晚十时就寝。寝前喷"气喘气雾剂"，又服异丙嗪半粒。头三个多小时睡甚熟。一时半醒，即恍惚迷离，时而甚醒，历时甚长，时而似睡，但不甚熟，直至今晨八时起床。甚感乏。

早饭后发火烧水，洗换下之棉毛衫裤，至下午三时许始食毕午饭，未能午睡。五时许往视梅生，即食面一碗而返。甚乏，周身极难过。似乎受凉，因感觉与受凉颇相似。尤其横膈难过，每觉"抵起"，如噎。晚初睡时屡觉欲睡熟之际，即为横膈之"落气"感所惊醒。又初睡之三小时甚好，此后即如昨夜之睡不宁也。

又近数日严寒，上楼上梯均分外困难。

交梅生肉票2斤，嘱其代买肉。

23/12，星期日，阴，冷

昨夜睡不佳。今晨则近七时许忽沉然思睡，至八时二十分方起。早饭后洗枕套枕巾，即觉甚累矣。近两日特别觉累，此或由受凉，或由肺结核，或由肺气肿，或由气管炎。究为何原因？十时半外出赠廖蜀儒、邓昭仪、戴蕃瑨每人二柚。午饭后一时半午睡。采取垫高背部，部分和衣而倚卧方式，睡前且服aminophylline一粒，以免痰塞不畅。效果甚好。每隔一小时一醒，旋即睡着。五时五分起床。至商店购物，并打馒头三个而返。梅生晚饭后来。

24/12，星期一，阴，甚冷

晨起（8:20）室内为9℃，昨夜睡仍与前无大差别，但今日不如昨、前二日之觉累及难过。若与受凉相似之周身难过感似已稍除。晨起发火，至大操场，回来则为午炊矣。二时食毕，洗袜一双。即此犹觉累，足见体力之衰。二时半仍斜倚午睡，睡前服aminophylline一粒，颇好，每一小时一醒，四时后即醒卧。五时起，复为晚炊。晚九时许睡。

25/12，星期二

阴，白天较昨天为湿，入夜则有风而冷。室内为10℃。将煤球炉提入则为11℃—13℃，视火之旺否为升降。然煤气殊不相宜也。晨七时许起，至图书馆思会刘馆长，人言其不来，俟两日后三级会开毕方来，乃返。发炉火，因夫炭湿，火久始旺。二时半诸事停留乃斜倚午睡，第一小时甚佳，第二小时略差，至四时半乃起。

晚饭后梅生来。

今日觉近两三日不适之各种感均消除或减轻。因思所以致不适故必在受凉。

近数日来不惟身体感不适，而精神亦颇不宁。梦中有呓语，醒后亦自知之。读书、体物每多非非之想，例如亟思与相隔数千里不见三十一年之小弟会面，闻邻室之声即思穿壁而视其究竟等。此皆精神不正常之情形也。幸尚能自知之。自昨起此事不正常之状况亦消失。回忆今年一月廿七夜自梁平返来后之次日，夜间发烧，亦有梦呓，声达邻室（据言系指出梅生拉提琴拍子没打对），醒后亦能忆之，盖当时受凉发烧所致也。

26/12，星期三

阴，晚间室内温度为12℃，而室外则寒风凛冽。盖以晚炊燃煤油炉，故室内稍暖。上下午均信步至大操场，至则回。恐在室太少动而致肢体退化也。下午自操场回经汽车房见翔儿，面部化装涂红，问之，乃知今下午在校表演，老师为之化装故。

今日行动甚吃力。未知何故。

27/12，星期四，阴

　　早饭后赴图书馆思会刘馆长，人言其昨日方开完会，今起在家休息。乃返。2:30—4:00午睡。起赴大操场信步。晚饭后9:20即睡下，尚佳。夜虽醒四五次，均旋睡着。以牛奶、饼干为晚餐。

28/12，星期五，阴，昨夜雨

　　晨八时起。早饭后拟赴图书馆会刘馆长，途遇蒋炎龄，言刘生病在家休养，乃返。经卫生科，与张道高医师畅谈 T. B. 病情，并以本人1972.3.24所拍肺片请彼观看解释。彼谓余之病情系"老肺病"，肺部分不张，气肿、气管炎等均有之。目前只有尽量减少体力消耗。若外科开刀之说则不相宜，盖体力不能胜任也。取药 aminophylline，yeast，Vit B_1 三种。二时半午睡，近五时起。往视梅生。七时许返，仍以牛奶、饼干为晚餐，取其速也。且胃口不佳，亦不甚思食他物。晚睡前服 aminophylline 一粒。

29/12，星期六，阴

　　上午赴图书馆，候至十一时始见刘杖芸副馆长。询以问题如何。彼突谓："你上次写的那个没得用。你是在哪里监督的问题，不是在哪里工作。"又谓："要政治部写书面，景丕焕不写找李福兴写。"当时颇使余不解。盖上次所写之"四清以来经历汇报"列举各项足以证明余自四清迄1966均在图书馆之人证、事证、物证，系根据孙述万馆长之指示。当时孙谓写来交给刘杖芸即解决问题。未料刘杖芸竟出此态度，似乎未曾理解事件之全面。乃决定再找景科长。幸前于19/11写成之向政治部请求指示回图书馆之报告始终置于身上，遂往会景。景甚爽快即提笔批云："根据院核心领导小组决定之精神原则，凌道新应回图书馆，接受群众监督。"此乃真正解决问题矣。回家午饭，稍事休息即已二时半，乃上街。交牛奶费，洗澡，购面条等而返。途经一曾在西师傭工之黄婆婆门口，彼邀入小坐，片时而返。抵室已七时卅五分。即以所购面条煮食。八时许，梅儿来。坐约十分钟而去。九时五十分就寝。以"气噎"至十一时后方睡着，一觉醒来为近二时，而灯犹未熄。此后屡睡屡醒多次，至四时半始又熟睡，为七时之广播吵醒。

今晚之气噎除由于初睡下时略有蜷身动作外，被凉甚亦为原因，其后被渐温，噎亦渐止。虽睡时服aminophylline一粒，犹不能止噎也。

30/12，星期日，上午大雾

九时廿分赴图书馆，适二馆长均在，乃将景科长批示交上，刘颇出意外，乃曰："那就好，今后再找几人谈谈对你进行管制的问题。"旅费报账单彼亦立即签字，并言今后供应一如既往，全在本单位供应。乃遍寻蒋炎龄以领取烤火炭事，未得见。乃返。途中经财务科，知年前不办，俟年假后即可报账。廖蜀儒代为向蒋炎龄谈炭事，转告云廖蒙清多发一份，盖其在梁平已领，故已发彼者拨归余，约便中往取，见其爱人李才远老师即可。午睡2:30—4:00，起赴大操场，回遇蒋炎龄，谈如廖蜀儒代转达。晚饭后九时四十分即睡。戴大珍带来启群之父致彼信一封，但梅生今晚未来。

31/12，星期一，上午大雾

　　晨起极冷。9时20分起，视温度表为8℃，是今年最冷者也。昨夜睡前服"异丙嗪"半粒，夜虽时醒，然旋犹恍惚睡着。而在天将破晓时则喉间觉痰刺激，乃吐之，且睡左侧将血痰吐尽，斯时恐已五时。静卧之馀沉沉思睡，然而隔室之人因上街赶买猪肉，高声吵杂，颇为扰人也。至九时二十分勉力而起。早餐后发煤球炉，洗衬衣一件，午饭后已一时半。二时至大操场厕所，即唤梅生取去其外祖之信。回室已三时卅分。

　　今日觉面部麻肿，而左脸尤甚。按面部发麻，近已有几次，唯今特觉之。其故安在？是否由于食药不妥，如"异丙嗪"、"Vit B_6"、"氨茶碱"？下午自操场回寝时曾至卫生科思遇医生询问，讵空无一人，乃返。回室即和衣倚卧，睡着约半小时多，五时五分起，觉极累。六时卅分进晚饭。

　　今心中烦躁之感稍有抬头，乃知与身体状况有关也。梅生晚八时许来，谈近十时始去。此时寒风凛冽，而彼着衣甚少，且未着棉衣。恐其有受凉之虞。嘱彼宜着棉衣。临去交彼2.20元，以购猪肉、面条。

　　晚甫卧下时，突呼吸困难，痰塞，力咳之亦不能出，气噎甚久。盖被冷，仅着一棉毛衫，与之接触，乃觉冷，故有此现象。

1974年

一月

1/1，星期二，阴

甚冷，晨起室内8℃。发煤球炉。大雾至午始散，午饭后至大操场，上坡去看儿等。风甚烈。梅儿为购"复方蜂乳"二瓶（每瓶100 c.c. @ ¥2.72），启群为购得肉二斤，面条一斤。返室已四时，卧床休息，至五时许起。晚饭后翔儿来，送来热水袋。时风大冷甚，余心殊不忍也。以春节道宏寄来之巧克力付彼二板带回。翔儿并出汉语拼音练习相问。余发现其字母尚不全识。翔儿去后即料理就寝。

今全日身体感觉尚佳。唯晚饭后8:00—9:30 pm一段时间内觉心慌、烦躁。面部感轻度浮肿。睡时因注意不急剧卧下，故"噎"感虽有而轻，历时短。

2/1，星期三

阴，甚冷，室内8℃。

因起床已8:45，故早饭毕已9:20矣。发煤球火。

昨夜睡尚佳，虽醒数次，均旋睡着。唯最后一次为3:45醒，正温度最低时，醒约一小时以上，间诵古人诗句，至约六时又睡着，直至七时许始为广播惊醒。此次虽醒，然而未觉烦躁。

十一时半赴财务科，本拟报旅费账，未料人已下班去矣。返室午餐，1:45和衣而寝，3:30醒，近四时起。出行至大操场而回，晚饭后料理甫毕，八时许梅生来。此儿殊好求知，然固宜以健康为重也。近十时始去。言翔儿明日来。

为避免就寝时初卧下之气"噎"感，将上床前之准备工作分若干步骤，每一步骤至下一步之间隔相当长，以免连续弯腰过疾而导致"噎"感。洗脸后经十数分钟始理被，又读书约二十分钟始洗脚。又经十数分钟始擦脚。再后十数分钟脱上衣，略坐再脱棉裤。连同毛线衣卧下，犹不敢即平睡而勉力支持上体使与床稍离，数分钟后始睡下，再卧脱毛线衣。然终不能全无"噎"感也（但较直接睡下之痛苦则大大减轻矣）。

3/1，星期四

晨有雾，但较前二日为轻，室内为10℃。

晨九时许始起。盖昨晚睡下后已十一时，颇沉沉思睡，乃熄灯。但走道之路灯未关，光照入室，颇觉刺激，难以入睡。乃更觉烦躁。恍惚之际，视表已1:30矣。又睁目以待，至三时许仍极清醒。且时有"落气"之感。此感有如乘电梯下楼初开时心中之感觉，觉心中觉然欲坠。至近五时方恍惚睡着，而不久即为晨七时之广播惊醒矣。昨夜之不能成眠原因盖三：①过道之路灯通宵未熄。②"落气"之感，亦即如乘电梯下行初开时之感。③痰塞咳不出。此痰后咯出，乃正常之痰，透明，近无色，较浓者。并非睡左侧时冲向喉道之血痰。近三日来以面部浮肿未服药（异烟肼、氨茶碱、异丙嗪、Vit B_6 均未服）。但曾闻人言，剧咳引起面肿，然则岂咯痰过久，过用力之故？今晚当仍服氨茶碱一颗，以观效果。

晨起既迟，乃以饼干四片、牛奶半斤为早餐。十时半赴财务科，仍未报到账，须再过二日方可。乃走访成文辉于其家。

承告以赴歌乐山医院乘车之经验。谓最好有人偕往照料方可，盖旅途太艰难也。十一时半回。十二时半抵室。二时半午睡，一小时后醒。四时许起床。觉不适，似在发烧，取温度计考之，为36.8℃，并不发烧，不知何以总觉不舒也。起床后赴卫生科，拟询致面肿之原因并要酒精棉花少许。但今下午学习，不看病。散步后回。晚饭后翔儿来。

4/1，星期五

　　晴，有风，室温11℃。

　　昨晚服氨茶碱一粒。睡时因尽可能避免蜷身及突然卧下，故"噎"感甚微。睡亦佳。醒数次，均旋睡着，仅一次较长，约在2:35—4:45 am，但无烦躁之感。晨九时始起，曹慕樊来，谈以身体近况。曹言但持达观，不可执滞，淡然处之，于身体有益也。

　　曹去后即赴卫生科，告以面肿、夜尿频等现象。医言夜尿频不足怪，夜间肢体对血液需要量少，故肾脏之血相应增加而使其工作较日间为强，故尿多也。面肿系由于日间尿少而水分在体内停留所致。与所服各药无关。氨茶碱且有利尿功能，又使痰易于咯出，服之无害云云。取酒精棉花少许。3:00—4:00午睡，起又至卫生科前散步。

　　晚饭后写致道宏信。梅生来，送来馒头二个，蜜柑若干。

5/1，星期六

　　阴，晨大雾，上午十时雾稍散，即赴北碚区门诊部，以需开假条，并询有关歌乐山结核医院事宜。未料至则知星期六上午学习，遂返。至李才远先生宿舍外候其来谈领取烤火炭事（彼爱人廖蒙清已在梁平领得，故此间多发一分移以给余）。又至大厕所找农民老尤谈请其挑事。返回宿舍已12:30，急弄午餐，食毕洗毕已2:30矣。不遑休息，又赴门诊部。医生谓须查痰、血。遂先查血，痰则俟星期一带来再查。返校在商店候得老尤，引其至李家，门锁，人尚未回。尤以有事先去办后再来。余候至李先生回来，而老尤不至。又赴大操场候得老尤，呼其径往挑炭。余则回宿舍。讵料余方抵楼门而老尤已担炭至矣。足见余体力之衰也。晚饭后摒挡就绪已十时许，即就寝。

今中午气紧气噎，极苦。

6/1，星期日，阴，室内10℃—11℃

昨夜甫睡下即感气噎，其苦不堪（此为近数年来最大之一次痛苦）。历时甚久，约在近12:00 pm，始觉稍好。通夜醒无数次。至四时许又来气紧。至六时方松。每当痛苦难以忍受之时即不自觉大声呼叫。诚可谓苦极矣。

上午找老尤上街买面条及馒头。下午午睡不见佳。

晚梅生来。告以痛苦之状。十时前睡。

7/1，星期一

晨大雾，极冷，至十二时始散。

以力衰，未去北碚区门诊部查痰（痰已于今晨准备好）。雾大殊不相宜。昨夜痛苦不堪。下午本拟赴门诊部，但行出楼门即觉力衰，乃决定不去，赴卫生科，由黄世英医生诊治。经给以四环素、Vit B复方、氯丙嗪。

至财务科领得本月工资，实得58.90。

晚吴雨老来，送来资助之30元，并启群之20元。梅生来，将彼等之钱交之。共吴老所给20元，又其本月生活费20元。梅生去后，服氯丙嗪半粒而睡。

陈良群来，还来1973.11月所借之款，并结算为代购各物账目，实还9.47。

昨夜大约只睡着一小时（3:00—4:00 am），其他时间均在呻吟、痛苦中度过。

梅生带来云从龙来信。

8/1，星期二，阴，极冷

竟日未下楼。昨夜服氯丙嗪后睡。初两小时睡熟，其后因翻身之故拉牵气管，遂不复能睡矣。其苦不堪。

又因生活各事均须自己照料，实苦。决心请求在九院住院。来日当向卫生科提出。

总觉此次恐不易拖过冬季。

梅生晚来，旋去。

老尤来，送来煤油，付以力资0.20。

9/1，星期三，阴，极冷

竟日未下楼。昨夜睡不佳。上午黄婆来，言启群已向其谈过，彼甚愿帮忙。告以可向启群具体谈工作及工资。

梅生晚来，言黄婆已答应，月支12.00元。余以为太少。

八、书信

1. 凌云致凌道新

　　道新见字。你于9/9赴北京，入燕京。谅现已入该校。速来信告知一切。昨日收到燕京招生处来函云，凌道新、凌道扬务必于九月十一日以前报到，否则要明年入学。但现在你入校谅无麻烦。今日午后三点半，收到道扬来函，已补上正额，道扬已入交大。我心稍慰。今将道扬预定宿舍金收条寄上，道扬宿位可让给魏寿岚可也。你在校要各事小心，安心求学，不可多管闲事。自己的东西要照应好了，以免遗失。可常来信，用平信即可。信面用中文写，以免耽误。父字　11/9，5 p.m.

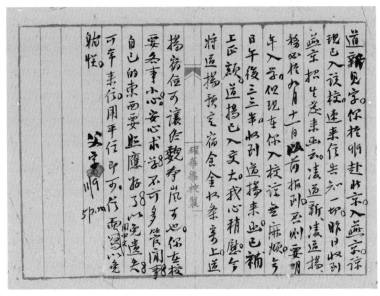

1940年，凌云致凌道新信手迹

2. 凌道新致 John. Leighton Stuart[①]

（1）1946年11月24日

Ling Tao-hsin

Ward 12 Chun Hua Hospital

Sze Ma Loo

Chengtu, Szechuan

Nov. 24, 1946

Dear Dr. Stuart,

I can find few words to express my gratefulness to you for all the help and comfort you have given me. Yesterday a Dr. D. C. Graham of the West China University came to my ward. After I identified myself he asked if I knew you. We went through some details and finally he told me that you have written to me at the beginning of November and sent one hundred dollars to me through some U. S. Air force, but they could not find the place and left the money to him to be brought to me. As for the letter, I have not received it so far and am writing to the Chengtu post office to inquire about it. The money you sent me is a very great help. With it I can meet the hospital and doctor bill of November.

My condition is somehow improving. I hope to leave my sick bed in the coming February. What you have done for me not only means a material help but also tells me how to perfect one's soul.

I can say nothing else but pray God bless you and make me

---

①本书英文书信之中文为整理者所译，仅供参考。

worthy of my master.

Very sincerely your pupil,
Tao-hsin Ling

译文：

亲爱的司徒雷登博士：

　　我无法用言语表达对您给予我所有的帮助和安慰的感激之情。昨天一位华西大学的D. C.格雷厄姆医生来到我的病房。我讲明自己的身份后，他问我是否认识您。我们详细谈论了一些细节，最后他告诉我您曾经在十一月初给我写过信，并通过美国空军有关人士给我送来100美元。但是他们找不到我的住所，于是把钱交给格雷厄姆医生，请他把钱带给我。至于您给我的那封信，我到目前为止还没有收到，我现在正写信给成都邮局询问此事。您的钱给了我很大的帮助。我可以用它支付十一月份的医院和医生的费用。

　　在某种程度上，我的病情正在有所好转。我希望在即将到来的二月份离开病床。您为我所做的不仅仅是物质上的帮助，而且告诉我一个人如何净化自己的灵魂。

　　我只能祈祷上帝保佑您并让我不辜负您的期望。

您非常诚挚的学生
凌道新
1946年11月24日
四川成都
驷马路
春华医院12号病房

（2）1947年4月14日

Tao-hsin Ling

86 Chin Yun Nan Kai

Chengtu, Szechuan

April 14, 1947

My dear Dr. Stuart,

For all your generous help, little I can say but hope God would make me worthy of you.

Dr. Graham and the social service of the West China University Hospital made careful investigations of my case. I had the operation on March 11th. and left the hospital on March 22nd. The hospital charged me almost only third of what they would charge an ordinary case.

I am in much better health now and wish to see you soon.

With my best regards,

Very sincerely your pupil,

Tao-hsin Ling

译文：

亲爱的司徒雷登博士：

对于您慷慨的帮助，我只能说希望上帝会让我配得上您。

格雷厄姆医生和华西大学医院的社会服务部对我的病情进行了仔细的检查。我于三月十一日做了手术，三月二十二日出院。医院只向我收取了通常收取费用的约三分之一。

我现在身体好多了，希望能尽快见到您。

谨向您致以最亲切的问候！

您诚挚的学生

凌道新

1947年4月14日

四川成都

庆云南街86号

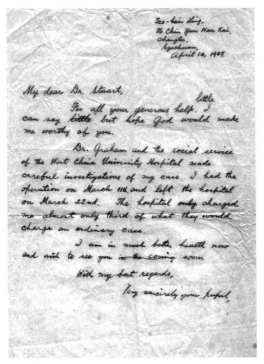

1947年4月14日，凌道新致司徒雷登先生信函（草稿）

3. John. Leighton Stuart 致凌道新

（1）1947年1月3日

Nanking, January 3, 1947

Mr. Tao-hsin Ling,
  Care of Dr. W. Y. Tang
    86 Chin Yun Nan Ksi,
      Chengtu, Szechuan

My dear Tao-hsin:

I have received your letter and am glad to know that your health is improving. Be sure to let me know of your physical and financial condition as both of these develop in the coming months.

I appreciate your Christmas and New Year greetings and want to assure you of my continued interest in your welfare.

Very sincerely yours,
J. Leighton Stuart

译文：

四川成都庆云南街86号
Dr. W. Y. Tang 转交
凌道新先生

亲爱的道新：

　　来信收悉，非常高兴您的健康正在恢复。在接下来的几个月中，请务必告诉我您的健康和财务状况。

　　非常感谢您圣诞节和新年的问候。我会一如既往地关心您的健康和福祉。

您诚挚的

司徒雷登

1947年1月3日

南京

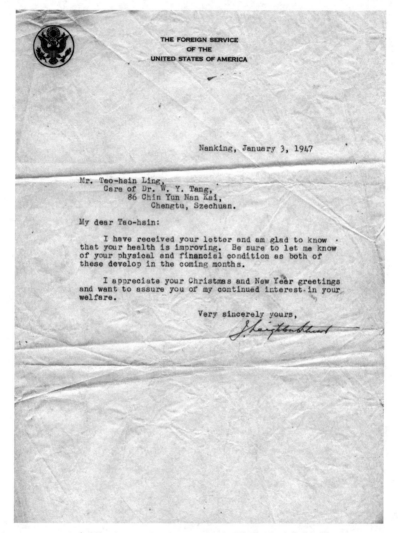

THE FOREIGN SERVICE
OF THE
UNITED STATES OF AMERICA

Nanking, January 3, 1947

Mr. Tao-hsin Ling,
    Care of Dr. W. Y. Tang,
        86 Chin Yun Nan Kai,
            Chengtu, Szechuan.

My dear Tao-hsin:

    I have received your letter and am glad to know
that your health is improving. Be sure to let me know
of your physical and financial condition as both of
these develop in the coming months.

    I appreciate your Christmas and New Year greetings
and want to assure you of my continued interest in your
welfare.

                    Very sincerely yours,

1947年1月3日，John. Leighton Stuart（司徒雷登）致凌道新信函

（2）1947年4月24日

Nanking, April 24, 1947

Mr. Tao-hsin Ling,

    Care of Dr. W. Y. Tang

      86 Chin Yun Nan Ksi,

        Chengtu, Szechuan.

Dear Tao-hsin:

I have your letter and am glad to know that you have been improving so constantly. Take good care of yourself from now on and do not worry about the danger of a relapse.

My best wishes for all that concerns your welfare.

Very sincerely yours,

J. Leighton Stuart

译文：

四川成都庆云南街86号

Dr. W. Y. Tang 转交

凌道新先生

亲爱的道新：

　　来信收悉，非常高兴您的健康在不断改善。从现在起您要照顾好自己的身体，不要因为病情存在复发的风险而担心。

　　向您致以最良好的祝愿，祝您健康幸福！

您真挚的

司徒雷登

1947年4月24日

南京

John. Leighton Stuart（司徒雷登）从南京美国大使馆致凌道新信函信封

THE FOREIGN SERVICE
OF THE
UNITED STATES OF AMERICA

Nanking, April 24, 1947.

Mr. Taohsin Ling,
    Care of Dr. W. Y. Tang,
       86 Chin Yun Nan Kai,
       Chengtu, Szechuan.

Dear Taohsin:

    I have your letter and am glad to know that you
have been improving so constantly. Take good care of
yourself from now on and do not worry about the danger
of a relapse.

    My best wishes for all that concerns your welfare,

        Very sincerely yours,

        J. Leighton Stuart

1947年4月24日，John. Leighton Stuart（司徒雷登）致凌道新信函

（3）1948年4月21日

Nanking, April 21, 1948

My dear Tao-hsin:

I have your letter and appreciate greatly the delicate souvenir which is a fine specimen of Szechuan silver-ware. I shall prize it also as an evidence of your kind thoughtfulness.

I am sending you herewith a photograph which I hope will take the place of the one which you tried to get when here.

With pleasant memories of your last visit and all good wishes.

Very sincerely yours,
J. Leighton Stuart

Mr. Ling Tao-hsin
Young Men's Christian Association
Chengtu

译文：

成都基督教青年会
凌道新先生

亲爱的道新：

　　来信收悉，非常感谢您赠送给我的一枚制作精美的四川银器纪念品，它弥足珍贵，证明您十分细心周到。

　　随信寄上我的一张照片，我希望这张照片能够替代您来这里时喜欢的那张照片。

　　您上次的来访给我留下了美好的记忆。谨向您致以良好的祝愿！

您诚挚的

司徒雷登

1948年4月21日

南京

美国大使馆

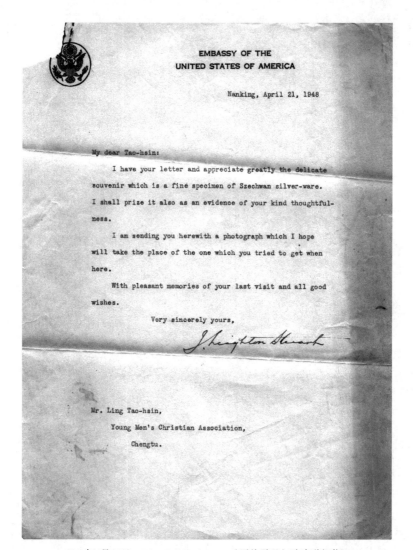

EMBASSY OF THE
UNITED STATES OF AMERICA

Nanking, April 21, 1948

My dear Tao-hsin:

I have your letter and appreciate greatly the delicate souvenir which is a fine specimen of Szechwan silver-ware. I shall prize it also as an evidence of your kind thoughtfulness.

I am sending you herewith a photograph which I hope will take the place of the one which you tried to get when here.

With pleasant memories of your last visit and all good wishes.

Very sincerely yours,

J. Leighton Stuart

Mr. Ling Tao-hsin,
Young Men's Christian Association,
Chengtu.

1948年4月21日，John. Leighton Stuart（司徒雷登）致凌道新信函

4. William Newell 致凌道新

Church Guest House

Upper Albert Road

Hong Kong

March 23rd, 1951

Dear Mr. Ling,

I have today just received your letter. I arrived about four days ago and had quite a difficult trip in some ways with a party of Americans from Kunming from the CIM[①]. I only waited in Chungking three days but had to spend ten days at Ichang waiting for a boat many of which were being used by the military. Quite a number of things were considered by the Foreign Office to fall within the sort of things foreigners were not allowed to take out. I suppose I would not mind very much if it were not that I had really become very fond of my big painting of a cabbage. It is absolutely commercially valueless but I had spent such a long time gazing at it and admiring the sort of way the artist had envisaged that cabbage with the insects crawling all over it that I felt as though I had suffered a personal loss when it was taken away. One thing that rather surprised me though was that the books which I had sent myself through the post had every single Chinese

---

①CIM: abbreviation for China Inland Mission, an international Evangelical Christian missionary society founded in 1865.

book taken out including the original Chinese text of the article you are translating on kinship terms and Buddhist book of confessions used by the meditation school. I cannot imagine why either should be of interest to the government as they are quite freely published abroad only they are expensive.

I was very sorry to leave Hong Kong especially as China is building up her new democracy but I must say it is quite clear that she does not require foreigners to help her. There are no foreigners at Lingnan and in the whole of Canton there only three foreign missionaries all of whom are waiting for permits to leave.

About the beret I really inadvertently left it behind. As I am not returning to Europe I would really like you to give it to Bertha Hensmen[1] to bring out with her when she comes as it is a genuine French beret. I have so few clothes at the moment and it will require so much of my meagre salary to be spent on buying new ones that I really cannot afford to throw anything away that I can still use.

Please continue to write to me at the above address and it will be forwarded.

Yours affectionately,
William H. Newell

---

①Bertha Hensman（1909—?），英国籍，中文名韩诗梅，美国芝加哥大学文学硕士和哲学博士，牛津大学文学博士，1943—1945年任华西协合大学外文系主任，教授英国文学，1946年到非洲工作，1947—1952年回华西协合大学任教兼外文系主任。

译文：

亲爱的凌先生：

　　我今天刚收到您的信。我大约四天前到达。我在路途中遇到了一群从昆明撤离的中国内陆传教团的美国人，在某种程度上，我们共同经历了一次相当艰难的旅行。我在重庆只等了三天，因为当时许多船只都被军方征用。为了等船，却不得不在宜昌又等了十天，外事部门规定了很多禁止外国人携带出境的物品。我实在太喜爱我那幅很大的卷心菜绘画作品，我曾长时间地凝视它，欣赏虫子在卷心菜缓慢爬行的样子，赞叹艺术家的想象力。我本不会太介意，这幅画绝对值不了几个钱，但当它被拿走时，我非常心痛，感觉好像蒙受了巨大的个人损失。然而，还有一件事让我相当惊讶，我通过邮局寄给自己的书籍中的每一本中文书都被拿走了，包括您正在翻译的关于亲缘关系的文章的中文原稿，以及禅修学校使用的佛学忏悔书。我无法想象当局什么会对这些书感兴趣，而它们在国外却可以自由出版，只是价格比较昂贵。

　　我很遗憾离开香港，尤其是中国正在建立新式民主之际。但我必须说明，中国显然不再需要外国人的帮助了。岭南没有外国人，整个广州只有三名外国传教士，他们都在等待离境的许可证。

　　由于我粗心大意，我忘了带走我的贝雷帽。我目前还不会回欧洲，我希望您把它交给伯莎·亨斯曼，请她来的时候带来，因为这是一顶真正的法国贝雷帽。我现在的衣服太少了，如果要买新衣服，就要花去我微薄的薪水中的大部分。我确实不能扔掉任何我还能用的东西。

请继续按上述地址给我写信，信会转寄给我。

您亲爱的

威廉·纽厄尔

1951年3月23日

上亚厘毕道教堂客房楼

香港

5. 凌道新致杨宪鼎

1952年4月

宪鼎兄如面：

前蒙惠书，欣慰何似。弟处距成都不过百四十里，然深山穷谷，消息阻绝，偶得故人一纸，不啻万金矣。近接胡永骧来信，云校内三反已入高潮，温宗祺厅长来校亲自指挥云云。不知究到何种情况？兄如有近期校刊可否赐寄一二份？校中行课未？弟课现由兄等何人代替？学生学习情况如何？其态度是否较前期进步？课程之教材印毕否？学生有何意见？均弟所欲闻，尚乞赐告。温绍仪之小孩生下多久了？璋欤，瓦欤？胡玛丽尚在校吗？刘元龙老师的女公子（此说法甚具封建性！）痊愈了否？亦乞一一赐告。工会小组弟亦甚关切，二、三两月会费弟尚未缴纳，即致函樊锦淳兄托其代缴。

弟来此已逾一月，工作之前一阶段——镇压反革命，已告基本结束。弟所在之分会已捕七人，其中一名已正法，另一名即将正法，一名（系特务）于一年前逃往重庆化名隐匿，已通知渝中有关方面设法拘捕归案。现在队部要求每一初参加土改人员作此一阶段的工作总结，弟正在构思中。弟来此第一点微小的收获应是阶级立场由模糊不定而初步明确稳定。第二点即认识到无产阶级的高尚的品质——实事求是。弟工作主要为整理搜集案犯的罪行材料，送交川西上级，以便定罪。每一细节领导上均不厌求详，反复研究，务必做到不错杀一人。此对犯人家属、群众均产生高度的教育作用。又于乱打乱杀一点，队长不惜言之谆谆，告诫避使，非若一般地主阶级所言之现象也。弟数日前曾犯一错误，即于斗争会上，暗示农民，将某一恶霸痛抈两颊。此事弟曾向领导暴露，竟蒙优容未受批评，及今思之犹增愧疚。盖痛打非解决阶级矛盾之方法，徒表示小资产阶级之肤浅急躁耳。

现阶段为反破坏反分散，为期五日，即查田评产没收分配矣。队长传达上级指示，务争取于四月二十日前全部结束。

昨在山坡上见农民网得金鸡、野鸡甚多，均是活的，羽毛至为艳丽，义山诗云"从猎陈仓获碧鸡"，弟今是"参加土改识碧鸡"矣。

弟道新

6. 凌道新致周汝昌

（1）1954年2月2日

汝昌吾兄：

15/1信及《金缕曲》均收到，谢谢。弟现阅卷已毕，半年辛苦，略告结束。下期开学在15/2，上课则在22/2，故弟约可得半月之闲耳。

和诗之事，以弟之才，何敢妄为。然既蒙错爱，亦不能辞。现已成一首交雨老斟酌。其他一首，弟不记原作，已请雨老抄示，即可完成。已成者本拟早寄兄斧政，祗以雨老一再延搁，故只好俟兄来此面请教矣。雨老亦允和。

兄何时来，希立即决定，以便往迎。弟以为在正月初六、七最好。希携一棉被来，其他弟处均有。兄如勾留一周，足够研究"恭"文，亦可略会黄稺荃诸人也。朱宝昌刻亦在渝，西南军区师范教国文，兄或知其人。渠与雨老颇熟。

除夕客居，百感交集，不欲尽言，即问

近安，兼贺

新禧！"母亲"诸侄，彦老永言诸君均不一一。

小弟道新

一九五四.二.二，腊月卅

（2）1954年4月3日

汝昌兄如面：

二札皆奉到，未能早答，殊为抱歉。缘弟奉第一封后，当日即交雨老，雨老见有小荃女士之诗，不觉大喜，乃慨然谓所提各事均由彼负责办到，嘱弟静候。三月十九日全校举行教学经验交流座谈，弟被推为历史系发言，是以三月廿日未能赴磁器口。雨老则去，并将兄信携去。及其返校，言并未往见邹抚汝昌吾兄：

19/1 信及金瓶曲均收到，谢。弟现阅卷已毕，半年辛劳将暂结束，下期再学。

在 15/2 上课则至 22/2，故尚约可闲半月之间耳。

和谐之事，以弟之才，何敢妄为，坐阪蒙错爱，委不能辞，现已成（首交）两老斟酌，其他一首弟不记原作，已请两老抄示，以早完成。本拟草寄兄参改，祗以两老一再迟捕，故只好俟兄何时寄来，都立决定以便付迎。弟以为在正月初六、七最好，希搁一搁做素，其他弟亦均有。兄如匆匆一圈，足够研究「素」文，亦可晓会菱锋差谁人也。朱宝昌、刘素涛，西南军区师范知团文，兄或知其人。慢画两老颇迟。

除文字磨，百感交集，不敢妄言。即问

近安，兼贺

新禧。「甲乙诸作，寿老永言诸名均不二。」

小平 道新

一九五四、二、腊月卅。

1954年2月2日，凌道新致周汝昌函手迹

民，至于兄所提三问则云三数日内立可办到，嘱弟但稍安勿躁。故弟未敢多言，待兄第二封信至后，雨老仍无动静，弟不得已乃于昨日亲访吴则虞先生。关于"越缦堂"一则，现已解决，弟将其抄寄，以供使用。然是书颇非难得，兄如能得原书一览，自较抄件为窍实也。至于朱乐之所言，据弟记忆，及吴则虞先生所告，谨列于后：

> "余廿馀时随舅夏曾佑（穗卿）赴京，夏以八十两于厂甸购得《红楼梦》一部，无批。后该书又以百五十两转售于有正书局老板狄葆贤（平子，平等阁主）。有正书局印行版本则有批矣。该批乃系狄平子所加（或渠倩人代为）。"（弟揣意颇以为脂批即狄氏伪托）

则虞先生又谓有"吴庆坻"著《听松庐诗钞》有线索，彼曾见之，惜此地无是书。又有关"越缦堂"之眉批"泾县朱兰坡……"一节，则虞识其裔孙朱某，现犹在，年逾花甲，京师大学堂毕业，老留日学生，现在泾县某中学初中部教算术。不知兄需此线索否，如需要，弟可作进一步工作，求得此朱某之通信地点，及其他可能之information。何剑薰教授《筍笱集》事，弟已向其问过两次，均唯唯否否，徒言"等我找下"。雨老亦问过，据雨老言，何教授颇有藏秘之脾气，其所占有学问资料，颇不愿供别人使用。又据吴则虞先生言，何乃"吹牛皮"，并不见得真有其书，即有其书，亦不见得真有线索。目前情状乃具言如此。

现兄书乃在雨老处，弟得此经验，以后再有仕女作品，祇抄给雨老，断不示阅原信矣。

彦老日前有一信，弟拟最近复，兄如见面，请代致问候。

闻吴则虞先生言，渠有京友，在做订正曲本工作，来信云兄将赴京任文化部某项工作。不知究系何工作，弟暑假必来蓉，当可阅面也。

近作小诗二首，一赠"母亲"，一赠吾兄，尚乞斧政。

弟将兄临行"林"韵诗及弟和作抄致雨老，苟运昌、赵荣璇二先生见之，乃有和作，但均为"真""林"二韵，而不及"寒"也。

明日起春假四日，弟本拟赴磁器口，晤稗荃及邹抚民，但乏资斧，只有作罢。

傅启群已与弟订婚，毕业生调查表上"爱人"一栏已冠弟名，顺此奉告，此祝

春安，阖第同此。

小弟道新

3/4/1954

（3）1954年4月13日

汝昌吾兄：

昨接来札，不禁愕然，继以垂涕。后会不知何日！然兄既折桂京中，良足庆幸，敬布贺忱。

今访吴则虞教授，承告以朱兰坡裔孙之情况——

朱兰坡裔孙朱型，字似愚，现年逾六旬。十二岁中秀

言何乃吹牛皮，弟不免浮夸有愧书，改售货书，亦不见浮夸有纰漏。

祖先书乃左画右书，弟浮此经验，以后再有仕女作品，祖钞治，而色的不亦闹名信矣。

彦老日前有一信，弟嗣近擬後，之如兄画诸代拍同後。

阁共则襄先鉴言，鉴有宗友，专做订正曲本工作，来信云先将了图画出。

弟将名临行四林以题诗及弟作抄拍两急，寄运品，造警捆，二先生见之，乃有知作，但均為之真。林二载，而不及，寒此地。

近作如诗二首，一婚口目题，一婚吾之，寄去奇政。

明日延春假四日，弟未擬趁假黑以眠，唯崔及卵搵民。

但色赏奇品有作羞。

傅假群已与弟讨论，畢竟是调查表上与要人一担已冠矛志，顺无奉告，此视。

书去。園兄同此。

山尺立对 3/4 1954

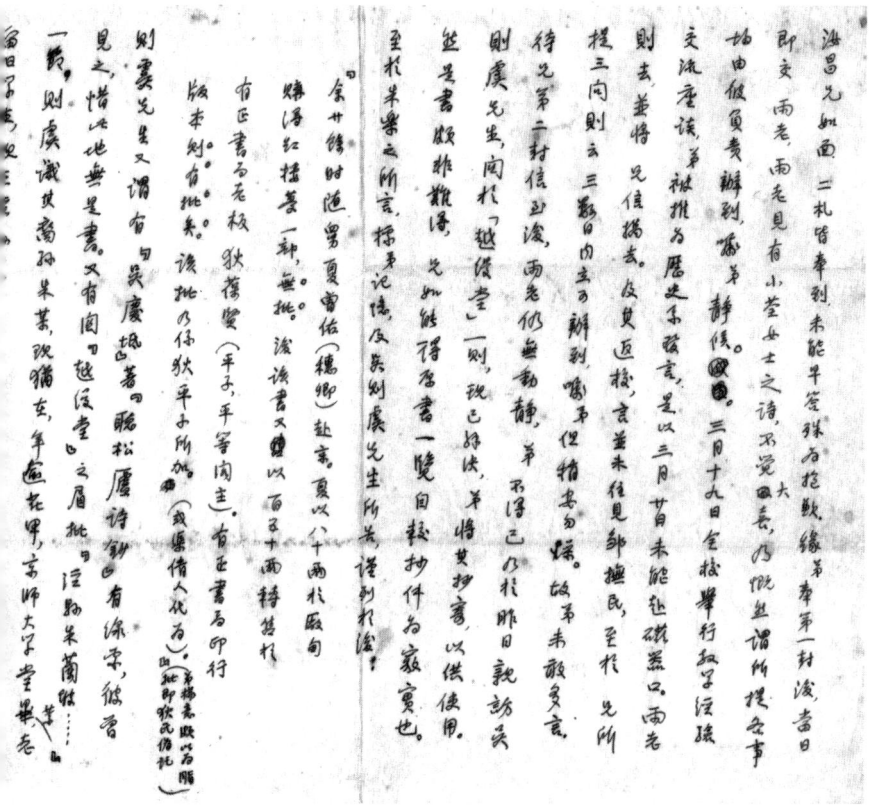

1954年4月3日，凌道新致周汝昌函手迹

才，十七岁以拔贡赴日留学，十九岁回国入北京大学读化学，毕业后在武昌高等师范（武汉大学前身）教化学、英文。以与黄庐隐女史（即作家庐隐）恋爱，为时人不谅被逐。嗣后终浪迹江淮一带为中学教师，教算学、中文、英文、物理、化学。工书、善画、金石、文字，不但能事雕刻，且精于鉴别。性放诞，不沾财，而高傲有节，耻同俗尘，故贫穷潦倒。赖出售家庋书籍以维生活。现在安徽宣城中等师范学校初中任算学教师。平时懒于执笔，书札来往，率由其长女代笔。

为吴则虞先生中学之国文老师，前年则虞以其境遇不佳，曾约似愚先生之受蒙弟子若干集资以助。

少年时美姿仪，翩翩佳公子也。

通信处："安徽、宣城、宣城师范学校 朱似愚先生"。

则虞先生甚愿为兄书一介绍函。

关于砚石，可置彦威先生处。又《杜甫传》英译各章亦请封置彦老处。千万千万。弟暑假必来蓉也。弟结婚之期未能确定，初步拟在今年寒假，惟知交不在，一大憾事也。

承谬奖诗、字，愧不敢当，弟但近来略临李北海《叶有道碑》而已。此为弟仅习之字帖，幸勿以寒伧见笑！命题赠别诗，现成四首，录后呈政。砚诗甚望稍假时日，盖现学期过半，进行检查，颇形忙迫也。

稺荃女史事必办到，弟下月必进城，且必访稺荃。嘱书《新证》和诗同此附上。祝

嫂夫人以次旅祺！

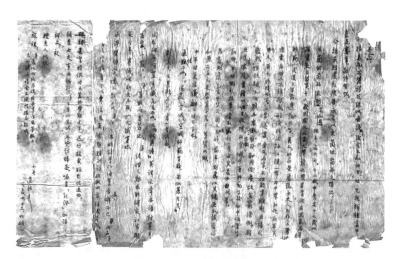

1954年4月13日，凌道新致周汝昌函手迹

弟意以北路为佳，因在重庆须等船，而兄小孩多，旅舍不便，提携为艰也。

小弟道新　顿首

一九五四.四.十三，北碚

（4）1954年8月7日

汝昌我兄大鉴：

　　来信早接，未能即覆，乞谅。弟校本于七月十五起放假，但各种会议未即停止，颇近苛扰，兼遭毒虫啮肤，痛楚缠绵，坐卧不安，神思不宁十有馀日，今日且益甚，无由握管，一切下情，想可见宥。弟原拟暑假赴蓉，但傅启群尚未分发工作，仍在待命，须视水灾稍苏，交通恢复方可，弟不便独往成都也。至于分往何地，亦不可知。近知闻在老已于五月返成都，兄当早悉。缪彦老六月间赴京开会，恐已会过。梁仲老①亦在京料理私务，想亦把晤矣。盛况如何，乞示一二。又闻少荃教授又调回川大，稺荃诗人上月本月各晤一次，刻已返蓉省亲。弟于八月三日邂逅于公车汽车之中，再申前请，彼已答应，必在成都作成之。吴雨老现任历史系主任，孙公刻亦在京开会。前言之何剑薰教授亦在京与会，近闻人言其趣事略如下：一、杜甫不好劳动，惟事嬉游吟诗，应与人民共弃之。二、曹寅有《栋亭集》（非"楝"亭集）。三、《西游记》人物分析：唐僧，地主；孙行者，革命家，斗争性强；沙僧，农奴；猪八戒，未觉悟之农民，惟知大吃大喝，思想水平不高，但阶级成分很好。凡此种种，可以绝倒。此在我校为红教授之一。

　　兄在现职具体工作如何？有寒暑假否？近闻弟校将展开

---

　　①梁仲华（1898—1968），名耀祖，字仲华，河南省孟县人。年少时尝从章太炎先生和梁式堂先生学文史。1922年毕业于北京大学法律系。曾任河南开封中山大学（现河南大学）、北平燕京大学、华西协合大学、四川大学教授，与梁漱溟同被誉为二十世纪中国乡村建设之"二梁"。

"工作时工作量"之学习，将来工作必更紧张矣。肥人孙海波教授（行前作代言五律二十首，五古若干）已被河南师范学院（原河大）聘去，学校多方挽留，反遭讥诮怒骂，盖孙公在思政评薪二运动中颇受摧折，近中央文化部将其旧作印行又知其著述达十馀种，当事乃改变态度，岂料孙君去志早决矣。则虞教授如恒。即颂

秋安。嫂夫人诸侄同此。

弟校现提前于九月一日上课。

小弟道新　顿首

五四.八.七，北碚

1954年8月7日，凌道新致周汝昌函手迹

（5）1954年8月24日

汝昌我兄：

前信写就未发，盖欲有韵语以呈教正。不料自遭毒虫啮后，伤处颇蔓延，遍及两胸前后颈，奇痛难当，几不欲生。幸自昨日始雨，天气稍凉，势乃稍杀。现虽距开学只五六天矣，孙、何二公均间关返校，何公且谓曾晤兄于人民出版社，想北国早入清秋矣。兄来二诗，词极艳丽，直薄义山门户，堪佩之至。唯于意则颇迷离，岂亦仿义山诸无题诗之命意耶？或即不欲读者深究耶？其有Baccacio[①]之 *Decameron* 之情节在内乎？总之凄芳美恻，当之无愧矣，若欲稍加元白神情，便可多具流利自然之美，但恐兄不屑耳。弟拟就韵奉和，唯目前尚未得闲（现雨老与弟又加为北大翻译教材之工作，可谓重负。传闻北大闲人甚多，而竟将此苦力差事交外校，诚令人可气）。前于七月间会稽荃时将册页取回，渠为题旧作八绝四律，多与兄册同。兹将弟所知不同者录左：

眼底河山是故疆，十年戡敌賸悲凉。鬼雄壮烈人能说，一角残阳指马当。

白下秋风百事非，锺山无恙认依稀。重来那有收京赋，肠断人间丁令威。二首《空航》

邮亭执手惊逢处，相送回车共转程。银烛五更窗底话，

---

①Giovanni Boccaccio（1313—1375），乔万尼·薄伽丘，意大利文艺复兴运动的杰出代表，人文主义杰出作家。与诗人但丁、彼特拉克并称为佛罗伦萨文学"三杰"。其代表作《十日谈》（*The Decameron*）是欧洲文学史上第一部现实主义作品，它批判宗教守旧思想，主张"幸福在人间"，被视为文艺复兴的宣言。

露车三日雨中行。危言栋折桥将压[1]，小雅河湄乱又生。如此江山分手去，莫因暝晦阻鸡鸣。泸州逆旅赠少荃

失计江湖早作归，归来难采故山薇。春回歊浦三年别，病卧衡门百事非。天禄图书人早散，淮园杯斝梦多违。暮云不掩江天树，消息东来欲奋飞。冒鹤老海上书来询问近状

水村山郭画中诗，伐木丁丁日正迟。命驾方思嵇叔夜，驱车真见郑当时。春风笑语融尊酒，巴俗谣歌听竹枝。好与郗岑共踪迹，年年此日预相期。甲午春分吴雨老来慈溪召宴同人

弟前上兄二绝一律，茍运昌君各步和章，今并录左，但觉其词情两乏，兄以为然否？

出襄下峡几时能，夜雨巴山十载灯。我已乡愁如瀹酒，不须醉客泥兰陵。

蓬蒿斥鷃遽惊闻，已是鹏搏万里云。寂寞山陬残月夜，杜鹃啼血与侬分。（弟最不然此首）

小屋端居似小舟，南天北地恣神游。萧疏鬓影新怜镜，澹荡生涯旧狎鸥。香雾清辉子美月，杏花春雨放翁楼。多情更有翩飞蝶，引我蘧蘧入梦休。

弟最近见雨老为赵荣璇先生题册，仍为"太虚幻境……乌有先生……"一首，不意此竟为得意之作也！雨老于诗别为一格，而取舍诗文亦不同于人，何也！

弟素未作过长调，昨习为一首，录后呈正。长调实难于近

体，难免俗词滑语，心里自知，尚望不弃指正。此间吴老不愿
与人谈学问（只愿谈females），苟君又汲汲于升级，吴则虞先
生亦忙，且亦有藏秘之癖，是以弟之知音竟在万里之外矣。不
知朱兰坡孙与兄有信否？甚念。

　　秋凉，诸祈珍重。先此敬祝

中秋快乐

母亲、诸侄同此。

　　　　　　　　　　　　　　　　　　　　小弟道新拜

　　　　　　　　　　　　　　　　　　五四.八.廿四.夜，北碚

1954年8月24日，凌道新致周汝昌函手迹

7. 缪钺致凌道新

（1）1954年3月27日

道新先生史席：

　　客秋晤别，倏又半载。汝昌先生自渝归来，道及尊况佳胜，并详述与先生及西师诸友文会之乐，令人神往，惜钺未能躬与其盛也。惠简及大作律、绝诸诗，均已拜读，清才绮思，仿佛《两当轩集》中逸品，何胜佩慰。本拟作小诗相和，无奈近一月来事务忙迫，诗思滞涩，故迄今未成。嗣后作成，当再寄奉教正。近来整理发扬中国古典文学之工作已展开，北京作家协会特设古典文学部，已在《光明日报》出一双周刊，曰"文学遗产"，亦一可喜之事。肃覆，敬颂

吟祉

弟缪钺谨白

三月廿七日

雨僧、石荪、源澄诸兄均此致候。

（2）1956年12月10日

道新先生史席：

　　暑中快晤，颇慰凤怀，时序如流，倏又半载。近惟兴居佳胜，为颂为慰。月前曾与汝昌先生通讯，颇有短篇撰著，想身体已康复如恒矣。今秋开学后，川大会议颇减少，近来又多矣，积重难

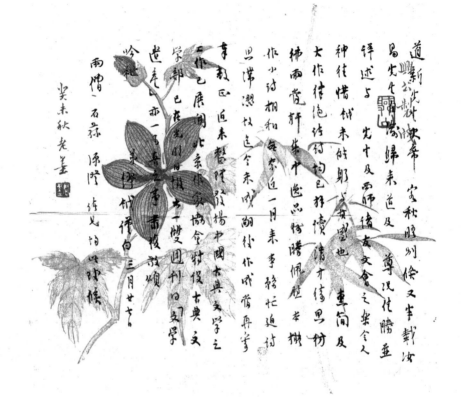

1954年3月27日，缪钺教授致凌道新函手迹

返之势，诚不易骤变也。近作论杜牧一文，在《川大学报》中刊出，另封寄上抽印本四份，请教正，并乞费神将其馀三份分送雨僧、石荪、源澄诸先生，并代为致候，至所感盼。肃此，敬颂

冬祺

弟缪钺敬白

十二月十日

尊夫人、傅先生均此致候。

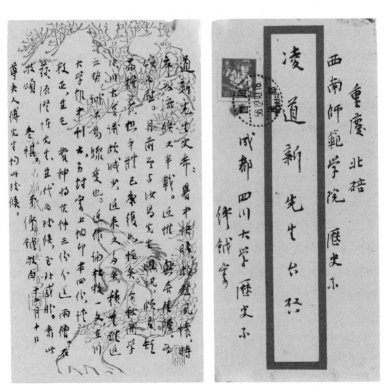

1956年12月10日，缪钺教授致凌道新函手迹和信封

8.凌道新致出版社、杂志编辑

（1）致人民出版社编辑

编者同志：

二月廿一日编六（57字）第1223号函已收到，同日我亦上一函，谅达。

兹将个人所以选译《印度农民起义》一书之理由陈述如下：

一、高教部教育部教学计划将《亚洲各国史》列为综合大学及高等师范历史系必修专业课。但目前有关书籍之译成中文者可谓绝无仅有，而一般高等师范外国史教师之能阅读外文者十无一二（尤以四川、贵州等省各高等师范学院为然），因之此种译本甚为需要；

二、据本人从事世界史教学经验，学生对亚洲各国史之兴趣甚至较对欧美各国为高，然亦苦于不识外文，接触材料深感困难，以本校历史系三、四年级学生学年论文为例，选作有关印度、东南亚各国之题目者颇不乏人，然皆以不通外文，无法下手，故亦对此类译本极感需要；

三、《印度农民起义》原著最显著之优点在于其对原始资料的搜集。作者另一著作《从广岛到万隆——美国亚洲政策的考察》（*From Hiroshima to Bandung, A Survey of American Politics in Asia*, by L. Natarajan）已于一九五六年八月译成中文由世界知识社出版，据编者对该书的介绍，其优点亦在于原始资料的丰富。我认为这是一般印度作者的共同优点。

以上是个人意见，是否有当尚乞指教。

敬礼!

凌道新

1957.3.7

（2）致商务印书馆编辑

编者同志:

　　兹寄上《东印度公司兴衰史》中第三章之翻译稿，请求审阅。采用与否，尚乞及早示之，如不蒙采用，请尽速掷还。

　　原作书名、作者、出版机关，年代如下：

　　"The Rise and Fall of the East India Company", by Ramkrishna Mukherjee, 1955, Veb Deutscher Verlag der Wissenscheften, Berlin.

　　即：《东印度公司兴衰史》，兰穆克利希纳·穆克琪著。

　　1955年，柏林德意志民主共和国科学出版社出版。

　　原作介绍与作者介绍均译自原书的包页（book jacket）。专有名词之翻译主要从通用，但不常见之专有名词，则根据 *Webster's Bibliographical Dictionary* 及 *Webster's Geographical Dictionary* 所标之读音译出之，但须以北京音读之则较正确，若以其他方言读之，则恐有差别。

　　译稿中凡页之右侧标竖线者，在原作中均系引文，已小于正文所用之字体排印。

　　现北京图书馆已有原书（见该馆新书目录1956年第三期），本人所借自学校的一本目前仍在使用中，但如必须参阅，请示之，亦可设法寄上。

敬礼!

凌道新

3/6/1957

通信地址:

重庆,北碚,西南师范学院,合作村,三舍三号,凌道新收

本人三月间曾接你出版社及世界知识社联合致函,云将约
译书籍,但至今未续来信,是否可以一并见示。

(3)致报刊杂志编辑

编辑同志:

我从生物学书籍、报刊里搜集了一些最近的资料,写成了
几篇科学小品。现将其中一篇《世界上最大的蜥蜴》寄上。这
篇所用的参考文献是《世界上现存的爬虫》(*Living Reptiles of the
World*, by K. P. Schemidt & R. F. Inger),《爬虫世界》(*The Reptile
World*, by C. H. Pope),《莫斯科新闻》(*Moscow News*)等。

这类介绍科学知识的小文章,除了思想观点必须正确外,还
应照顾到内容的科学性、趣味性和文笔的通俗。如果本文尚合贵
刊要求,其馀几篇《谈象》《兵蚁》《企鹅》等将陆续寄上。

随函附上邮票八分。本文如不采用,请寄回为感。此致
敬礼!

傅德琼[①]上

1963.1.7

---

①傅德琼,即凌道新之妻傅启群。凌道新时为"右派",为了让文章被采纳,
故用傅德琼的名字。文章登出后凌道新被认为没有老老实实改造。

· 332 ·

通讯地址：重庆北碚西南师范学院团结村一舍四号

附：

世界上最大的蜥蜴

人们通常见到的蜥蜴（俗称"壁虎"或"四脚蛇"）不过三四寸长，但是世界上最大的蜥蜴身长却在四公尺以上（相当市尺一丈二尺），体重达一百五十公斤。这种大蜥蜴的形状很像久已绝种的恐龙。它的血红的分叉长舌和蛇舌一样不停地伸出口外，远看像在喷吐火焰。它的两眼在热带烈日的照射下灼灼发光。它的利爪、强大的四肢和尾巴都是犀利的武器。它周身披以坚厚的鳞甲，除颈部是朱红色外，其余都是灰褐色的。

大蜥蜴生活在印度尼西亚共和国东部的几个小岛上——即属于小巽它群岛的长三十公里阔十八公里的高摩多岛和更小的林加岛和帕达尔岛。半个世纪以来，探险家和生物学家不断从世界各国来这里进行就地考察和研究。这几个小岛是今天可以找到这种历史最久远、身躯最庞大的爬虫动物的唯一地方。"高摩多大蜥蜴"这个学名便因此产生。

科学界最初知道有大蜥蜴存在是在1962年。当时有一位欧洲飞行员，由于飞行故障被迫降落在高摩多岛上。他回到欧洲后将亲自见到的惊心骇人的景象告于世人。他说在那里有像传说里的"巨龙"的庞然大物，生吞猪、羊、鹿甚至马。

这消息引起了学术界的注意。此后许多科学工作者陆续来访高摩多岛，在研究"巨龙"方面作出了不少贡献。然而某些最重要的问题，例如对大蜥蜴的主要生物学特征，至今还没有完满的解释。

1962年七月印度尼西亚共和国科学院组织了以印尼生物学家为主，并邀请了国际生物学家参加的探险队，到高摩多岛对这稀有动物作了最全面的实地研究。他们凭藉着保护设备，在现场仔细观察了大蜥蜴的生活活动，并拍了大量照片和电影。他们还设了陷阱，用肉为饵，活捉了二十条大蜥蜴。他们研究了它的体内器官，特别是营养机构和生殖机构，获得了许多有价值的新资料。

大蜥蜴是卵生的。成年的大蜥蜴虽是那样庞大，它却是从仅仅略大于鹅蛋的卵孵化出来的。幼小的大蜥蜴不过四五寸长，然而发育极快，几个月之后它的身躯和气力都增长得很大了。它到四五岁时，能够用尾巴击死一头野猪或打晕一匹鹿。它的颚也是极其强有力的。科学家们亲眼看见四条大蜥蜴很快地将一匹鹿连角带蹄吞得干干净净。

科学家们将捕获的大蜥蜴作了研究后，在它们的肢体上套了记号环并把它们放回野生环境，以便将来再加捕获时可以进一步考察其在这一过程中的发展变化。

现在这些小岛已被印度尼西亚共和国政府划为大蜥蜴保护区，禁止任意猎捕或伤害。因为使这种五千万年前存在到今天的稀有动物延续其物种并增殖，是非常重要的。

（4）致出版社编辑

编辑同志：

兹寄上拙译《河边》（*Down by the Riverside*）一份，尚希

审阅。

译文所本为：——

"Uncle Tom's Children" pp. 42-85

Harper & Brothers, 4th. printing, 1954.

（A Signet book, complete and unabridged）

原书系 paperback binding，故将所译的一篇拆下，一并寄上，以供校订。

倘不蒙采用，请一并寄还为盼。

此致

敬礼！

傅葆琛[①]上

1963.12.15

通讯处：成都，青羊宫，望仙村三号

9. 吴宓致凌道新[②]

道新仁弟：

八月九日示悉。所传宓亦闻之。知弟损失惨重，另汇上40圆，又函寄省粮票30斤，谅收到矣。一二日宓将再另有信复唐季华君，乞代告知（诗函不示唐或任何人）。八月初，宓因三

---

①傅葆琛，凌道新的岳父。此信署名"傅葆琛"，原因同前。

②整理者注：这封信作于1972年8月20日，原附于凌道新诗稿。"此诗"指《送雨僧师自梁平返重庆北碚》。手迹见前。

楼甚热，生病。八月五日一雨，即愈矣。

此诗请参考宓所拟改者，由弟再加思考作最后之定本，而将定本另膳清一份，寄宓存。

八月二十日　宓书

10. 凌道新致吴宓

雨僧吾师教次：

函及款粮等均已收到，前遭意外，颇为拮据，蒙此厚贶，心实不安。专此拜谢。

此间已旱月余，炎热异常。昨夜大雨，气候骤凉，不独酷热之苦得此略抑，而农事尤受益匪浅焉。

学校仍陷瘫痪，领导诸公若张永青、康政委等皆迟迟不来。且闻省方新委任领导某公等亦皆在成都公开表示难任艰职。此间负责首长唯陈副组长洪而已。院事多不见举动，窃恐明年招生之说未易实现也。

吾师向校方支所扣薪事，唐季华已为办理，新以为嗣后直接致函陈副组长转财务科办理尚较方便，盖以唐目前处境代办此类事有所未便也。唯所用函笺宜稍宽大以容陈有签注意见之空间也。或者径向中文系反映，望其通知财务科每月增发或全发始足开支，亦是办法也。

新因苦夏，不适已有半月，今日天雨，乃觉稍愈。

前诗蒙指正，颇开思路，再经斟酌，另纸录呈。馀不一一，专此敬颂暑安！

道新顿首

1972.8.26

若以"自"代"任"，即与"孤"意复。

义山诗"芦叶梢梢夏景深"，又"羁绪鳏鳏夜景侵"，觉其意较"色"为深广。

放翁诗"局促常悲类楚囚，迁流还叹学齐优"。

"宁输"取其 in protest 之意也。

11. 凌道新致凌梅生、傅翔

(1) 1972年1月21日

亲爱的乖乖和弟弟：

11/1接到你们7/1信，知道一些情况，我比较放心了。弟弟的信写得很好，我很喜欢。我想弟弟现在考试已经完了吧？希望你们过一个快乐的寒假。乖乖自己买了二胡没有，学拉有点进步吗？ 9/1是乖乖生日，祝你快乐。你在15年前9/1的夜里十一点，我在保健院产房外面守到母亲生你的。听母亲说你比他还高了。

我在11/1打饭时看见母亲，后来听刘连青说他某次打饭时听见母亲对另外一人谈你们在北碚情况很好。我在这里看见范义平，他也说你们情况很好，我就比较放心了。在这之前我一直很挂念。乖乖每次接到我的信或钱或其他包裹，一定要来回信，而且要在三四天之内就写，说明哪天接到的。这是一般的成例，一定要做到。信封上贴邮票也要注意，横写的信封，邮票贴在右上角，竖写的信封，要贴在左上角。这要养成习惯，不要随便乱贴。我小时初中学写信，你的祖父就是这样严格要求我的。这种好习惯你们也要养成。你看小叔叔和我的信，邮票如何贴法，就知道了。这种贴邮票方式，是自从世界上有了邮政局就固定下来了，将来你们也许要学写外语信，就知道邮票应该这样贴了。在外国，邮局盖邮票上的章是用机器，所以一定要贴在固定地位。将来中国也要用机器的。

乖乖的信对我以前所提的问题有些没有答复，例如赵子明伯伯何时把钱退回的？小叔叔有信没有？最近我听潘忠泽的爸爸说蒋老师说黄婆婆得了肠癌，很危险，不知究竟怎样。我要的铺盖线为什么不放在信封里寄来？

现在学校整党建党学习快结束了，母亲等不久要回北碚过春节，但是究竟从哪天放假，还不知道。据传说，还是分批走，在长寿换船到重庆，再换车到北碚。我在哪批走，也不知道。我最怕在长寿换船，因为我没有劳动力，行李上、下车船我自己都拿不动，甚至空手走上码头（朝天门码头）我都走不动。所以我还不知道怎么办。我如果回来，除了把买的东西带回来之外，还要带铺盖，煤油炉等，否则我在北碚就没有用的。我已经买了的东西有柚子十个，公鸡（已杀了，风起的，每个四斤多）两个，风肉十斤，白糖两斤，黄糖六斤，鸡蛋70个，板栗五斤，挂面五斤。将来如果携带困难，我考虑要把肉、糖等交邮政寄来。

　　我在两个星期之前曾经受凉，因而周身难过，四肢疼痛，喉痛，头痛，呼吸更困难，走几步路都感非常吃力。这种情况继续了约十天。18/1晚上我吃一小勺母亲给我的胎盘粉，19/1起就觉得身体好了些，走路吃力的情况减轻了，呼吸困难也减轻了。夜里痰也少了。我感觉这几天病况的减轻是两年多以来的第一次。我想也许是由于吃了胎盘粉的原因。我正在继续吃，看以后怎样。你可把这情况告诉母亲。

　　弟弟信里说哥哥很少打他，我很高兴。我自己的生活经验告诉我，如果没有你四叔（他在1945年病故于上海）和小叔的帮助，我今天的情况一定更要困难得多。我希望你们互相友爱，将来互相帮助，像小叔和我那样。

　　我把北碚一月份的猪肉票寄给你们，要赶快去买，以免过期作废。

　　铺盖线应该给我寄来，我非常需要。

　　一月二十八日（农历腊月十三）是小叔叔生日（也是你祖父的生日），你要写封信给小叔叔。弟弟也要写。

　　再谈。祝你们寒假期间快乐，并祝
进步！

爸爸

1972. 1. 21 4.40 p.m.

梁平七间桥

凌道新致凌梅生信函信封

（2）1972年6月1日

亲爱的乖乖和狗儿：

今天是国际儿童节，我祝贺你们身体健康，学习进步，生活快乐。乖乖今年十五岁，也许不算儿童了，但是在爸爸心里，你还是一个儿童。狗儿当然更是儿童。你们小时天真烂漫的一言一笑和幼稚的动作常常在我的回忆之中。你们是不是也在想念爸爸？

乖乖21/5的信是廖孃孃24/5下午送来的。当天午饭后我就去商店，商店已经搬到第四座新宿舍的楼下。看到陈列只有无锡的奶糖，这种糖在商店刚开始时已经在溶化了，现在溶得很凶，又湿又粘，没有人买。至于硬糖却没有摆出，就通过似乎是"开后门"的方式买了五斤硬糖（四斤芒果糖，一斤香蕉糖，每斤1.22）共6.10元。自那次之后，我每天去看，都没有广西梧州糖摆出来卖，但是偶然看见商店附近地上丢有广西梧州糖纸。今天早晨七点多廖嬢嬢来说已经在卖，每斤1.20，问母亲托她买的糖究竟由我买还是由她买。她自己要买糖交给财务科一位姓郑的去北碚发六月份工资时带到北碚。我想我既找不到人带，我自己也不认得姓郑的，遂决定仍由她买，并一齐交郑带去，当时我给了她二元四角。我吃过早饭就去商店，不料售货员说没有广西糖卖。午饭后我又遇到廖嬢嬢，她说她自己已经买了十五斤糖，刚好装满一书篮，想把你们的两斤糖交给我自己想法带北碚。我考虑自己实在找不到人带，仍然请她托姓郑的带了。廖嬢嬢走后，我立即又去商店，广西糖仍然没摆出。我就问售货员，他说还有少数，我就给你们买了五斤，苏老师、吴老师各买四斤。不久我就打成包裹交邮局寄北碚。至于上次买的无锡糖等将来再寄，不必向别人说，以免人家多心。

除了糖之外，我还要寄给你们的有墨鱼一斤（每斤1.46，敞开卖，但现在可能卖完了），花椒一斤（每斤3.90），肥皂二块（每块0.44，万县出品），肥皂是希望你们试用一下看看如何，如果好以后就可以多买点。这种肥皂也不是经常卖的，而且不但西师的人，其他去重庆的旅客也往往成箱的买起带走。

你信里说刘婆婆要买煤油炉。从七间桥去炬奎场，是十二里，我自己走不动，最近也没有熟人去。听说没有现成的，要订做，每个要4.50 — 5.00，邮局可以寄，但必须装小木箱，而这就不易找人做，价钱可能也不便宜。我想如果她肯定要，我就给她在炬奎场订做一个，等有便人给她带去。我希望知道她是不是肯定要。

我在包裹里寄的东西和价钱如下：

广西水果糖	5斤	6.00
墨鱼	1斤	1.40
花椒	1斤	3.90
肥皂	2块	0.88
	9斤	12.24
寄费		
塑料袋	0.44	

吴德芳老师水果糖4斤	4.80
苏挚衡老师水果糖4斤	4.80
8斤	9.60
塑料袋	0.22

大外爷于5月8日逝世，爷爷很悲痛①。他们兄弟情感很深，悲痛是必然的。但是大外爷已经活了八十一岁，这是很少有的高寿。你们可以写信给爷爷劝他不要过于哀伤，要注意保重身体，并为我代致问候。

我的身体没有什么变化。只是在5月18日夜里两点钟醒来，忽感右上第二门牙有点松，用手一摸，这颗牙就在有龋洞的地方断了，现在上半段和牙根仍在。我现在全口还有十八颗牙齿，估计在一两年内必须装全口假牙了。此外有时在抬头或睡倒转头时觉得眩晕，似乎周围的东西都在旋转，如果我在站着，就可能跌倒。开始时找不到原因，现在慢慢觉察，大约是我每晚

---

①整理者注：这里的"爷爷"指外祖父傅葆琛先生。

饭前后在露天看书太久的原故，今后我还得进一步体会究竟是何原因。

狗儿为什么不写信来？功课忙吗？哥哥说你很瘦，是生病了吗？黑鸡还在生蛋没有？你在吃牛奶没有？你写大字报大批判没有？

乖乖学小提琴，要有坚持性，勤学苦练。但要注意，千万不要因此而影响身体健康，也不可因此而影响学习。这就要很好掌握时间，合理分配。还有更重要的是要谦虚，你在初学，还没有入门，一定要记得毛主席的话："骄傲使人落后，谦虚使人进步。"将来学得有点成绩也更要谦虚。我自己现在读书，常觉得学习越深入越觉得自己知识太少，"学而后知不足"，这是我的经验。希望你一定要谦虚，才会使自己进步，别人对你有好印象。

乖乖常常不按我的方法来写信。我曾说不仅要说你自己要说的事，而且要回答我所提的问题。所以在写信时，一定要把我原来的信摆在面前，仔细读过，才能在你的信里逐一回答我所提的问题，而不遗漏。但是你常不回答我的问题，可见你在写信时没有把我的信仔细读过，没有摆在面前。例如你每次都没说何日收到我何日的信，而仅说"来信收到"，在接到邮局汇款或邮包也不具体说明我寄出的日期和你收到的日期。这些都是很重要的，希望你注意。你只要看一看我和小叔写的信就可以知道如何写了。又如上次刘连青究竟是哪天来你家住的，哪天走的，你们对他有什么印象，你在信里一点也不说，其实这些都是应该使我知道的，希望你在这次回信里说清楚。

乖乖信里谈到收音机的事。我本来很希望买一部七八十元的。但是现在如果买了收音机，我就没有一点机动的钱了，对我很不方便。尤其我是病人，又在梁平，就更需要身边有点钱。所以我考虑过一段时期再买罢。我听王能忠说，有内部消息，全国各收音机工厂产品很多，销售不出，已造成积压，中央正在考虑还要降价处理。所以我们就再等一段时间罢。当初如果不是三舅把我那部飞利浦电子管收音机卖钱用了，何以会有今天这种情况！

学校定点的事没有消息。高涯生前几天也去成都开会。徐院长已在上海因癌病逝世。听说这里有些人要到重大去参加追悼会。

这里生活很好，我的营养也相当够，就是每月要烧两块多钱的煤油。商店又要开馆子，六月五号开始，就在原来的基建食堂，每天卖油条、包子、面、饭、炒菜、烧腊（即卤肉之类）。

这里气候很坏，半个多月来每天下雨，气候很冷，我穿了毛线衣还得加棉袄。但偶然一出太阳就热得几乎像夏天。

爸爸

1972.6.1

（3）1972年7月21日

亲爱的乖乖和狗儿：

7/7接到乖乖1/7的信。我在4/7汇给你20元，谅已收到。近来天气很热，每天作了直属营的清洁和忙了生活上必要的事情以后就想休息，所以直到今天21/7才给你写这封信。母亲的生日就在七月份里，但具体日子我记不清楚了，你们可代我向母亲道贺，并来信告我具体日期。

最近在马路上遇见戴大珍，她说母亲要到上海去探亲，不知确否。带狗儿去吗？如果母亲到成都，希望把我的相册带来北碚。

据说北碚热极了。在这种炎热天气最容易生病，例如在强烈日光下长时间晒，就容易中暑，饮食不干净或者食前不洗手，就要得肠胃病，不洗澡就要生疮、生痱子。希望你们千万注意，不要生病。我这里白天热，据说昨天是35℃，但晚上就凉快了，夜里要盖薄棉被。组织上给我的一间单人工棚，不当西晒，所以下午很凉爽，我每天在那里睡午觉，但是漏得厉害，所以夜里还不能经常睡在里面，因为恐怕突然下大雨无法躲避。这里海拔700公尺，和缙云山一样高，所以夏天比北碚凉快得多。

你们大考已经完了吗？在这紧张的考试过后可以多休息休息。将来成绩单可寄给我看看。你的半期考试成绩很好，我很高兴，但是仍然要记住"戒骄戒躁"，不可因有了成绩就骄傲，希你一定注意。我现在最担心你的英语基础问题，因为我在梁平，无法对你辅导，而现在你年龄又恰恰是打外语基础的时期。当然也要考虑到保证健康，不能过分地付出体力去学外语。我想你目前如有问题可向邻居老师们请教，是有益的。但是要考虑自己的时间和精力。

狗儿的口哨还在吹吗？笛子吹得怎样了？我下次回北碚一定要他吹给我听。现在你们在放暑假，狗儿一定要给我写信来。我最希望看到狗儿的信了。你们计划怎样度暑假？听说北碚一带青少年作坏事的不少，你们千万要注意，不可交坏朋友。乖乖小提琴是按正规方法学的，这才是打下坚实基础所必需的步骤。我很感谢吴老师和苏老师，你可以把我的谢意向他们转达。学小提琴可不能性急，一定要坚持不懈，自然会有进步。更重要的是在态度上谦虚谨慎，不可骄傲自满。

昨天有些人来这里参加学习"72.14"文件，这里已传达了省革委决定在梁平建校的指示。但听说很多人还想在八月份全国高教会议上提出意见。基建还没开始。

在我的文化村1舍寝室小书架上有一小瓶"洗涤剂"，你们就拿去用，以免挥发可惜。我在这里还有大瓶的半瓶，长期未用，因为它洗衣服不如肥皂去垢，而且要清五六道，肥皂洗的衣服一般清三道就很干净了。我现在就用万县的"中合"肥皂，去垢力和泡沫都还好，但是缺点是不经用。不知你们用的经验如何。上月给你们寄的糖、墨鱼、花椒等如何？好不好？我还有五斤糖，等天气稍凉寄给你们，因为现在天气太热，恐怕在路上要溶化。从那次直到现在，没再卖这种糖了。

刘连青仍在成都医眼病，没回梁平，退给他的信我已经交给王能忠了。我听别人说唐季华五月里回北碚曾来看过你们，和母亲谈了话。但是他从来不向我说此事。此人甚为阴险狡诈，最近又骗得吴宓几十元。你们对他要提高警惕。母亲尤其不可和他多谈，因为母亲不知利害，往往把不该向人谈的话向人谈。吴宓最近得到学校照顾要回北碚长住，学校暂补发给他二百元，听说已被若干人骗得差不多了。

小叔有信没有？最近我常产生了一种想念家人的思想。我离开天津已经三十多年了。我的年龄已经进入中年的后期，如果我能再活九年，就进入六十岁的老年了。所以我很想在最近的几年里能够看看小叔、六叔及其他人。但是目前学校瘫痪，四川省的一切都很落后，使我的处境不能改变，而我的经济和健康情况都很不好，因此要想实现我的想法是很困难的。我在1964年曾写信给小叔，希望他能来重庆看我。但他在回信里说了许多僵硬的教条，表示不愿来。现在三奶奶快八十岁了，他当然更不能来。我想你和弟弟也逐渐大了，应该和你们的哥哥姐姐有所联系，以增加彼此的了解，加强感情。你们可以把信寄给小叔转去（因为你们不知他们的地址）。你们给小叔叔的信中可以顺便说明我的情况。

乖乖在学校里活动多，这是很好的。但是要注意不要过于劳累。你的身体本来就不很强壮，现在课程负担重，再加上锻炼和学小提琴，和一些家务劳动，你每天是够累了。希望你注意分配时间，首先要保证足够的休息和睡眠以保证健康。狗儿的身体相当强壮，但是在这酷热天气里要注意不受暑和清洁卫生。一定要写信来。

再谈，祝你们和母亲

快乐，身体健康！

希代问候邓嬢嬢和黄婆婆。

爸爸

1972.7.21 夜 10:45

梁平七间桥

（4）1972年8月21日

亲爱的乖乖和狗儿：

17/8接到你15/8的信，本来在接你们信之前几天我已经在写信给你们了，那封信还没写完就接来信，现在重新给你们写信。

成绩单寄还你们。你们学习有这样好的成绩，我非常高兴，希望你们戒骄戒躁，保持谦虚谨慎，再接再励，在学习上有更大的进步。暑假有很多西师教职工子弟来梁平，其中有李时雨先生的小孩。他说乖乖学习成绩较好，这话从你的成绩单得到证实。狗儿的成绩也很好，就是他不给我写信，所以作文就只得了80分，如果他多给我写几次信，就可以提高作文的能力，作文的成绩一定要得90多分了。希望狗儿快给我写信，告诉我怎样过的暑假，学吹笛子怎样了。

最近蒋良玉老师告诉我乖乖学小提琴很努力，每天手都拉痛了。又说乖乖学得很有进步，已经能拉出调子。我不懂音乐，但是我想你的成绩一定是不错，希望你勤学苦练，一定会学得很好的。我今年回北碚你们一定会开个演奏会来欢迎我。你们练习提琴和笛子，必须善于掌握时间，不可过于劳累，以免身体吃亏。你们在学校的课业已经很重了，再加上作业、锻炼、学校活动，已经相当劳累，所以我提醒你们注意，不可影响健康。

北碚天气酷热，你们要注意，不要生病。梁平最近二十多天来也是连晴高温，白天热得很（但还是比北碚温度低2—3℃），晚上八点钟以后就凉快了。16/8学校开了五部卡车到梁平县去喷字（用油漆喷上"西南师范学院"的字并编号）。司机都去县医院照X光。我也搭车去了。不料当天无电，原说下午三点照光，一直等到晚上八点半都无电，就回来了。梁平城很小，无处休息，早上八点到了转转街就找地方吃午饭，午饭吃后就在医院等照光。人多，天热，我回到学校次日就不舒服，直到今天才好一点，我正在服中药，医生说我受了湿热，中了暑。这次去梁平虽然使我健康受了不利影响，但是在这以前我还没有去过梁平，所以去看看也好。

学校最近给刘连青等几个受处分的学生作了鉴定，并将材料交谯子琼带到成都省革委请示分派他们工作的事。谯已于今天走了，大约两个星期就可回来，可以知道省方的决定。看来学校已经在开始解决问题了。我准备在学生们的回信来后，向领导去谈关于我的问题。听说原来小学习班还有几十人的问题未得结论，但是我的问题已经在1969年在梁平做了结论。只是院革委未宣布，后来又是别的运动，一直拖延，很不合理。我准备从1969年已做结论这个根据，去向领导谈。

关于钱被偷的事，经过如下。29/7我上街去买肉，理发，买菜，回来时路过日用品供销社，见有25瓦灯泡出售。我就买了两个。当天我的钱是分两个东西装的。一个是个小塑料包，其中装有两元多钱。另一个是我的烟盒，其中有钱90元（10元6张，5元6张），粮票（全国粮票40斤）共60多斤，1972年6月以后直到年底的植物油票，6尺多布票，一元多邮票等。我买灯泡时，从烟盒取了一张五元钞付钱。然后我仍把烟盒放进短袖衬衣的左上包内。买了灯泡我就回西师。到了我自己的工棚，我把所买的东西取出放在桌上，把衣包和挎包内的东西都取出放进桌子右手抽盒。喝了点开水就去做清洁了。当天我没有再清点自己的东西，而且我每次都是如此，东西一放进抽盒，就以为不会有问题。第二天（30/7）是星期天，我要去赶场，一开抽盒，烟盒不在，到处找也找不到。我就知道出了事。我到街上买灯泡的店中问是否遗落在他那里，他说没有。回来后又找，仍没有。我就确定烟盒已经遗失了。31/7我写了一份报案材料交到屏锦派出所。

我估计烟盒被偷，有二种可能性。第一是在买了灯泡以后，把烟盒放进衣包，被人扒去。我仿佛记得，在我取出一张五元钞后，我还将全部钱清点一过，然后放进烟盒，再放进衣包的。这时仿佛有一个人在我左边看了全部过程，可能就是他，或他的同伙在我走出门时或在路上将其扒去。第二个可能是在工棚内被人进去偷走。但这可能性不太大，因为其他东西未动，而且我记得是锁了门的。我回工棚后因为急于要去做清洁，所以没有仔细清点自己的东西是不是全部放进抽盒。也许当我放东西进抽盒时已经不包括那烟盒，而我自己没有觉察。

我的钱本应早就存入银行，但是我因屏锦太远，我又走不得路，又听说银行要在西师设点，所以一直等待。平常我很不放心，所以离开工棚都是把烟盒带在身上。没有想到遭遇这事。同时那几天吴宓回去，我帮他安排，我也忙于搬寝室等事，很分心，注意力不集中，也是出事的原因。后来我给吴宓的信中谈起此事，吴宓主动寄来40元和30斤粮票。其实我并无意向他借钱，这钱只有暂时存入，将来再说。全部失钱的事我没有向学校说，因为说了也无用。我也没有向同工棚的人说。除了廖蜀儒、蒋良玉之外，并无人知，我认为声张出去并无好处。

感谢外公给我的信，你们给他写信时，顺便表示我对他的谢意。问候母亲。

过几天秋老虎过去，我要把芒果糖和香蕉糖寄给你们。

再谈。祝你们和母亲

快乐！

爸爸

1972.8.21 4:50 p.m.

梁平七间桥

狗儿快来信，一定，一定！

你的邮票没贴对。

（5）1972年8月23日

亲爱的乖乖和狗儿：

21/7的信和2/8汇的20元收到没有？我很挂念。听人说北碚室内温度达到40℃，你们千万要注意清洁卫生，避免生病。梁平自进入伏天以来，白天也很热（估计在34℃—35℃），但一到太阳落坡就很凉快了，夜里还要盖薄棉被，下雨甚至要加毯子。比起北碚，这里的夏天是很好过了。

我看到很多西师家属中学生。他们是十多天前从北碚来到这里，赵固平、郑咏、李时雨的孩子等都来了。这里在原来樊师傅等住的房间里办了一个暑期补习班，何葭水在里面教英语。好多人都说你们该来耍一耍，我也很想看看你们，但是现在暑假快过去了，也就算了。

乖乖小提琴学得怎样？弟弟吹笛子一定也有进步，将来我回到北碚你们要开个演奏会来欢迎我。我的业余兴趣是摄影、绘画、写字。现在除了写字之外，其他两种都没有条件。对于音乐我是完全不懂的。现在你们能学会一两种乐器，真是太好了，我真羡慕你们。希望你们善于利用课余时间练习。你们一定会达到相当水平的。我将尽我的力量帮助你们培养自己的兴趣和爱好。

爸爸

1972.8.23

（6）1972年9月12日

亲爱的乖乖和狗儿：

现将糖寄给你们，你们在中秋节和国庆节都有糖吃了。其中一大板巧克力还是春节小叔叔寄到北碚的，我四月初来梁平时乖乖鼓捣装在木箱里带来的。至于芒果糖和香蕉糖是我在五月里买的，现在已买不到了。

这些糖是给大家吃的，包括母亲和你们。巧克力也要大家分来吃。狗儿可以多分一些，因为我最想念他了。但是大家都要尝点，不可一人吃独食。

包裹上写的是乖乖的名字，因为还是用上次寄糖的包裹将就寄，免得再用时间去另写另缝了。

其余的话另外写信。祝

好！

爸爸

1972.9.12 2:25 p.m.

梁平七间桥

（7）1972年9月12日

亲爱的狗儿：

　　戴大珍在九月十二日交来你九月十日的信。你的信我读了好几遍，又把你和哥哥的照片看了好几次。我多么想念我的狗儿啊！

　　我在九月十二日给你们寄去芒果糖四斤、香蕉糖一斤、白糖三斤，不知你们收到否。今年春节小叔叔寄的巧克力，哥哥一定要给我带到梁平，我也省下来寄给你们。要大家分来吃，不可个人独吃。我在包裹里附了一张条子，说明大家分吃，但是给你多吃一点，因为我最想你了。你分给大家吃没有呢？

　　妈妈走上海去探亲，你和哥哥在家里生活。你要勤快点，帮哥哥做事。哥哥要练琴，学校里班上活动又多，你要主动帮他的忙，做些家务才好。

　　哥哥七月里的信中说你瘦了，是不是生了病？你现在身体好吗？你吹笛子进步如何？现在会吹几支歌了？但是你的写得太少了，希望下次给我多写点，把你每天生活、学习、玩耍等统统写上去，也把妈妈和哥哥和邻居小朋友等的情况写上去，这就可以写得多了。这会提高你的语文写作能力，你的语文课就会学得更好，成绩也更好。在这封信里我给你寄了一个贴好邮票的信封，你写好信就封好，投入邮箱就行了。

　　今天是中秋节，整天下大雨，去年的中秋节也是下雨。我到四川已有三十年，每逢中秋节多半是下雨。不知今天北碚是不是也在下雨。你和哥哥在作什么呢？

爸爸

1972.9.12

凌道新给凌梅生、傅翔准备的信封

（8）1972年10月16日

亲爱的乖乖和狗儿：

（13/10）接到你们8/10的信，知道了一些你们的情况。几天前我在这里看见刘昌德的二姐，我没有同她讲话。好像她现在又回北碚去了，可能你们现在已看见她了。

乖乖身体不好，是不是在生病？去九院看看没有？不知你的断牙是不是常常痛。如果常常痛，就得拔去断根，以免引起其他疾病。狗儿身体好吗？注意千万不要受凉。我最不放心你们的身体情况，我知道由于母亲不在家，你们饭菜方面一定吃不好的，因为一来你们的时间不多，二来你们也不很会搞，但是也没有办法，只有等母亲回来就好了。另外我担心乖乖练提琴是否太勤影响身体休息，望你切实注意，不可过劳。

我近来身体很不好，一个问题是断牙常常发炎，痛。我已经在27/9到梁平城里县医院去看过一次，不料那天牙科医生恰恰请假。我准备在几天内再去，把断牙拔了。此外因气候冷暖不定，工棚里又非常潮湿，所以有几次受凉，周身痛，但每次都是洗过热水澡就好了。此外呼吸方面的毛病很恼火，主要是夜里痰多，往往呼噜呼噜地堵塞气管，妨碍睡眠。

狗儿的信写的很好，很有进步，是不是哥哥帮了忙的？你要我不写旧体字，我只能尽量去做，但不能完全做到，因为我已经写了几十年的旧体字，成为习惯，许多新体字还不会写。好在政策是新体字和旧体字并用，所以写旧体字也没有太大关系。你们应该认些旧体字，将来阅读古代文字作品要便利得多。

我对乖乖的信有几点意见：①我曾经提醒你每次来信都要写明接到我的信、钱或包裹的具体日期，和我原写信或寄钱寄包裹的日期。你可看我每次给你的信一开头就写得明明白白，某日接到你某日的信（或其他。但是你没有这样写，而是笼统地写信已收到。这很不好。将来你大了，与别人通信，也必须写得具体，否则会造成混乱。因为人家要问："收到的是哪一封信呢？""何时收到的呢？"我这是又一次提醒你，希你一定注意。你看看我和小叔叔的信就知道应该这样写了。②你没有回答我在23/9信里所问的母亲在上海的地址。我之所以问，是因为蒋庆芝要给母亲写信，向我要母亲的地址。我信里说得很切实，必须尽快写给我。但是你8/10的信里并没有提母亲在上海的地址。这使我很为难，因为我答应蒋写信问你的。我曾说过，你每次写信时，要先把我的信仔细读一下，看看我提的什么问题，在你的回信里一定要答复我的问题，才充分起到写信的作用。希你在答复这封信时，一定要把母亲的地址写来，使我能答复蒋庆芝。我估计母亲不会很快回来，如果你能立即写信给我，可能蒋庆芝还能赶得上和母亲通信。

听说这次屏锦高中招生，西师在梁平的本届初中毕业子女都收进去了，他们全是学校工人（其中大多数是炊事员）的子女。不知北碚情况如何，西师教职工子女有哪些进了高中？

乖乖希望我能教你英语，我也很希望如此。但是目前我不回北碚，一个原因是七月底我的钱被扒手偷去，回去也不能买什么东西。更重要的原因是我要在最近几个星期内找学校核心领导小组的人谈我的问题。党员们集中在这里学习批判林陈，梁陈谢，将在21/10结束，23/10大都回去，但核心小组少数人要留下来处理问题，我准备找他们谈谈。最近红旗杂志第十期发表了"继续落实党对知识分子的政策"一篇文章，是清华大学党委会写的。这篇文章的精神和清华大学的经验很符合我的情况，是我向学校谈话的重要依据。可能你也读过这篇文章了。

最近半导体收音机降价的事，也有人对我说了，平均降23%。我又托赴重庆的熟人顺便了解一下具体情况，我想在春节回北碚时，一定可以给你们买一个"红波"之类的。

我希望在母亲回来之后，把一顶小床用的粗纱旧蚊帐给我带来或寄来。这里人冬天都挂帐子睡，其作用是挡风。我原来的罗纱蚊帐太透气，挡不了风，而且也破了很多洞，不宜使用了。故希望你们给我一顶旧的，粗纱的。如果你明年下乡，就给你再买一顶新的。这事望你记住。另外你们如有耗子板，也给我，耗子太凶了，破坏性太大了。

乖乖在信的末尾写"Wish you good！"汉语的意思是"愿您好！"但是你的说法不合英语的习惯。在英语应该这样写：①"Wish you my best！"意思是"我的最好的祝愿！"或②"My best wishes for you！"意思是"（请接受）我（对你的）最好的祝愿！"或③"My best wishes！"意思同②，而省略为"我最好的祝愿！"

要写的话还很多，这次就写到这里。快来信。祝你们快乐！并请代问邓孃孃、黄婆婆以及其他邻人好。

爸爸

1972.10.16 5：40 p.m.

快来信，否则我就无法回答蒋庆芝！

（9）1973年8月1日

梅生：

昨天早六点开车，下午一点四十五分就到了分院。这次真是太好了，全靠刘、王二叔叔帮忙，我的寝室也非常好，我很感谢他们。弟弟在这里也很好，就是没有读物，整天出去耍，我找不到他。

这里凉快得很，我刚才已穿上毛线衣了。

戴大珍、张宗芬二孃孃在下月六、七号要回碚。其他几人尚未通知。

托人带来的弟弟的统绒衣和拖鞋刚才交来了，是廖孃孃的娃儿拿来的。

下次如有车来，请托人带一斤粮的饼子或饼干来，我好作人情。怪味胡豆也带两三斤。这里人最爱怪味胡豆。钱我将来算给你们。

再谈。祝你和母亲

快乐！

爸爸

1/8/1973 5：20 p.m.

（10）1973年8月6日

亲爱的乖乖：

31/7早六点车子开出，下午1:45即达七间桥分院，车行甚顺利。次日我曾写一简短的信，附在刘连青叔叔的信里托程新友师傅带交。程今天才找到车回碚，这时当已达到。我昨天买了九十个鸭蛋，也托他带，送了他两包纸烟。我想你们已经得到蛋了。

我住在新宿舍第一栋，一楼。一进门共有七个房间，都是刘连青、王能忠等占了的。我住一单间，刘、王各住两间（一前一后），弟弟和刘住。他睡刘的床，刘在里间又铺了一个床。我的房间正当风口，一开门风就很大，很凉快。初来的两天因附近下雨，我的房间还相当冷，晚上要穿毛线衣。

弟弟在这里相当活跃，和附近儿童耍，但是他有些欺负人，靠自己力气大点就马到别的小孩。原来在北碚时我不知道，这次才看见。我认为对他应很好教育，否则容易变成坏儿童。将来回北碚后要注意及时给他教育，以免将来出事。

我上次留在这里的东西基本完好。陈良群可谓负责。

戴大珍本决定今早回北碚，东西都运到路口等卢允德的车，但是上面床已经装满，很高，又坐了许多人，戴就无法上车，只好把东西又搬回去，明后天搭邓师傅的车。她给母亲带盐蛋三十个。我又托她给我带十多本书回去。她交给我1.23元，说是买蛋剩的。她的饭票五斤和菜票2.05都让给我了。

本月工资已经发了，我还没有给你寄钱，因为买蛋和油要用钱，弟弟在这里也要用钱。我想等一等，看究竟要用多少钱再说。这里鸡蛋大约每个八分，鸭蛋九分。菜油1.30，小仔鸡每个不足两斤的约1元。梨每斤一角八分。昨天是物资交流会，我因身体仍觉劳累，太阳又大，就没有去。弟弟随刘、王去的。我的蛋就在七间桥买的。

我在这里休息很够，但仍觉累，足见身体太不行了。弟弟身体很好，但是常常不晓得回来。他每天都做作业，但不很用心。昨晚伙到几个小孩整了王有德的小孩，先是打着玩，后来王的小孩哭起来，打了另外两个小孩。那些小孩的母亲就来骂王有德，王来问了弟弟前后经过。幸亏是许多小孩混战，否则就要怪到弟弟。我很怕他闯祸。

我在这里遇到周荣清师傅的女儿，她说和你同班，又说你有升学可能。不知最近有无消息。你是否又去向苏老师去学提琴了？要注意身体姿势，千万不要扛背。

现在戴大珍回北碚了，我的寝室就比较安全。被偷的可能要小多了。你也不必每三四天去看了。

北碚热得很吗？你们可多休息休息。小风扇可常使用。

李天梅结婚没有？你们去耍没有？请代问候邓孃孃。

再谈，祝你们

快乐！

爸爸

1973.8.6 5:45 p.m.

梁平七间桥

（11）1973年8月16日

亲爱的乖乖：

弟弟今天搭搬家车回北碚。

我交给他带回梨和菜油。菜油是5.8斤，本来买回来时是6.6斤（每斤1.40），装满了一罐。第二天一看地上漏了一大滩油，仔细检查才知罐是漏的，用秤来称，漏掉了二两，又倒了些出来，以免漏出，故只剩5.8斤了。

弟弟回家后一定要他好好作业。

梁平、忠县的西师教职工子女的初中毕业生，全都照顾升了高中，只三名例外，原因两名是有病（精神分裂症），一名行为不好。不知北碚如何？你得到通知没有？如果不能升学也不要灰心，不要闹情绪。一个人只要有学习的意志，在任何情形下都可以学习的。

今晚听人传说汪正琯被黄斗一的儿子打死了，是真的吗？

我在这里还好，只是体力比去年不如了。天气比较凉爽。再过一两个星期就更凉快了。戴大珍回去，你们见到没有？她

· 360 ·

给我带了些书回去。你们身体好吗？有空来信。祝你和母亲

夏安！

爸爸

1973.8.16夜

梁平七间桥

刘连青叔叔如无住处，可暂住我的寝室。

又及。17/8

（12）1973年9月1日

亲爱的乖乖和狗儿：

自从狗儿18/8回北碚，迄今已半个月了。你们从未写一封信来。我很不放心。听人说北碚热极了，又说重庆的中学都因天气太热无法办公而推迟开学，不知确否？你们身体如何？受热没有？这里自狗儿回去之后也热了十多天，白天室内最高曾达35℃，但夜里却有风，要盖铺盖。所以今年我总算躲过了重庆的酷热，但是明年便不行了。

乖乖升学的事如何？接到通知没有？对于此事本来是作两种准备的，我的意见早已谈过，一般家长都是这种看法。希望你赶快来信把情况告诉我，以免悬念。

我给你们买了5.2斤菜油，装在刘连青带来的塑料油箱里，每斤1.54元，已由刘连青拜托左司机和卢司机带交你们，收到后应写信告诉我，并且要设法招待一下这两位司机以表谢意。今天我又买了一百鸭蛋，共8.30元，将来或托人带，或我自己

带回。这里有22公分铝水壶，5.81元，需要吗？

今天发工资，我给你汇20元，希收到即来信。

狗儿的身体很好，在这里时顿顿吃三两，食堂的菜他也大口吃，一点不挑嘴，我真爱他。但是他的作业作得太差，回去后有没有进步？补起没有？他一定要给我写信来。我回来要检查他的作业。我很想念他。

我的身体较初来时稍好一些。休息很够，营养也够。我计划九月底回去。不知图书馆提到我没有？我这个月要扣还春节前借支的36元，又给你们汇20元，故只余二元余，比较紧。我仔细体会自己身上的病，似乎觉得只有动外科手术切除横隔粘连和病肺，才能解除呼吸困难之苦。将来到重庆检查再说。

不写了，祝你们快乐！

爸爸

1973.9.1

梁平七间桥

（13）1973年9月21日

亲爱的乖乖和狗儿：

17/9廖蜀儒交来你写给刘连青的信，王能忠拆开，才知原来是你在6/9写给我的。以后还是直接写给我好了，不必另写给别人的信封。这里人很少，不太容易掉信。刘连青已于14/9去成都，要在十月底才回梁平。如果他不在，别人不便拆他的信的。

这里已下了一个多星期的雨，气温下降很多。我带来的衣服能维持到十月中旬。我计划在十月初回北碚。我现在身体还好，就是呼吸困难。这个问题恐怕一直到我死都是这样了。

廖孃孃最近几天回去。她的东西都收拾好了。张宗芬也一同回去。等张的两个圆桌作好，就回去了。她们都作了五抽柜等家具。现在西师的人很多都请木匠来作家具。廖作了一个五抽柜，也为邓昭仪作了一个。张作了三个五抽柜。她们又都买了凉板。现在学校的桌椅、书架、柜子等已运完了，三个工棚也拆了。以后就只运木料和水泥等建筑材料，卡车也少多了。

北碚现在已不很热了吧？记得我在1971年九月十七日回北碚，晚上来到你们房门时，你俩在说话，还记得在说什么吗？我在北碚只住了十四天就回梁平了。

现在革委会搬回北碚，膳食科不送粮票来，要自己找人在北碚膳食科领粮带来。我所带来的粮已经快吃完了。现在侯亚兰孃孃在北碚，要月底前回梁平。你们可请侯孃孃帮我在膳食科领九、十两个月的粮带来（我九月的粮还没有领）。这里膳食科也收重庆市搭伙单和粗粮票。

我托廖孃孃带给你们100个鸭蛋，300个核桃。将来我回去之前再买点鸡蛋、核桃就差不多了。十月份工资首先在北碚发，再在忠县，其次再在梁平发。所以我要到十月中旬才能领得到工资。

乖乖升学的事接到通知没有？如有消息就立即写信告我。狗儿开学以来学习好吗？有没有进步？他的身体很好，但是要注意姿势，不要驼背。乖乖要随时注意，尤其在拉小提琴时，不可扛背。我在1971、1972年两次短期回碚时，看你的姿势相当正确，不料1973回碚却看你有些扛背。时间不久，你必须抓紧赶紧纠正。狗儿在1972时我发现他有些缩颈子，当时我以为是毛线衣领刺激颈子，使他缩头，不料现在真有些驼背，一定要纠正才行。母亲对你们的姿势不正确似乎没有发现，如果她早点及时指出，马上纠正，那就好得多了。

小叔有信来吗？外公来了没有？母亲是否已去上海了？

狗儿在梁平时用的刘连青的洗脸盆。但刘有痧眼，所以狗儿必须时常点眼药水消毒，以免成痧眼。那是很难治的，重的可以成瞎子。

我来梁平五十天了，只是为了理发上过两次街，而且是在寒天。我不敢赶场，因为怕挤到胸部。但是在我回北碚前，我要赶一次场，买个背篼。平常我都是在寝室里读书或洗衣做饭。我感觉体力一年不如一年了。我还没有给外地医院写信，将来回北碚再写罢。

你们需要在梁平买什么？赶紧写信来，以免临时来不及。

再谈，祝你们和母亲

快乐！

问候邓孃孃、天梅、天华、永强……等。

爸爸

1973.9.21

梁平七间桥

12. 凌道新致凌道宏

亲爱的小弟：

请接受我的对你生日道贺，并请问三婶好。在这艰难的漫长的岁月里，也真难为她老人家。你们的身体都好吧？

你在生日接到这封信也许感到突然吧？这些年来的生活常常使我回忆已往，检查得失，今天写这封信，就是我作自我检查的结果之一。中断和你的通信已经八年多之后，我已经老了许多。在进入晚年之前修补自己的过失，也是人生的一个重要事项，因此我就写了这封信了。我在1948年从上海回四川之后，由于自己的任性，中断了与参参的通信，现在检查起来，成为我终身的沉痛憾事。我不能重蹈错误了。

当初为什么我突然中断与你通信呢？原因有二：一是你太信任启群的话而太不相信我的话；二是你的口吻是对我进行教训，这是我无法接受的。（我的性格是只能接受真理的，任何暴力也不能使我屈服——当然，历史才是最后的裁判者，这现在不必多谈。）

十多年来你在物质经济方面给我和孩子们以大力支援，这是我永远不能忘记的。而在这以前，我对你的援助实在是太少了。参参、母亲、四哥给我的一切我已经永远不能报答了，我只希望在我的未来日子里能对你作一点有益的事，并且我一直教育孩子们牢记你对他们的关怀，报答你对他们的一切帮助。去年听启群说她已将一件黑色长毛绒大衣料寄给你了。这种料子我在最初买的时候曾经打算给参参的，现在我希望你就自己做来穿，千万不可给别人。我在临解放前和初解放时曾经先后买了三件长毛绒大衣料和一件红色的女大衣。那件大衣送给了六嫂，这你可能记得。一件棕色的衣料在和启群结婚时给她做了大衣，现在这件黑的送给你，还剩一件棕色的波纹状长毛的，据启群说还在保存，将来再作处理。

我这次在梁平又过了将近十个月，今天已请准了假，准备在十天以内回北碚去。我第一次来梁平是在1969年10月18日，回去是在1970年3月5日。那次是整个"直属营"（学校按军队编制把行政单位的人员编为"直属营"，包括革命群众和九种人）来"定案"。我来之前本患受凉咳嗽，但因"定案"，且由于当时的气氛，不得不来。来了之后每天日夜剧烈咳嗽，尤其夜里咳得极凶，甚至连觉都不能睡。卫生科医生既无把病人医好的责任感，又不敢冒天下之大不韪为我开病假单，而其医道又贫乏得可怜，每次只是用些"甘草片""糖浆"等来应付。军宣队在图书馆的"指导员"是位斗大字认不得几个的战士，找他请假，他就指示："回头再说。"因此在整整四个月又十八天的严寒季节里我只有每天劳动。起先一个半月是在离住地好几里的山上的"大寨沟"搞基建，我的任务是修工具，每天早上七点以前动身上山，晚上六点后才回来，后来在院部看守菜地以防农民偷菜，自早六点半至晚七点半，星期日只有半天假，地点不是在山腰就是在河边，刮风下雪都是如此，三顿饭都要提到地里吃。这样，病就愈来愈重，发起烧来。到三月初幸好来了一位比较肯负责的女医生，她详细为我听诊、敲诊，发现右胸膛生水，建议我赶紧回重庆到医院去看。这时"直属营"也全体回北碚了。回到北碚，我要求医生马上注射链霉素，烧逐渐退了，咳也基本止了，但是几种病象却慢慢固定下来了。一是不能弯腰，如弯腰、伸脖，则必剧烈呛咳，胸前剧痛，吐出大量痰液；二是不能睡左侧，如睡左侧，即有与上面相同情形（但近来仔细体察，睡左侧而尽量吐，等痰吐光后即不觉难过）；三是上坡时呼吸困难，如墙子河的桥，我都觉不易走过，上楼梯也困难，每上一层楼，中途要休息几次。现在我走路慢极了，尤其当上坡时和逆风时感觉极吃力。总之我已经没有劳动力了。那次来"定案"原说要定六个人，结果只定了一个在文化大革命中打砸抢的国民党伪宪兵，明确其反革命分子身分而不戴帽子，工资降一级，开除公职，交基层群众监督。在那人定案之后，群众就我的定案问题开会讨论了两三个星期，据说已得结论，揭掉帽子，但要报到北碚学院革委会批准。不料从此即再无下文。最近我找了负责政治部的一位副院长谈话，他说春节后要开会，要落实政策。四川省因问题多，领导班子人不齐，西师也是变动了好多次领导，事情往往难以推动。

这些年来我还没有遇见任何一位肯于仔细为病人诊查，耐心听取病人对自己病情叙述的医生。所遇到的医生只是公式化、简单化地尽快处理病人，以完成任务。不知郭德隆①大夫怎样了，是否还能看病？我今天还有口气在，实在不能不感谢他。如果他在1940年不坚持要我医病而马马虎虎让我上课的话，恐怕我早已不在人世了。将来如我有机会回北方，一定要找郭大

①郭德隆（1905—2008），山东临朐县人，1936年毕业于山东齐鲁大学医学院，中国著名的医学科学家、结核病事业的奠基人之一。1948年至1949年曾赴丹麦、瑞士和英国学习，历任北平协和医院医师、燕京大学校医，北平道济医院院长、天津结核病院院长等职，曾任美国防痨协会会员和中国防痨协会常务理事兼总干事。1957年被划为右派，"文革"期间蒙冤入狱达五年之久。

夫仔细看看我的病。

你寄给梅生的照片我都看见了，而且带了几张到梁平来。你们拍照的时间都在正午，所以人都像蓄了小胡子。最好在早上十点半以前，下午三点以后日光斜照时拍照，拍出的照片要好些。六哥情况怎样了，有无可能再回到机关单位？六嫂和他们的子女都好吗？在北大荒的姪女出来没有？我曾想叫梅生在暑假里走一趟北方，看看奶奶、叔叔、婶婶和哥哥姐姐等，但是这笔路费不易筹措，只有等将来再说。今年暑假他就初中毕业，下乡的可能性最大。现在重庆市招取高中入学新生，只能从寒假初中毕业生中取13%，可见本届寒假的初中毕业生里有87%都要下乡。这些青年没有升学的机会，思想是很乱的。

要写的太多了，以后陆续写罢。你如回信可寄北碚西师，因我日内即回去也。至少要耽搁一两个月才能再来。祝你
快乐，并祝
三婶身体健康，精神愉快！

三哥
1973.1.11 夜12时
梁平

1940年，凌道新与凌道宏于天津

1941年2月22日，凌道新与郭德隆于燕京大学

13. 凌道新致 Earl Willmott[①]

July 16, 1973

Dear Mr. Willmott,

In the autumn of 1971 I read a news in the "People's Daily" that you arrived in Peking leading a Canadian visiting group. Afterwards Dorothy Dai told me that Mrs. Willmott and Bill were also with that group. What warmth I felt to learn the old friends of the Chinese people eventually paid their visit to this country after an absence of over twenty years. Since that visit of yours I have occasionally come across your name in the "People's Daily". You must have been very busy with activities promoting Canadian-Chinese friendship. I wish you all very well.

I came to the Southwest Teachers College in 1952 together with some other teachers of the West China Union University. I have worked in the foreign languages department, the history department and since 1958 in the library. I am now the father of two sons, one is sixteen, the other, ten. Their mother is the daughter of Mr. Fu Pao-chen, a teacher of the education department in the formerly W.C.U.U. My elder boy just finished his junior middle school courses a few days ago. The younger one is having his exams. We are all fine.

---

①Earl Willmott（1895—1985），中文名云从龙，出生于加拿大多伦多，就读于加拿大多伦多大学和哥伦比亚大学。1921年到中国作教育传教士，曾任四川仁寿男子初中校长和英文教师，上海中国基督教教育协会代理秘书长，重庆求精高中副校长和英文教师，华西协合高中副校长和英文教师，华西协合大学教务长和外文系英文教授。1952年回国，参与创建并担任过加中友好协会主席。

The Southwest Teachers College has one of the most beautiful campuses in China. It is entirely built since the liberation. We used to have visitors from other parts of the world.

Some years ago I happened to see in some publisher's catalogue a title, which I cannot exactly remember, about the history of oversea Chinese in the East Indies, written by Mr. Donald Willmott[①]. I shall be very grateful if I could have his address, and see if I could correspond with him. In the recent years I have developed a keen interest in history, both Chinese and foreign. I am convinced that the understanding of each other's history and culture is of the most importance to promote friendly relations between the nations of the world.

In 1954 I met Miss Wu Su-chen, who painted the tiger for you as I can still remember. She was then an illustrator in the Chungking Medical College, a new institute since the liberation. I think she may be still there.

From the "People's Daily" I was very happy to learn Dr. and Mrs. Phelps[②] visited China in November 1972. Just recently there

---

①Donald Willmott（1925—2021），云从龙之子，中文名云达乐，出生于四川仁寿，生长于成都华西坝，二战时任美国援华特种部队翻译，1945年回北美，先后就读于奥柏林大学（BA）、密西根大学（MA）和康奈尔大学（PhD），开创了移民社群研究和应用社会学学科，是加中友协的创始人之一，退休前任加拿大多伦多大学和约克大学教授。

②D. L. Phelps（1891—?），费尔朴，美国籍，英国牛津大学皇后学院博士，1921年到成都作牧师，1923年到华西协合大学任教英文和哲学，1925年任文学院英文教师兼宗教组主任，校区教会执行牧师。1927—1929年在加州伯克利大学东方学院获哲学博士学位。1930年回华西协合大学任文学院院长和外文系英文教授，讲授19世纪英文诗歌和莎士比亚文学。1950年费尔朴回美国。

was a picture of Mr. & Mrs. Bill Small[1] in an interview with Mr. Kuo Mo-jo in the paper. I wish all our friends well.

Please write a few words if you have time.

Sincerely yours,
Ling Tao-hsin

译文：

亲爱的威尔莫特（云从龙）先生：

1971年秋天，我在《人民日报》上读到一则新闻，得知您率领一个加拿大访问团到达北京。后来戴永福告诉我，威尔莫特太太和比尔也在访问团中。当得知中国人民的老朋友在离别二十多年后，终于来到这个国家访问，心中十分温暖！自从您来访以来，我时而在《人民日报》上看到您的名字。您一直在忙于促进加中两国人民友谊的活动。我祝您一切顺利。

1952年，我和华西协合大学的另外一些教师一起来到西南师范学院。我一直在外语系和历史系工作，自1958年以后在图书馆工作。我现在是两个儿子的父亲，一个16岁，另一个10岁。

---

①William Small（1917—2003），中文名苏威廉，出生于四川乐山。其父苏继廉（W. G. Small）1908年从加拿大来中国，是优秀的木工工程师，主持设计修建了华西协合大学众多的中西合璧建筑。苏威廉少年在中国度过，1937年入读加拿大多伦多大学，1941年受教会委派到中国，曾任华西协合大学会计师，总务长顾问，外文系教师和体育教师。苏威廉1952年回加拿大。1971年和文幼章等创建"加中协会"，并任主席至1999年。

他们的母亲是傅葆琛先生的女儿，傅葆琛先生是前华西协合大学教育系的教师。我的大儿子几天前刚刚完成初中课程。小儿子正在考试。我们都很好。

西南师范学院拥有中国最美丽的校园之一。它完全是解放后修建的。我们经常有来自世界各地的访问者。

几年前，我碰巧在一些图书出版商的目录中看到唐纳德·威尔莫特（云达乐）先生写的一本关于东印度群岛华侨历史的书，但我记不清书名了。如果您能告诉我他的通讯地址，我将不胜感激，我很想与他通信。近年来，我对中外历史都产生了浓厚的兴趣。我相信，了解彼此的历史和文化对促进世界各国之间的友好关系至关重要。

1954年我遇到了 Miss Wu Su-chen。我至今还记得她为您画了只老虎。解放后她是新成立的重庆医学院的插图画家。我想她可能还在那里。

从《人民日报》上，我很高兴得知费尔朴博士和夫人于1972年11月访问了中国。就在最近，报纸上有一张比尔·斯莫尔夫妇（苏威廉）与郭沫若交谈时的照片。

祝愿我们的朋友们身体健康，万事如意！

如果有时间，请简短回信。

您诚挚的

凌道新

1973年7月16日

July 16, 1973

Dear Mr. Willmott,

In the autumn of 1971 I read a news in the "People's Daily" that you arrived in Peking leading a Canadian visiting group. Afterwards Dorothy Dai told me that Mrs. Willmott and Bill were also with that group. What warmth I felt to learn the old friends of the Chinese people eventually paid their visit to this country after an absence of over twenty years. Since your last that visit of yours I have occasionally come across your name in the "People's Daily." occasionally. You must have been very busy with activities promoting Canadian-Chinese friendship. I wish you all very well.

I came to the Southwest Teachers College in 1952 together with some other teachers of the West China Union University. I have worked in the foreign languages department, the history department and since 1953 in am now the library. since 1953 I am now the father of two sons, one is sixteen, the other ten. Their mother is the daughter of Mr. Fu Pao-chen, a teacher of the education department there formerly in W.C.U.U. Through my work in the history department I have developed a strong keen interest in history, both Chinese and foreign. We are all fine. The Southwest Teachers College has one of the most beautiful campuses in China. It is entirely built since the liberation. My elder boy has just finished his junior middle school courses a few days ago. The younger one is having his exams. We used to have visitors from other parts of the world.

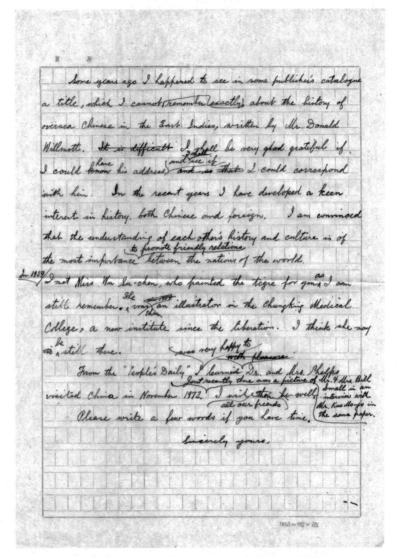

Some years ago I happened to see in some publisher's catalogue a title, which I cannot remember exactly, about the history of oversea Chinese in the East Indies, written by Mr. Donald Willmott. It is difficult I shall be very glad grateful if I could know have his address, and see it so that I could correspond with him. In the recent years I have developed a keen interest in history, both Chinese and foreign. I am convinced that the understanding of each other's history and culture is of to promote friendly relations the most importance between the nations of the world.

In 1959 I met Miss Wu Su-chen, who painted the tiger for you as I am still remember. She was an illustrator in the Chungking Medical College, a new institute since the liberation. I think she may be still there.

From the "People's Daily" I learned Dr. and Mrs. Phelps was very happy to with pleasure visited China in November 1972. I wish them be well all our friends. Just recently there was a picture of Mr. & Mrs. Bill Small in an interview with Mr. Kuo Mo-jo in the same paper. Please write a few words if you have time.

Sincerely yours,

1973年7月16日，凌道新致Earl Willmott（云从龙）信函草稿

14. Earl Willmott 致凌道新

3513 West 39th Avenue

Vancouver, B.C. V6N 3A4

December, 1973

Dear Ling Tao-hsin,

I certainly appreciated your most interesting letter. I had not heard that you also were at the Normal College at Beibei. You married a daughter of Fu Pao-shen! I remember him well, but I probably didn't know his daughter. He was an excellent teacher of education. Is he still living? If so give him my warm greetings. And you have a teen-age son and another ten — good for you!

I didn't know how beautiful your campus there was — I wonder if I will ever see it — how I would like to! I don't think Mr. and Mrs. Endicott[①] and Mr. and Mrs. Small got to Beibei, but they did visit Chengtu and the old W.C.U.U campus, now the Medical University. They had a wonderful time meeting old friends.

Yes, we have a beautiful painting of a tiger, but I had forgotten it was Miss Wu Su-chen that painted it. Remember us to her.

You are quite right about the importance of developing mutual

---

①James Endicott（1898—1993），中文名文幼章，出生于四川乐山，12岁时返加拿大，就读于多伦多维多利亚学院，1925年被派往中国作传教士，先后在上海、四川忠县、重庆等地布道和教授英语，文幼章曾担任过华西协合大学英语与伦理学教授，蒋介石的社会顾问，亦是周恩来等中共领导人的朋友。文幼章1947年回加拿大，曾创建"加中协会"，逝世后根据其遗嘱将骨灰撒在四川大渡河。

understanding between peoples of different countries — that is what we are working at!

You will not be interested in all of this letter, but some things may interest you, so I send it along. At least it gives our news and some of my thinking.

Very sincerely yours,
Earl Willmott

译文:

亲爱的凌道新:

我非常感谢您无比有趣的来信。我此前没听说您也在位于北碚的师范学院。您和傅葆琛的女儿喜结良缘!我清楚地记得他,但我可能不认识他的女儿。他是一位优秀的教育专业的教师。他还健在吗?如果他还健在,请转达我对他热忱的问候。您有两个儿子,一个十多岁,另一个十岁——太好了!

我以前不知道你们的校园是如此美丽——我不知道我是否能看到它——我多么地想来看看!我认为恩迪科特(文幼章)夫妇和斯莫尔(苏威廉)夫妇没有去过北碚,但他们确实参观了成都和华西协合大学的老校园,即如今的医科大学。他们和老朋友重逢,非常开心。

是的,我们有一幅漂亮的老虎绘画作品,但我忘了是Miss Wu Su-chen画的。请代我们向她问好。

您说得很对,增进不同国家人民之间的相互理解非常重要——我们正在朝这方面努力！

您也许不会对这封信的全部内容感兴趣，但其中有些事情可能会使您感兴趣，所以我也随信寄给您。至少它提供了我们的近况和我的一些想法。

> 您诚挚的
>
> 厄尔·威尔莫特
>
> 1973年12月
>
> 西39大道3513号
>
> 不列颠哥伦比亚省
>
> 温哥华
>
> V6N 3A4

Earl Willmott（云从龙）致凌道新信的信封

3513 West 39th Avenue,
Vancouver, B.C. V6N 3A4
December 1973

Dear Ones,

Our thoughts and greetings fly out to you this Christmastide! A Christmas message? "Peace on earth, goodwill to men"? I think of Jeremiah's "They say, 'Peace, peace,' when there is no peace." And, thinking of the events of the year, we might continue the quotation: "Are they ashamed of their abominable deeds? Not they! They know not how to blush. Therefore they shall fall with a great crash!" But people around the world are being stirred, shaken from apathetic acceptance of things as they are, demanding a new day. The Chinese say: "The main trend in the world today is that countries want independence, nations want liberation, and the people want revolution." In the West it may not yet be revolution that the people want, but they are awakening to a sense of being at a cross-road. We might, then, go on with the Jeremiah quotation: "Stop at the cross-road; ask, 'Where is the road that leads to what is good?' Then take that way, and you shall be safe and prosper."* That's a good Christmas message!

As crisis follows crisis people are getting more and more aware of the contradictions in our society. They are finding out what's right and what's wrong. How Watergate has helped! Watergate and all it has revealed is a tragedy, not to be snickered at as in our daily paper's description: "Super-Duper Snooper Blooper!" We have just been listening to William Buckley and Senator Weicker debate "Are the Senate Watergate Hearings justified?" We cannot bear Buckley's sarcastic, sneering arrogance—not a single argument, just slurs and innuendos to get laughs from the Yale students (I was heartened to hear some boohs too). Weicker, on the other hand, calmly and clearly listed some of the infamous acts which never would have come to light without the Hearings. (And how awful to realize that the Hearings would never have been held and the public would never have known had a police car not run out of gas on June 17, 1972, and had not Judge Sirica decided to receive a letter from McCord, and had not two energetic young journalists scouted out the story!)

The Senate Hearings, which we attend regularly on TV "from gavel to gavel", have helped to shock the American people into awareness of how their political system has been subverted and the kind of persons who have been administering their government. It is incredible to me that the American people should have chosen Nixon for their president. And they cannot give the excuse of not knowing he was like that—his whole political career is stained with "dirty tricks" —and worse. The morality produced by worshipping Mammon has dominated over the morality of worshipping God! And unfortunately the Church has not always spoken with a clear voice—sometimes it has fallen into the crevasse of implying that you can worship both!

As people in the West more and more come to understand the kind of society the Chinese people are building in China, they will begin to demand that our society be changed from one based on rapacious competition to one based on wholehearted cooperation. As Joseph Needham has said: "Chinese socialism may have a key which might unlock many doors into the future for the whole world." I think it is this possibility that results in the interest in China today. All year, when we've been at home, hardly a week goes by without one or two invitations to talk about China, and show our slides, in women's groups, men's clubs, public meetings, churches, schools. One local TV station had me bring my Free University class on China to the studio for five weekly one-hour sessions.

*Jeremiah 6:14-15 (Combining RSV, NEB, and Moffatt)

-3-

upon me for that--one dictionary definition for "man" is: "a person, used in contexts in which sexual distinctions are not relevant." Would that we could stick to that, and avoid such monstrosities as "chairperson"!)

We think now and then about what we might do "when we get old". We have put in applications to two senior citizens homes--in Toronto and in Vancouver. But just now we stay here; we love our home where we can welcome friends and enjoy being surrounded by our Chinese gu dong and many books (many of them still waiting to be read "when we retire"), and the garden, which is sometimes a burden (when grass and weds grow too luxuriantly, and when the leaves fall), but mostly a joy.

Lovingly yours,

Earl

Christmas 1973

Dear friends, wherever you are--I'll be thinking of you:

Another year rolls round and we are still on deck! --and thinking of all the wonderful friends we have had through all our seventy-some years. We are still in pretty good health, though of course subject to some of the built-in deteri-oration of our human machinery, such as eyes, ears, limbs and plumbing! But we love our home and its garden (where w e get most of our exercise), and we are still able to travel--unless the energy crisis prevents! We are planning to spend Christmas with our dear friends the Phelpses and Agnews in California, and Joy is flying out to drive down there with us. After Christmas in Berkeley and a few days at beautiful Big Sur, we shall drive down (God and energy crisis willing) to southern California to visit our life-long friends the Sellerys of Jen-show days, and some of our favorite cousins in and around Los Angeles. Last year we celebrated Christmas for the last time (in the foreseeable future) with Bill's family, who have moved to New Zealand and will probably spend their Christmas up-side-down picnicking on a sandy beach near Christchurch, where Bill is teaching sociology and anthropology in Canterbury University. They have bought a beautiful old house and seem to be very happily settled in there.

In February we flew east to say goodbye to Dick's family, now settled for a two-year stay in Lusaka, Zambia, where Dick is teaching Math in Zambia University. We have been planning to go out there on a safari to see all the wild an-imals, including our three frisky grandchildren and their adventurous parents. But the energy crisis looms--so wait and see. Joy visited them last summer and had a wonderful time. We should like very much to have a taste of Africa--we haven't been south of Egypt.

In February, also, we had a visit from the Endicotts, just returned from a visit to China--and would you believe it, Szechuan! Later, in July, we had a visit from the Smalls, also returned from China and Szechuan, and in October in Toronto, were guests at a genuine Szechuan dinner served up by Bill and Shirley, with wonderful slides taken around Chengtu and Omei, where we spent so many hap-py years. They all brought back greetings from many of our Chinese friends, still serving in responsible positions in the new society, and Jim brought back a precious tape, on which we heard ourselves greeted by name, and both personal messages and news of the situation in Szechuan recorded. It was a real Chinese feast! We are still hoping, in our race with Time, to get back ourselves to Saechuan.

His address is: Dr. D. E. Willmott, 395 Castlefield Ave. Toronto, Ont. M5N 1L4

-4-

Joy came to visit us at Easter, and we had some happy family gatherings amid the tulips and daffodils. And the Phelpses came in May among the rhododendrons and azaleas and teas in the garden. Came also in May our old friend Queen Linton, a Mount Royal College colleague. She reciprocated in September by showing us the beauties of the Maritimes in a personally conducted tour--in a car we rented--of New Brunswick, Nova Scotia, and Prince Edward Island.

In June the Sellerys gladdened us with a week's visit, and drove with us to Ashland Oregon, for our usual get-together with other China friends at the Shakespeare Festival. And of course we also took in beautiful Crater Lake, which, if you have never seen, don't die before you do!

The first week in July we accepted a beautiful idea of Bill's to spend several days of leisure and family life on Galiano Island at a little resort, where we (some of us) swam, walked, drove, climbed, played games, and read, and just enjoyed each other.

Soon after returning from Galiano we had a long-anticipated visit of almost a month from Don's family, parts of it at a time, the very first time they had been to Vancouver. They liked it, and we hope they may even come out to live here sometime in the near future. There is nothing that compares to having a little family around!

In August we had visits from our Los Angeles cousins and from Esther and Olin Stockwell, seemingly so little changed from our next-door-neighbor days in Chengtu. Tea as in our garden here as in Chengtu! And the week after they left us Bill's family sailed off to New Zealand. Soon after that we consoled ourselves for their loss by taking the interesting trip in the Maritimes. Cape Breton Island is gorgeous, with its rocky seascapes. One more interesting visitor we had on returning: our friend John Robertson from Calgary--and what a talk-fest! Time to stop! MERRY CHRISTMAS! I leave all the politics to Earl, and just say, "God bless you, every one!"

And paraphrasing Shakespeare: This we perceive, which makes our love more strong,
    To love that well which we must leave ere long.

Katharine

Dear Liu Tao-hsin,

I certainly appreciated your most interesting letter. I had not heard that you also were at the Normal College at Beibei. You married a daughter of Fu Pao-shen! I remember him well, but probably didn't know his daughter. He was an excellent teacher of education. Is he still living? If so give him my warm greetings. And you have a teen-age son and another two—good for you! I didn't know how beautiful your campus there was — I wonder if I will ever see it — how I would like to! I don't think Mr. and Mrs. Endicott and Mr. and Mrs. Small got to Beibei, but they did visit Chengtu and the old WCUU campus, now the Medical University. They had a wonderful time meeting old friends. Yes, we have a beautiful painting of a tiger, but I had forgotten it was Miss Wu Su-chen that painted it. Remember us to her. You are quite right about the importance of developing mutual understanding between pupils of different countries — that is what we are working at! You will not be interested in all of this letter, but some things may interest you, so I send it along. At least it gives our news and some of my thinking.
Very sincerely yours, Earl Willmott

Mr. and Mrs. Willmott（云从龙夫妇）致华西协合大学友人的信函，
末尾是Earl Willmott单独致凌道新的信

15. 凌道新致 Anne Jones

310 Wen Hua Tsun 1

Southwest Teachers College

Chungking

China

Dec. 2, 1973

My dear Miss Jones,

You may be surprised to receive a letter from a fellow teacher of English in Chengtu over twenty years ago. I remember it was in the autumn of 1950 that you returned to Australia. The only news I have heard of you was from Dr. Bertha Hensman, who in 1952 told me that you were very well. I have been thinking that you must be very happy at home. In June I wrote you a letter, but it was returned by the Bexley Post Office because "unknown at address". So I wish this letter would reach you eventually.

The West China Union University became the Szechuan Medical College in 1952. Its Arts and Science Colleges were assimilated in either the Szechuan University in Chengtu or the Southwest Teachers College in Chungking. I have been in the Southwest Teachers College since, which is located in Pei'pei, a scenery spot with a hot spring thirty-three miles north of Chungking. It is one of the biggest teachers college in China. Its buildings are new and the campus is beautiful.

I am now the father of two sons, the elder is sixteen, the younger ten. Their mother is the daughter of Mr. Fu Pao-shen, who was formerly a teacher in the Education Department of the W.C.U.U. and is now living in Chengtu since his retirement in 1956. We are all fine.

Since I came to Chungking I have made only two visits to Chengtu, the second of which was in 1956. Though I have already been used to Chungking's humidity and hilliness, I still like Chengtu much better for its salubrious weather and the broad, open and plane countries.

Since the recent few years more and more people are getting interested in learning the English language. Mr. Hsu Nan-sheng, one of our former teachers is teaching an English course over the Chengtu People's Radio with the collaboration of Miss Low Yi-yuen, daughter of Mr. Low Chung-shu.

From the newspaper I have learned that the Willmotts, Phelpses, Endicotts, and Smalls and many others have paid visits to China one after the other since 1971. So how happy we would be if you could come and have a look of this country where you have taught English for so many years !

Please write a few words if you have time.

Wishing you a Merry Christmas and a Happy New Year !

Sincerely yours,

Ling Tao-hsin

译文：

我亲爱的琼斯小姐：

　　当您收到一位20多年前在成都教英语的同事的来信时，您可能会很惊讶。我记得您是在1950年秋天回到澳大利亚的。我唯一一次听到您的消息是1952年从伯莎·亨斯曼（韩诗梅）博士那里，她告诉我您一切安好。我一直在想您在家一定很快乐。6月份我曾给您写过一封信，但被贝克斯利邮局退回，原因是"地址不详"，所以我希望这封信能最终送达您。

　　1952年，华西协合大学改为四川医学院。它的文理学院分别并入成都的四川大学或重庆的西南师范学院。从那以后，我一直在西南师范学院工作。这所学院位于重庆以北33英里处的北碚区，那里风景入胜，有一个温泉。它是中国最大的师范学院之一。它的建筑很新，校园也很漂亮。

　　我现在是两个儿子的父亲，大的16岁，小的10岁。他们的母亲是傅葆琛先生的女儿，傅葆琛先生曾在华西协合大学教育系任教，自1956年退休后，一直居住在成都。我们都很好。

　　自从来到重庆后，我只去过成都两次，第二次是1956年。虽然我已经习惯了重庆高温潮湿的气候和崎岖不平的山路，但我还是更喜欢成都舒适宜人的天气和开阔平坦的乡村。

　　近几年来，越来越多的人对学习英语感兴趣。我们曾经的一位同事许南生先生正在成都人民广播电台与罗忠恕先生的女儿罗义蕴女士合作教授一门英语课程。

　　从报纸上我了解到，自1971年以来，云从龙夫妇、费尔朴夫妇、文幼章夫妇和苏威廉夫妇等先后访问了中国。如果您能来看看曾执教多年的国家，我们会十分高兴！

如果您有时间，请简短回信。

祝您圣诞快乐，新年快乐！

您诚挚的

凌道新

1973年12月2日

中国重庆

西南师范学院

文化村一舍310号

310 Wen Hua Tsun 1,
Southwest Teachers College,
Chungking.
China,
Dec. 2, 1973.

My dear Miss Jones,

You may be surprised to receive a letter from a fellow teacher of English in Chengtu over twenty years ago. I remember it was in the autumn of 1950 that you returned to Australia. The only news I have heard of you was from Dr. Bertha Hensman, who in 1952 told me that you were very well. I have been thinking that you must be very happy at home. In June I wrote you a letter, but it was returned by the Bexley Post Office because "unknown at address." So I wish this letter would reach you eventually.

The West China Union University became the Szechuan Medical College in 1952. Its Arts and Science Colleges were assimilated in either the Szechuan University in Chengtu or the Southwest Teachers College in Chungking. I have been in the Southwest Teachers College since, which is located in Peipei, a scenery spot with a lot spring thirty-three miles north of Chungking. It is one of the biggest teachers colleges in China. Its buildings are new and the campus is beautiful.

I am now the father of two sons, the elder is sixteen, the younger, ten. Their mother is the daughter of Mr. Fu Pao-shen, who was formerly a teacher in the Education Department of the W.C.U.U. and is now living in Chengtu since his retirement in 1956. We are all fine.

Since I came to Chunking I have made only two visits to Chengtu, the second of which was in 1956. Though I have already been used to Chungking's humidity and hilliness, I still like Chengtu much better for its salubrious weather and the broad, open and plane countries.

Since the recent few years more and more people are getting interested in learning the English language. Mr. Hsu Nan-sheng, one of our former teachers is teaching an English course over the Chengtu People's Radio with the collaboration of Miss Low Yi-quen, daughter of Mr. Low Cheng-shu.

From the newspapers I have learned that the Willmotts, Phlpses, Endicotts, and Smalls and many others have paid visits to China one after the other since 1971. So how happy we would be if you could come and have a look of this country where you had taught English for so many years!

Please write a few words if you have time.
Wishing you a Merry Christmas and a Happy New Year!
Sincerely yours,
Ling Tao-hsin.

1973年12月2日，凌道新致 Anne Jones 信函草稿

凌道新致 Anne Jones 信函的信封

九、附录

1.凌道新先生年谱

1921年

祖籍江苏镇江。

4月11日，出生于辽宁省巨流河（今辽河）。

父亲凌云（1885—1952），1910年毕业于唐山交通大学土木铁路工程系，曾参加过粤汉铁路的修建，并设计修建了北宁（北平至辽宁）铁路的一段。

凌道新父亲凌云

凌道新幼年

1926年　五岁

因父亲负责设计和修筑"大通铁路"（今大郑铁路南段大虎山至通辽），随父由辽宁大虎山迁居天津。

1926年，全家合影于天津，右四为凌道新

1930年　九岁

本年前后，就读于天津私立卢氏小学、女子师范学院附小、私立第一小学和耀华小学。

1930年，凌道新于天津

1933年　十二岁

　　天津耀华小学毕业，考入天津南开中学初中，初中二年级因病休学一年，后重回耀华学校初中就读。

凌道新中学时代

1936年　十五岁

　　耀华学校初中毕业，继续在耀华学校读高中，任学生课外团体组织"耀华社"常务委员会的文书部主任和刊物《耀华校刊》出版委员会美术组成员。此数年间，耀华学校、南开中学诸师友多有题词留念（见前《南开中学、耀华学校师友题词》）。

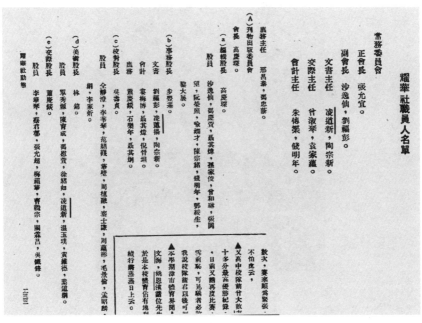

《耀华校刊》1938年第3卷第1期登载的"耀华社"职员名单

1939年 十八岁

1939年，天津

1939年，凌道新在耀华学校

1939年，与同学在耀华学校（左一为凌道新）

1939年，与耀华学校同学（前排右一为凌道新）

　　5月28日，与南开中学初中同学共二十七人在天津天和玉饭店聚餐。

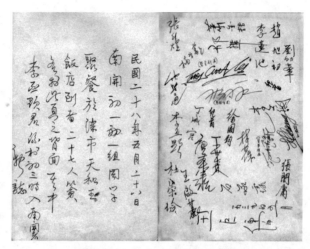

1939年5月28日，南开中学初中同学签名

　　6月4日，与耀华学校同学在永安餐厅聚餐。

1939年6月4日，耀华学校同学签名

1939年6月4日，在永安餐厅聚餐，与耀华学校同学吴铁瑛、胡光沛、艾绳祖、凌道杨、蔡秉垚、魏汝康合影（后排右一为凌道新）

1939年6月4日，耀华学校部分同学与任镜涵等教师合影（后排右一为凌道新）

1940年 十九岁

5月，考取北平燕京大学新闻系。

7月，天津耀华学校高中毕业。

8月，在上海考取上海圣约翰大学，同时也考取正在上海租界招生的昆明西南联合大学，后返回北平入读燕京大学。

1940年，天津同生美术部摄影

1940年6月7日，耀华学校

1940年6月8日，耀华学校

1940年8月20日，上海圣约翰大学（St. John's University）（右一为凌道新）

1940年8月，凌道新在上海兆丰公园（今中山公园）

1940年，凌道新与四弟凌道扬在上海

1940年8月，上海

1941年　二十岁

1941年2月9日，北平燕京大学校园雪地

1941年2月20日，北平燕京大学

1941年2月20日，北平燕京大学男生医院阳台

1941年4月11日，北平燕京大学"校友门"与同学魏寿岚和茵涛（中为凌道新）

1941年4月13日，北平燕京大学

　　4月18日，在北平启明瞽目学院（William Murray's Institute for the Blind）。该学院为英国传教士William Murray（1843—1911）所创办，是中国第一所盲人学校，1949年以后改为北京盲校。

1941年4月18日，在北平启明瞽目学院（Deborah Hill Murray摄）

5月17日，在天津。

1941年5月17日，天津

8月，与Mr.和Miss. Murray等朋友在北戴河。

1941年8月3日，北戴河（Miss Mary Murray 摄）

1941年8月，与Mr. Hanson在北戴河（Miss. Mary Murray摄）

10月11日，与北平燕京大学新闻系师生在香山。

1941年10月11日，与燕大新闻系师生在香山（前排左一为凌道新）

11月1日，与北平燕京大学新闻系同学在北平启明瞽目学院。

1941年11月1日，与燕大新闻系同学在北平启明瞽目学院（左一为凌道新）

1941年10月，北平燕京大学第一修道院110窗下

1941年10月，北平燕京大学

1941年10月，北平燕京大学（背景为燕京大学行政楼）

12月底，珍珠港事件爆发，燕京大学为日军占领，学生多被逐出校园，燕大停课。

1942年　二十一岁

春季转入北平私立中国大学借读一期。

10月，燕京大学在成都华西坝复校。

1943年　二十二岁

凌道新经上海、江苏徐州、河南商丘、安徽界首、河南洛阳、陕西潼关、西安、宝鸡，于本年2月辗转到达成都，重入燕大继续学习。

12月，陈寅恪（1890—1969）自桂林经重庆抵达成都，就任燕京大学教授。

1944年　二十三岁

10月，吴宓（1894—1978）自昆明抵达成都，就任燕京大学教授。《吴宓日记续编》（1964.12.13）："1944至1945年宓在成都燕京大学（国文系）任教授时，居住文庙前街何公巷之一室，该处为燕京大学男生宿舍，道新亦居住其中。宓屡见道新，每晚，就过道处之一煤油灯，读《吴宓诗集》而异之，此为宓与道新订交之始，今二十年矣。"

1944年4月9日下午4：00于成都文庙

落花詩 八首

序曰古今人所為落花詩蓋皆感傷身世其所懷
抱之理想愛好之事物以時衰俗變悉為潮流捲
蕩以去不可復覩乃假春殘花落敍其依戀之情
近讀王靜安先生臨歿書扇詩由是興感遂以成
詠亦自道其志而已

花落人間晚歲詩如何少壯有悲思江流世變心難繫
轉衣染塵香素為縞婉婉綠啼紅枉費辭此首概起
微絲早知生滅無常態綠啼紅
是我所愛之理想事物均被潮汰以去甘為時俗
色相莊嚴上界來千年靈氣孕凡胎含苞未向春前
敕離辦遷從而後開根性豈無磐石固慈香不假浪

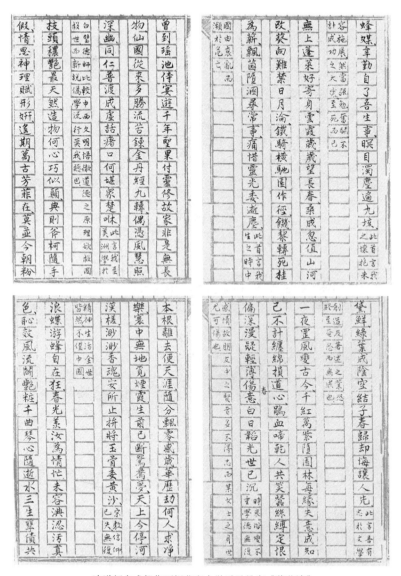

凌道新在成都华西坝燕京大学时录吴宓《落花诗》

1945年，凌道新燕大新闻系笔记本中所作的速写漫画

1946年　二十五岁

6月，成都，燕京大学。吴宓为凌道新纪念册录所作《落花诗》。

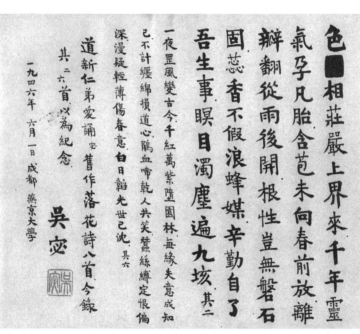

1946年，吴宓手迹

又向流云阅古今

燕京大学新闻系毕业。任《工商导报》外文电稿翻译。

本年起至1948年，多次在《密勒氏评论报》（*Millard's Review*）撰文，评论成都时局。

1947年夏，与基督教青年会员在青城山（左四为凌道新）

1947年　二十六岁

本年起至1949年，担任成都基督教青年会少年部干事，主要教授英文、组办英文讲演会以及外国传教士的英文圣经班。时常组织和邀请华西协合大学外文系教授加拿大人云从龙（Earl Willmott）和美国人费尔朴（D. L. Phelps）以及其他外国人士去作国际形势及文学、历史、地理和医药卫生等题材的讲演。

7月13日至20日，凌道新组织成都基督教青年会会员在青城山举办夏令会。

凌道新组织成都基督教青年会会员在青城山活动参加者的签名

　　其中，常崇宜（1931—2013）：诗人常燕生（1898—1947）之子，凌道新华西协合高中的学生，解放后历任共青团成都市委、中共成都市委干事，四川省秘书学会会长，省写作学会副会长，中国公文写作研究会顾问，中国高等院校秘书教学研究会副会长，中国高教学会秘书学会副会长等职。李长华：时为华西协合大学理学院化学系学生，后成为华西医科大学知名教授，与病理学家杨光华、解剖学家高贤华并称为"华西三华"。

1947年7月，灌县安澜桥（凌道新摄）

本年秋季起，兼任成都石室中学英文教师三个学期。

12月，参加基督教青年会全国协会在重庆召开的重庆、成都和昆明三地青年会的事功会。

凌道新的朋友、加拿大传教士Q. C. Moorhouse

1948年　二十七岁

1948年1月4日，与华西协合高中学生常崇宜在成都邮电局邮政车旁

　　1月，赴上海参加于沪江大学召开的基督教青年会全国协会的学生工作会。

　　3月，离开上海返成都。12日，至南京美国大使馆看望原燕大校长、美国驻华大使司徒雷登。17日，途经武昌，停留两日，至武汉大学看望武汉大学外文系主任吴宓，吴宓导观武大校景，并在文学院合影两张。

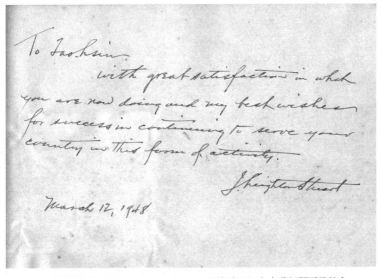

1948年3月12日，John Leighton Stuart（司徒雷登）为凌道新题词及签名

9月起，在华西协合高中任教英文三个学期。

9月，在四川大学先修班任教英文一学期。

12月，提交毕业论文《新闻摄影》（ *Press Photography* ）。

PRESS PHOTOGRAPHY

By

Ling Tao-hsin   凌道新

R.N. 41160

December 15, 1948

A Thesis Submitted to the Department of
Journalism of the College of Arts and
Letters of Yenching University in Partial
Fulfillment of the Requirement for the
Degree of Bachelor of Arts.

Approved By:

_____
Advisor

_____
Chairman of Dep't of Journalism

_____
Dean of the College of Arts
and Letters

PREFACE

This thesis was started in March 1946 when Yenching
Scarcity of necessary books and journals for reference ha
completion.

Press photography has a very short history in China.
to the costliness of the equipments needed for photograph
it has not been very extensively employed by most of the
However, we can expect to see more photographs in the new
the years to come when everything is stabilized and has b
developing.

This thesis only serves as a very brief discussion o
of press photography.   More attention has been paid to t
sphere of it, because I believe practice is more importan

I wish here to express my very special gratitude to
James Y. Chiang, who gave all the guidance and encouragem
plete this work, and Mr. John W. Powell, who helped me to
necessary references.

Ling Tao-hs

June, 1948.

凌道新燕京大学毕业论文《新闻摄影》(*Press Photography*)

1949年　二十八岁

　　1949年9月至1952年10月，任私立华西协合大学外文系讲师，教授翻译和作文。

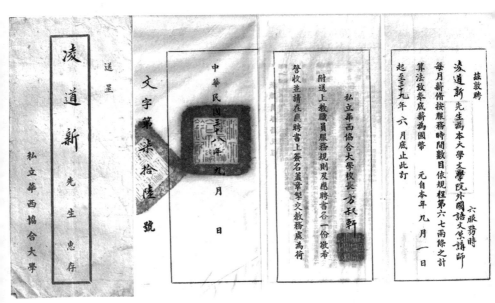

1949年9月，私立华西协合大学校长方叔轩签发的聘书

1950年，在成都

1951年　三十岁

3月，受聘担任私立华西协合大学校刊驻外文系特约通讯员。

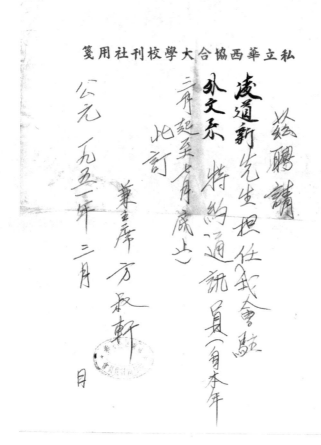

私立华西协合大学校刊聘书

1951年，华西大学文学院外国语文系毕业班师生合影
凌道新（后排右一）、Bertha Hensman（韩诗梅）（后排右三）、Katharina Willmott
（云瑞祥，云从龙夫人）（后排左二）、Earl Willmott（云从龙）（后排左五）

1952年　三十一岁

3月—4月，参加四川彭县思文乡土改工作队工作。

5月，与调入华西大学外文系的天津同乡、天津南开中学和北平燕京大学同学周汝昌在华西坝重逢。

1952年夏，周汝昌一家在成都华西坝寓所门前（凌道新摄）

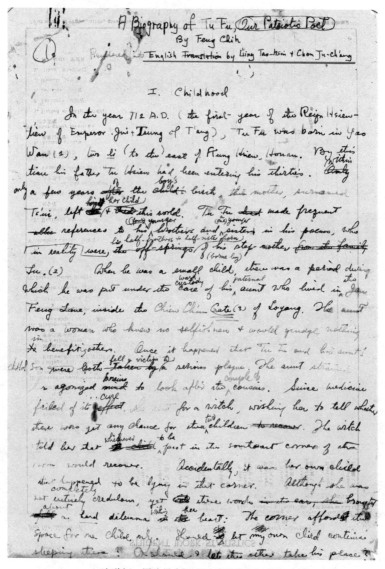

A Biography of Tu Fu (Our Patriotic Poet)
By Feng Chih
English Translation by Ling Tao-hsin & Chou Ju-ch'ang

I. Childhood

In the year 712 A.D. (the first year of the Reign Hsien-t'ien of Emperor Jui-Tsung of T'ang), Tu Fu was born in Yao Wan (1), two li to the east of Kung Hsien, Honan. By this time his father Tu Hsien had been entering his thirties. Only a few years after the boy's birth, his mother, surnamed Ts'ui, left her child & this world. Tu Fu made frequent references to his brothers and sisters in his poems, who in reality were his half-brothers & half-sisters born of his step-mother. Lu. (2) When he was a small child, there was a period during which he was put under the care of his paternal aunt who lived in Jen Feng Lane, inside the Chien Ch'un Gate (3) of Loyang. His aunt was a woman who knew no selfishness & would grudge nothing in benefiting others. Once it happened that Tu Fu and his aunt's son fell victims to a serious plague. The aunt strained her brains to look after the couple. Since medicine failed of its cure, she sent for a witch, wishing her to tell whether there was yet any chance for the two children to recover. The witch told her that whichever child put in the southeast corner of the room would recover. Accidentally, it was her own child that happened to be lying in that corner. Although she was not entirely credulous, yet these words in her ear about brought in her a dilemma with her heart: The corner affords the space for one child only. Should I let my own child continue sleeping there? Or should I let the other take his place?

凌道新、周汝昌合译冯至《杜甫传》手稿
A Biography of Tu Fu — English Translation by Ling Tao-hsin and Chou Ju-ch'ang

10月，全国高校"院系调整"，由成都华西大学外文系调入重庆北碚西南师范学院外语系，任教四年级英文作文，与已在西师外语系任教的吴宓重逢。

1953年　三十二岁

2月下旬，全国高校英文课停开，转调西南师范学院历史系，任教世界近代史。

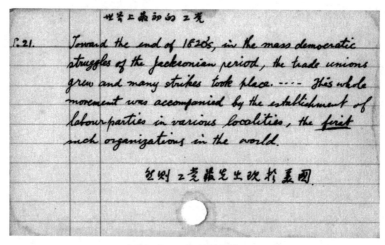

凌道新世界近代史备课卡片笔记

夏秋间，赴成都会晤缪钺、梁仲华、周汝昌、张永言等好友。

秋，周汝昌《红楼梦新证》出版。

1954年　三十三岁

2月17日，周汝昌自成都来渝，亲往重庆菜园坝火车站迎接。20日（上元节），凌道新在西南师院团结村二舍五号寓所举行欢迎周汝昌的小型《红楼梦新证》学术交流会，与会者有吴宓、叶麐、孙海波、赵荣璇及荀运昌等。诸家均有题诗唱和。

12月5日，与吴宓乘渡嘉陵江小舟去北碚黄桷镇湘辉旧校址中"南轩之北舍"拜访诗人黄稚荃（《吴宓日记续编》）。

1954年，凌道新、傅启群在西南师范学院

1954年，傅启群在重庆北碚

1955年　三十四岁

1月30日，吴宓陪同黄稚荃来西南师范学院凌道新寓所拜访，畅谈三小时。

2月15日，吴宓夜访凌道新，告知凌道新："闻于学校当局，谓宓代表顽固之封建思想，凌道新代表英美资产阶级之生活方式。且自有所警惕耳。"（《吴宓日记续编》）

1956年　三十五岁

元旦，吴宓赠《贺凌道新仁弟新婚》诗一首。

1月18日，凌道新与西南师院图博科毕业生傅启群结婚。吴宓为主婚人，吴宓与傅启群父亲傅葆琛曾经在清华为同班同学。

3月29日，为祝贺凌道新结婚，吴宓赠送凌道新一部清光绪十三年（1887）上海同文书局石印本《全唐诗》。

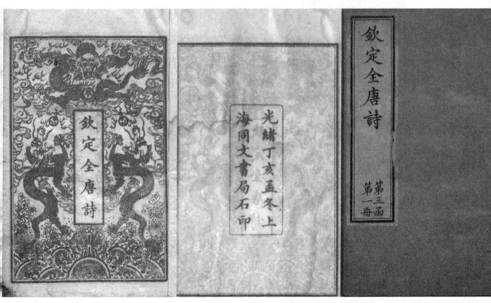

吴宓赠送凌道新《钦定全唐诗》

1956年春，凌道新、傅启群在重庆北碚

1956年，重庆北碚西南师范学院（董时光摄）

1956年，重庆北碚西南师范学院（董时光摄）

1956年6月，凌道新、傅启群在北碚缙云山（董时光摄）

1957年　三十六岁

1月，长子凌梅生出生。

3月，翻译完成《印度农民起义》(*Peasant Uprisings in India 1850—1900*)一书。

6月，翻译完成《东印度公司兴衰史》(*The Rise and Fall of the East India Company*)一书，商务印书馆决定出版并预支部分稿费。凌道新被打成右派后，被遣送至西师图书馆劳动改造，凌道新和商务印书馆的书信往来被图书馆编目组长宋传山发现，宋即向商务印书馆写信告发凌道新是右派分子，不能出版书籍，因此《东印度公司兴衰史》一书最后未能出版。

7月，西南师院党委《学习简报》第79期刊登凌道新"大鸣大放"的发言。

8月30日晚，西南师范学院高音喇叭突然向全校广播右派分子凌道新为"漏网之大鲨鱼"，罪状为"党支书只可管党员，不应该干预系务，肃反受屈，与右派董时光关系极密切等"(《吴宓日记续编》)。

8月31日，西师历史系召开批判右派分子凌道新大会。凌道新因郁愤而卧病不起，对前往探视的吴宓先生悲叹道："自悔昔在燕京时仰望CCP之非，而今则无术远遁……"(《吴宓日记续编》)

1958年　三十七岁

5月13日，被撤销教师职务，工资连降五级，随后被遣送至西南师院图书馆任西文编目，干杂务，打扫图书馆周围清洁。

凌道新被打成右派后，其夫人傅启群屡被图书馆党员干部开会进行"思想批斗"，斥责她"划不清界限"。

1958年2月1日，凌道新、傅启群和长子凌梅生在重庆北碚

1959年　三十八岁

1月5日，西南师范学院在大礼堂召开斗争全校教职员工和学生中右派分子大会，凌道新被批斗。

1月6日，西师保卫科长景丕焕命令凌道新到西师治安保卫委员会，训斥凌道新最近仍然肆行放毒之罪。

6月7日，吴宓约傅启群由西师幼儿园出校，一同沿公路步行约十华里，到重庆北温泉附近的大渡口工人疗养院109室访凌道新探病。

1961年　四十岁

8月15日晚，和吴宓谈时局。凌道新讲述Pares《俄国史》之内容，指出近年中国之灾荒亦循俄国之故辙者（《吴宓日记续编》）。

1962年　四十一岁

8月8日晚，傅启群告知到访的吴宓，次日将到北碚医院堕胎，已获各级批准。盖因时值大饥荒，凌道新和傅启群经济拮据，也不希望再生一个"黑五类"的孩子，决定放弃已怀胎三个月的孩子。吴宓极力劝阻，收走傅启群的堕胎准许证，并表示给傅启群生第二个孩子的住医院及营养费50元整。凌道新第二个孩子因而幸存下来。

1963年　四十二岁

2月23日，次子出生，取名凌昭，寓意凌道新今后能平反昭雪。

1964年　四十二岁

7月26日，吴宓致其学生、北大西语系主任李赋宁信，信中说："在本校，甚至在四川，英文最好者，宓认为是凌道新。其人，籍镇江，生长天津，学于英华书院及燕京大学，宓与寅恪

1963年8月23日，全家合影，重庆北碚

之学生。久在*Millard's Review*投稿……其中文诗亦甚好。不幸凌是右派，尚未揭帽。故在图书馆作一小职员，而无人敢提议其教英文。"

9月13日，赋七律二首《寿雨僧师七十》。吴宓认为此二诗写出吴宓之真情实事，乃去年及今年收到七十寿诗最佳者。

11月18日，凌道新与傅启群离婚，盖因政治压力，以免今后因右派、家庭成分、阶级出身不好等而影响孩子前途。法院判定凌道新有探视孩子权利并每月给予孩子抚养费。傅启群给凌道新信，只要摘掉右派帽子就立即复婚，"家的大门永远对凌道新敞开"。

1965年　四十三岁

凌道新在西师图书馆屡遭批斗，备受虐待。因凌道新几

乎每天都到团结村一舍探视孩子，傅启群被西师许多人讥讽为
"虚假离婚"，甚至不少人见傅启群就"吐唾沫，呸呸呸"。图
书馆党员也常单独开会，对傅启群进行"思想斗争"。

1965年10月2日，凌道新和凌昭（傅翔）在西师大校门

1966年　四十五岁

9月初，在西师文化村六舍330的寝室被西师教职工造反派组织"思想兵"抄家，抄去全部函件和各种译稿。

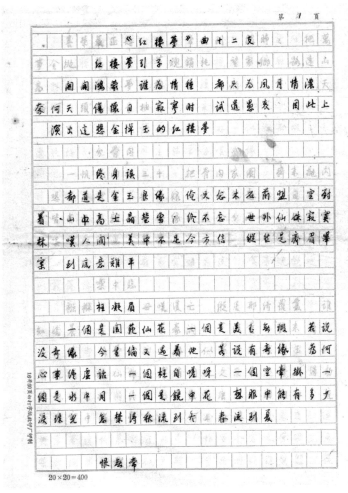

"文革"中，默写《红楼梦》十二支曲

秋窗风雨夕　代别离

秋花惨淡秋草长，耿耿秋灯秋夜长。已觉秋窗秋不尽，那堪风雨助凄凉！助秋风雨来何速，惊破秋窗秋梦绿。抱得秋情不忍眠，自向秋屏移泪烛。泪烛摇摇爇短檠，牵愁照恨动离情。谁家秋院无风入？何处秋窗无雨声？罗衾不耐秋风力，残漏声催秋雨急。连宵脉脉复飕飕，灯前似伴离人泣。寒烟小院转萧条，疏竹虚窗时滴沥。不知风雨几时休，已教泪洒窗纱湿。

红豆词

滴不尽相思血泪抛红豆，开不完春柳春花满画楼。睡不稳纱窗风雨黄昏后，忘不了新愁与旧愁。咽不下玉粒金莼噎满喉，照不见菱花镜里形容瘦。展不开的眉头，挨不明的更漏。呀！恰便似遮不住的青山隐隐，流不断的绿水悠悠。

葬花诗

花谢花飞飞满天，红销香断有谁怜？游丝软系飘春榭，落絮轻沾扑绣帘。闺中女儿惜春暮，愁绪满怀无释处。手把花锄出绣帘，忍踏落花来复去。柳丝榆荚自芳菲，不管桃飘与李飞。桃李明年能再发，明年闺中知有谁？三月香巢初垒成，梁间燕子太无情。明年花发虽可啄，却不道人去梁空巢已倾。一年三百六十日，风刀霜剑严相逼。明媚鲜妍能几时，一朝漂泊难寻觅。花开易见落难寻，阶前闷杀葬花人。独倚花锄泪暗洒，洒上空枝见血痕。杜鹃无语正黄昏，荷锄归去掩重门。青灯照壁人初睡，冷雨敲窗被未温。怪奴底事倍伤神，半为怜春半恼春。怜春忽至恼忽去，至又无言去不闻。昨宵庭外悲歌发，知是花魂与鸟魂？花魂鸟魂总难留，鸟自无言花自羞。愿奴胁下生双翼，随花飞到天尽头。天尽头，何处有香丘？未若锦囊收艳骨，一抔净土掩风流。质本洁来还洁去，强于污淖陷渠沟。

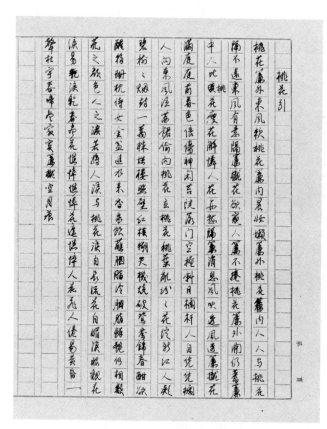

"文革"中，默写《红楼梦》诗

1967年　四十六岁

7月24日，被西师红卫兵抓去重庆44中关押了两天两夜并被殴打致伤，眼镜被砸烂，手表被抢。

8月2日，被西师红卫兵严酷殴打，再次被抄家。

8月5日，被押送至西师成立的"牛鬼蛇神"劳改队全日劳动（星期日不予休息），每日点名，每日须写日记、交日记以供审查（至1969年3月7日）。

9月至10月，红卫兵两派武斗激烈，对"牛鬼蛇神"监管松懈，几乎每日去吴宓住所治馔，同午餐晚餐，酌酒对饮，闲谈友生往事。

1968年　四十七岁

2月14日，傅启群访吴宓，"并述与新之近情，知群对新爱情犹深，离婚仅为应付组织及群众。所惜群不能了解新之学术文艺，责望新之思想改造、右派揭帽过严过急"（《吴宓日记续编》）。

6月1日，被西师红卫兵勒令举大黑旗、敲锣鼓在西师校园及北碚街上游街，并遭酷打。

6月5日，被西师红卫兵押到北碚街上手执黑旗游街，被殴打致伤。

1969年　四十八岁

3月8日至5月31日，被抓去西师"专政队"关押管训85天，

1968年1月9日，凌道新与长子凌梅生、次子凌昭（傅翔）在重庆北碚

凌道新在梁平劳改农场默写的陈寅恪诗作

放出来后回图书馆劳动。

10月18日，至四川梁平县屏锦镇西师分院"牛鬼蛇神劳改队"劳动改造。

凌道新在梁平劳改农场默写的陈寅恪诗作

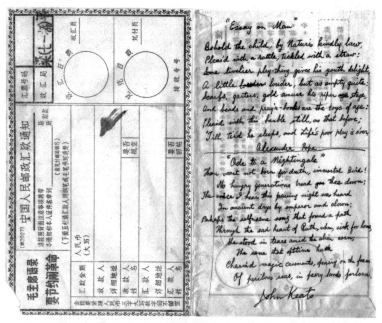

凌道新在梁平劳改队默写的英国诗人浦柏《论人》和济慈《夜莺颂》的诗作

1970年　四十九岁

3月5日，请假，回北碚治病。

1971年　五十岁

在梁平西师分院"牛鬼蛇神劳改队"。与吴宓共同劳动，时常在生活上照顾吴宓，为吴宓安排居室、购物，亲自为吴宓做餐或去食堂为吴宓取饭菜，陪导吴宓去卫生所诊病，要求吴宓注意个人卫生，请人帮吴宓洗衣物等。

9月17日，请假，回北碚治病。

9月30日，返回梁平西师分院"牛鬼蛇神劳改队"。

1972年　五十一岁

3月6日，请假，回北碚治病。

4月3日，返回梁平西师分院"牛鬼蛇神劳改队"。

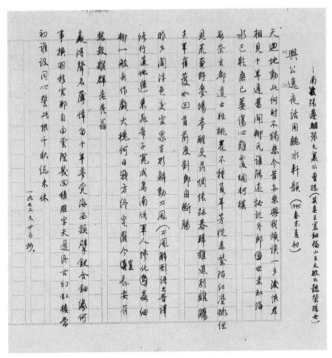

1972年，凌道新抄录的陈寅恪诗作

1973年　五十二岁

1月30日，请假，回北碚治病。

6月30日，和吴宓谈时局："新谓中国及社会主义国家之现状及前途，皆可悲可忧，（人多而食少，工农业皆不振。）宓殊以为异。新谓今世界之实在富强者，乃英、法、德、美、日诸旧国家耳。"（《吴宓日记续编》）

7月31日，返回梁平西师分院"牛鬼蛇神劳改队"。

8月11日，作《雨僧吾师八秩之庆》。吴宓先生云："凌道新仁弟祝宓八十寿诗，全篇甚好，仅须修正字句……此次宓八十寿，仅得新此篇。"

10月25日，因梁平西师分院撤销，获准从梁平劳改队返回北碚。

11月至12月，因工作关系问题，在西师各部门之间往返奔走，无果。

1974年　五十三岁

1月13日，逝世于重庆北碚。吴宓先生亲至其家（西南师范学院团结村一舍4号），拿出刚补发的工资一千元慰问凌家，并与其子凌梅生、凌昭（傅翔）合影留念。

1974年1月20日，吴宓与凌梅生、凌昭合影留念（凌道宏摄）

2.凌梅生、傅翔的回忆文章

（1）凌梅生《人世须珍红烛会——一九五四年周汝昌北碚之行及诸家题诗》

近年来，有关红学家周汝昌先生与吴宓、凌道新等诗友在重庆北碚雅集唱和的文章时时见诸报端。家父凌道新先生保存的大量文稿，经历"文革"查抄，散佚极多。万幸的是，当年周汝昌先生与诸家题诗唱和的诗笺竟然保存下来了，劫后馀灰，弥足珍贵。今就此次北碚雅集的经过略作介绍，并谨录诸家题诗，以供读者参考。

说到周汝昌北碚之行，不得不先说说北碚这个小城。

北碚坐落在缙云山下，嘉陵江边，依山傍水，风光秀丽。城虽不大，却有着深厚的文化积淀。唐代大诗人李商隐那首《夜雨寄北》据传就是在北碚写的，"却话巴山夜雨时"的"巴山"即指北碚缙云山。北宋文学家、思想家周敦颐曾经出任合州（今重庆合川）通判，途经北碚时，曾题诗于嘉陵江畔的北温泉石壁上。

民国时期的北碚，是卢作孚先生（1893—1952）请丹麦的一位设计师规划设计的。卢作孚先生在这里修建了幼儿园、小学、中学、公园、图书馆、博物馆、电影院和民众会堂，这在当时的中国小城镇来说，恐怕绝无仅有。

抗战期间，北碚老城嘉陵江对岸的夏坝，与重庆沙坪坝、江津白沙坝及成都华西坝齐名，合称为中国"文化四坝"。当时的北碚，群贤毕至，避寇至此的文化名流、学术巨匠灿若繁星。老舍的长篇小说《四世同堂》第一、二部完成于北碚；梁实秋的《雅舍小品》、梁漱溟的《中国文化要义》、翦伯赞的《中国史纲》都是在北碚写成的；郭沫若也曾于一九四二年六月亲赴北碚，指导排演他的话剧《屈原》。

一九五〇年后，曾经在成都华西坝任教过的国学大师吴宓、青年才俊凌道新等一批学者，相继来到北碚西南师范学院任教。这时的北碚又再现了名流云集的人文景观。

吴宓（1894—1978），字雨僧，陕西泾阳人，是学贯中西、融通古今的国学大师和诗人，也是较早研究《红楼梦》的现代学者之一。吴宓先生是"学衡派"的主要人物，在该派主办的月刊《学衡》上发表过大量译著。吴宓曾任清华大学国学研究院主任，大学者钱钟书就是当年吴先生在清华的弟子。

凌道新（1921—1974），本籍江苏镇江，先后就读天津南开中学和耀华学校。1940年，凌道新考入北平燕京大学新闻系。1941年12月，日本偷袭珍珠港，太平洋战争爆发，燕大为日军占领，多数学生被逐出校园。1942年燕大在成都华西坝复校，凌道新辗转来到成都，继续学业，1946年毕业，后任教于私立华西协合大学外文系。吴宓先生于1944年来成都燕京大学任教，凌道新遂成为吴宓先生的学生，常亲聆教诲，将自己的作品呈请吴宓先生评正，其学力和才识甚得吴宓先生青目。1952年10月全国高校"院系调整"，凌道新从华西大学调至北碚西南师院，与吴宓先生同在外语系和历史系任教。吴宓先生曾夸赞："在本校，甚至在四川，英文最好者，宓认为是凌道新。其人，籍镇江，生长天津，学于英华书院及燕京大学，宓与寅恪之学生。久在*Millard's Review*投稿……其中文诗亦甚好。"周汝昌则评价说："由于凌道新的七律诗作得极好，而且英文造诣也高，这无疑是吴先生在彼难得遇到的有'共同语言'的英年才彦。"

周汝昌（1918—2012），字玉言，出生于天津，与凌道新是天津南开中学和北平燕京大学的同学。一九五二年，周汝昌受聘于华西大学外文系，在华西坝和凌道新旧雨相逢。

周汝昌在《异本纪闻》一文中这样记述："一九五二年春夏之间，我由京入蜀，任教于成都华西大学外文系，安顿在华西坝。第一位来访的客人是凌道新同志，我们是南开中学、燕京大学的两度同窗，珍珠湾事变以后，学友星散，各不相闻者已经十多年了，忽然在锦城相遇，他已早在华大任教，真是他乡故知之遇，欣喜意外。从此，浣花溪水，少陵草堂，武侯祠庙，薛涛井墓，都是我们偕游之地，倡和之题，也曾共同从事汉英译著的工作，相得甚欢。"

一九五三年秋冬之际，周汝昌历经七年潜心研究的著作《红楼梦新证》出版，虽然那时周汝昌仅三十出头，但初试锋芒，石破天惊，已经展露出日后红学泰斗的才华。《红楼梦新证》的问世，对于《红楼梦》的研究具有划时代的意义，立刻在学术界引起了红学研究的新热潮。

《红楼梦新证》的出版，在当时西南师院的古典文学教师当中也引起了热烈反响。凌道新为挚友所取得的巨大学术成就而感到由衷喜悦，且因分别有时，渴望友朋欢聚，随即与吴宓先生商议，邀请周汝昌于寒假到北碚西南师院一聚，兼会红学知音。

周汝昌接到凌道新和吴宓先生的信函后，欣然应允，并先将《红楼梦新证》和自己根据陈寅恪先生一九一九年为吴宓先生之《红楼梦新谈》题诗和韵一首寄呈吴宓先生。不久，周汝昌即收到吴宓先生回复："赐诗及《红楼梦新证》一部，均奉到，拜领，欣感无任。恒于道新仁弟处得悉雅况，曷胜神驰，寒假切盼来渝碚一游，藉获畅叙并资切磋，兹不赘叙。"

一九五四年二月十七日，适逢上元佳节，周汝昌自成都来到重庆，凌道新亲往菜园坝火车站迎接，并安排下榻于北碚西南师院团结村二舍5号凌道新的宿舍。

周汝昌到达北碚后，吴宓先生于当晚"至凌道新室中访问周汝昌，再同食汤面。初见，谈其所著书。宓述宓昔年所讲《石头记》之作成及人物评论之纲要。夜11:00归寝"。

周汝昌在北碚前后小住约一周，其间，周汝昌在吴宓先生和凌道新的陪导下，拜识了不少重庆学界名流。

周汝昌北碚之行的高潮在二月二十日晚。应吴宓先生和凌道新之邀，西南师院的几位古典文学专家在凌道新宿舍举行了一个小型的《红楼梦》学术座谈会，出席者有叶麐（1893—1977）教授、孙海波（1909—1972）教授、赵荣璥教授和荀运昌先生。当晚，诸诗友吟诗唱和，各抒己见，交流心得，气氛热烈而融洽。

在会上，凌道新为大家展示了周汝昌先生自题《红楼梦新证》七律二首以及一首他曾经呈寄其恩师顾随（1897—1960，河北清河人，笔名苦水）的七律诗作为留别诗。

周汝昌自题诗二首诗云：

（一）

步陈寅恪先生一九一九年为吴宓先生之
《红楼梦新谈》题辞和韵

彩石凭谁问后身，丛残搜罢更悲辛。

天香庭院犹经世，云锦文章已绝人。

汉武金绳空稗海，王郎玉麈屑珠尘。

当时契阔休寻忆，草草何关笔有神。

（二）

最需燕郢破漫澜，真意能从考信看。

宵梦依稀晨梦续，藤花晼晚楝花寒。

贯珠修谱全迷贾，片石论碑更语韩。

一业偶成繁知赏，九霄零羽起激叹。

周汝昌留别诗云：

小缀何干著作林，致书毁誉尚关心。

梦真那与痴人说，数契当从大匠寻。

怀抱阴晴花独见，平生啼笑笔重斟。

为容已得南威论，未用无穷待古今。

西南师院诸位诗友如凌道新、赵荣璇、荀运昌等为表达对周汝昌先生学术成就的真诚祝贺，并纪此难得的欢聚时光，也纷纷赋诗唱和。其中凌道新和诗三首，诗云：

汝昌老兄大作《红楼梦新证》初试新声，万里可卜，奉题二律，用质斧斤

（一）

步陈寅老赠吴雨老红楼梦新谈题辞旧韵

觅得金环证往身，七年谁共此甘辛。

繁华转烛销香地，风雨高楼伤别人。

脂砚幽光终有托，通明彩玉讵蒙尘。

怡红旧苑魂车过，应谢多情一怆神。

（二）

步汝昌兄自题韵

人间沧海几狂澜，血泪文章隔世看。

巷口飞烟残劫在，桥头落日逝波寒。

华年锦瑟偏嗟李，雏凤清声欲拟韩。

幽梦只从君索解，玉宸弦柱起三叹。

（三）

汝昌兄上元来碚小留一周，颇尽欢乐，蒙示诗篇及苦水师和作，咏叹之馀，良有所感，余其返蓉前夕，勉为此律，非敢云和，但志别情耳，尚乞郢政

隔代相怜吊故林，未容展卷已伤心。

星归海落珠难见，花近楼开梦可寻。

人世须珍红烛会，春宵莫厌绿醅斟。

明朝便是西川路，又向流云阅古今。

吴宓先生没有像诸诗友那样和诗，而是于二月十八日凌晨，在周汝昌的锦册上恭笔正楷抄录了吴先生早年所作有关《红楼梦》的诗曲:《题陈慎言撰虚无夫人小说》《新红楼梦曲之七·世难容》以及陈寅恪先生为《红楼梦新谈》的题辞。

二月二十二日，周汝昌先生离开北碚，临行前，吴宓先生特意致书诗人黄稚荃（1908—1993，女，四川江安人，笔名杜邻，1931年毕业于北京女子师范大学历史系，曾任四川大学、成都大川学院教授，四川文史研究馆特约馆员），由凌道新偕周汝昌往重庆磁器口见之。黄氏有三姐妹，均工诗词，被誉为"巴蜀三才女"，分别为书画家黄稚荃、名中医黄筱荃和历史学家黄少荃。在成都华西坝时，周汝昌和凌道新与黄筱荃和黄少荃均为诗友。她们虽没有参加此次雅集，但也都赋诗题词。

远在成都的缪钺教授（1904—1995，江苏溧阳人，字彦威），同为吴宓先生、周汝昌和凌道新的诗友，他除了为《红楼梦新证》赋诗二首，对周汝昌的学术观点表示赞赏而外，后来在致凌道新的信里也提及周汝昌北碚之行:"汝昌先生自渝归来，道及尊况佳胜，并详述与先生及西师诸友文会之乐，令人神往，惜钺未能躬与其盛也。"

时光荏苒，转眼之间半个多世纪已经过去。如今，在北碚西南大学（原西南师院）石岗村的小山坡上，仍然保留着当年凌道新的旧居，五十馀年的岁月留痕，风化了门前的石阶，增添了许多沧桑的历史印记，也永远地留下了一段文人雅集的佳话，高山流水，长待追忆。

（《文史杂志》2013年第3期）

(2) 凌梅生、傅翔《学侣重逢最爱君——吴宓与凌道新》

吴宓先生和凌道新先生相识相交于上世纪四十年代。吴宓先生早年创办清华国学研究院、主编《学衡》杂志、梓行《吴宓诗集》，是学贯中西、融古通今、蜚声中外的学界泰斗和一代宗师。

凌道新，本籍江苏镇江，1921年4月11日出生于辽宁省巨流河（今辽河），五岁时随父由辽宁大虎山迁居天津，先后就读天津南开中学和耀华学校。1940年，凌道新同时考上北平燕京大学、上海圣约翰大学和西南联合大学，最后入读燕京大学新闻系。1941年12月，日本偷袭珍珠港，太平洋战争爆发，燕大为日军占领，多数学生被逐出校园。1942年燕大在成都华西坝复校，凌道新辗转来到成都，继续学业，1946年毕业，后任教于私立华西协合大学外文系。吴宓先生于1944年来成都燕京大学任教，凌道新遂成为吴宓先生的学生，常亲聆教诲，将自己的作品呈请吴宓先生评正，其学力和才识甚得吴宓先生青目。

1952年"院系调整"，凌道新从成都华西大学调至重庆北碚西南师院，与先已在该院任教的吴宓先生再次相逢，并先后同在西南师院外语系和历史系任教。在缙云山麓，嘉陵江畔，二人朝夕相处，亦师亦友，学谊日深。他们在精神志趣方面颇多共通之处，都熟谙本国传统文化和古典诗词，又于英美文学和西方文化有深厚造诣。吴宓先生曾夸赞："在本校，甚至在四川，英文最好者，宓认为是凌道新。其人，籍镇江，生长天津，学于英华书院及燕京大学，宓与寅恪之学生。久在 *Millard's*

Review 投稿……其中文诗亦甚好。"（《吴宓书信集》，三联书店2011年版）

1952年至1957年"反右"前这段岁月，吴宓先生和凌道新往来密切，谈诗论学，中西比较，交流甚广，凌道新也有更多机会分享吴宓先生的学识与洞见。吴宓先生在日记中常记载二人抵掌而谈的情形。有时"凌道新来访"，有时吴宓先生"访凌道新"，在凌道新室"茗谈""叙谈""久谈""久坐"，"至山上凌道新室中共度中秋"，在校园和凌道新"游步""月下步谈"，或"偕凌道新同行"访诗友（注：本文所述史事多据《吴宓日记续编》，不一一注明）。

1956年凌道新结婚，吴宓先生是主婚人，特意赋诗《贺凌道新仁弟新婚》。诗云：

> 学侣重逢最爱君，清才夙慧业精勤。
> 早能颖悟明新理，今更钻研识旧闻。
> 木秀于林行负俗，鹤鸣在野气凌云。
> 同窗四载中郎女，璧合珠联喜共群。

此诗作于1956年元旦，定稿于1967年，附注云："九月十三晚检宓诗原稿（纸片未编汇存者），有此一诗。其中有四五字尚未决定，待修改。不知当时曾否改好，曾否写成？九月十四日乃修改定妥，连注写上，奉弟珍存，以为此生之一纪念。"

吴宓先生写诗的一大特点是喜欢自注，这首诗也不例外。第五句注："李康《运命论》：'夫忠直之忤于主、独立之负于俗，理势然也。故木秀于林，风必摧之；堆出于岸，流必湍之；

行高于人，众必非之。'"

第六句注："《诗经·小雅》：'鹤鸣于九皋，声闻于野。'《史记·司马相如传》：'相如既奏大人之颂，天子大说。飘飘有凌云之气，似游天地之间者。'"

第七句注："宓与傅毅生（葆琛）1912至1916同学清华并同级同年毕业。"注中的傅葆琛（1893—1984），成都双流华阳永安乡人，毕业于清华大学和美国康奈尔大学，曾任华西协合大学乡村建设系主任和文学院院长，是凌道新新婚妻子傅启群的父亲。

全诗表达了吴宓先生对凌道新新婚的祝贺和卓越才华的赞佩。第五句"木秀于林行负俗"谆嘱凌道新虽才华出众聪明过人，但峣峣者易折，佼佼者易污，要警惕树大招风，注意"敛迹"。未料吴宓先生竟一语成谶，凌道新在次年便被打成右派。

凌道新从小受教会学校的影响，穿戴考究，风度潇洒，一表人才，又深受传统文化精华之熏陶，儒雅斯文而又天真浪漫。纯粹的书生气质，使其丝毫未能觉察出时代风云和世态人情的变幻。"反右"前夕，吴宓先生告知凌道新："闻于学校当局，谓宓代表顽固之封建思想，凌道新代表英美资产阶级之生活方式。"同时谆诚凌道新"且自有所警惕耳"。但凌道新在1957年的大鸣大放中，直言己见，被打为"资产阶级右派分子"。

吴宓先生对凌道新被打成右派的原因归结为："受祸之诸人，或本才学优长，平日苦受压抑，如新等。而其人性行亦有缺点，过刚，而不善自藏。遂遭忌受谗，而罹于祸。"这里的

"新"即指凌道新。吴宓先生在"反右"中谨守"隐忍止默"的四字箴言,侥幸逃过"反右"一劫。但是"此次幸免于难,然而残年枯生,何益何乐?"

凌道新在"反右"罹祸后,被遣送到西南师院图书馆任西文编目,干杂务,打扫图书馆周围卫生,工资连降五级,从此人生之路经受了漫长的坎坷和不幸。面对人生最大的挫折,凌道新含冤负屈,愤郁至深。

吴宓先生对凌道新的苦况非常同情,顶着学校当局要他"注意阶级,划清界限,勿与右派凌道新来往"的压力,有时趁"月光黯淡,满天云遮""私访"凌道新;甚或冒雨夜访进行劝慰。在处理右派分子判定会上,吴宓先生坦言对凌道新有温情主义,"除凌道新外,由反右之时期起,宓与右派分子无往来",并极力为凌道新开脱说解。

凌道新由于劳苦抑郁,患肺结核住院。吴宓先生对此十分惦记,一日黄昏,吴宓先生沿公路步行约十华里,至北温泉附近之工人疗养院109室访凌道新探病。又某夜梦见凌道新,"疑为不祥",次日"特往访新"。当得知凌道新在图书馆备受虐待时,吴宓先生感愤伤叹,"殊为新怜悯,恐其不永年矣"。为了让凌道新早日脱离苦海,吴宓先生常抓住机会向学校当局"谈说新之英文造诣实深,今若寻求良好英文教师,似可荐新任,赦其罪而取其才"。

吴宓先生和凌道新师生情谊深厚,吴宓先生逢十寿辰,凌道新都会赋诗祝贺。1964年吴宓先生七十寿辰,凌道新感赋七律二首,题为《寿雨僧师七十》。诗云:

（一）

诗伯今应四海推，温柔敦厚仰吾师。

重吟老杜西南句，正值华封七一时。

碧落定知魂寂寞，星河遥见影参差。

霜蹄谁谓龙媒老，迥立苍苍问所思。

（二）

万里桥西往梦痕，何公巷口少城根。

诗人怀抱谁同喻？赤子心肠更莫论。

岂待枰收方胜负，未须柯烂又乾坤。

炎威使杀秋凉动，可祝南山献寿樽。

吴宓先生对此诗极为珍赏，批注曰："去年及今年，宓所收亲友学生之寿诗、寿词，当以此二首为最佳，以其情真事切，非同浮泛虚伪之谀颂也。""1944至1945年宓在成都燕京大学（国文系）任教授时，居住文庙前街何公巷之一室，该处为燕京大学男生宿舍，道新亦居住其中。宓屡见道新，每晚，就过道处之一煤油灯，读《吴宓诗集》而异之，此为宓与道新订交之始，今二十年矣。"

1966年，"文革"爆发。吴宓先生心怀恐惧和凄惶，"伤中国文化之亡"。凌道新则对命运悲感莫名，心怀悲慨，觉得自己"折磨将死"。凌道新有一锦册名《真珠船》，上有缪钺、周汝昌、黄稚荃等诗友的题诗，遂请吴宓先生题诗于《真珠船》，以作为纪念。吴宓先生欣然应允，遂恭笔正楷将陈寅恪先生1945年在成都所作《华西坝》诗题写于锦册。

陈寅恪诗云：

> 浅草平场广陌通，小渠高柳思无穷。
> 雷奔乍过浮香雾，电笑微闻送晚风。
> 酒困不妨胡舞乱，花娇弥觉汉妆浓。
> 谁知万国同欢地，却在山河破碎中。

其后吴宓先生题跋："右录陈寅恪兄1945年夏日所作《华西坝》诗为道新仁弟留念。时吾三人皆在成都燕京大学。"

昔时的华西坝，钟楼荷池，高柳鸣蝉，绿草清溪，风景如画，虽国难深重，而弦歌不绝。《华西坝》诗表达了陈寅恪先生忧时伤世的情怀和对国家命运的深沉兴亡感。吴宓先生幼习欧阳询《九成宫》，字体古雅朴拙。陈诗吴书，可谓双璧。陈、吴二老同为凌道新的老师，吴宓先生将陈寅恪先生的诗题写于凌道新的锦册，是吴宓先生给凌道新的最好纪念，也见证了吴宓先生和凌道新的深厚学谊。

在"文革"中，吴宓先生和凌道新都被打成"牛鬼蛇神"，遭到残酷批斗，挑粪、修路、薅田、看厕所、守茅棚，经历了最黑暗的苦难。在劳改队，红卫兵"责令队员跪泥地上，并以钢条锄柄痛打队员，而新受打尤重且频。（头顶肩背、臂股甚伤。）"（《吴宓日记续编》第8册第465页，1968年6月1日）对于凌道新频遭毒打，吴宓先生悲愤至极："呜呼，人道何存？公理何在？……"

吴宓先生自己还被打成西师头号"资产阶级反动学术权威"；因为反对"批孔"，又被打成"现行反革命"。

即使在思想文化被彻底禁锢的年代，吴宓先生和凌道新也从未中断过学谊交往。他们都深敬陈寅恪先生其人其文。"文革"中，陈寅恪先生和吴宓先生处境均极险恶，不通音讯，但吴宓一直心系陈寅恪先生安危。1967年10月，吴宓先生将陈寅恪先生昔日手写《吴氏园海棠》诗三首，"送与新读"，又"以宓1945日记中陈寅恪诗数篇送交新读"。凌道新也出示其所录陈寅恪先生诗作。1971年12月9日，吴宓先生获知陈寅恪先生两年前即已离世，至为悲愤，连夜撰成《陈寅恪先生家谱》交与凌道新保存，并和凌道新"坐谈寅恪兄往事"。

在梁平劳改队，吴宓先生耄年短景，时时于冥冥之中对生命有一种不祥预感："若有大祸降临我身者！"于是着手于对自己人生经历的文字追述，完成了《吴宓自撰年谱》。凌道新读后，即赋诗《读雨僧师自撰年谱》。诗云：

> 韦杜城南事早空，贞元朝士梦谁同。
> 百年雪上征鸿迹，隔晓花间舞蝶踪。
> 学贯东西堪独步，诗侔元白出奇峰。
> 辛勤好自名山计，会见灵光鲁殿中。

1972年夏，吴宓先生获准返回重庆北碚西南师院。凌道新感赋七律二首，题曰《送雨僧师自梁平返重庆北碚》。诗云：

（一）

> 萧萧白发任孤吟，车发渝州曙景侵。
> 名盛由来招祸累，天高难与料晴阴。

曾经沧海浑无泪，何处乡园总系心。

不尽临歧珍重意，此情去住应同深。

（二）

世路风波梦一场，客中送客倍凄凉。

频年思过终何补，万事穷原费考量。

行旅安排师弟分，迁流难措别离觞。

清标仰止东篱菊，晚节宁输自在芳。

凌道新送别诗写的已不是简单的别情伤感，而是对吴宓先生凄凉人生的不尽慨叹。

吴宓先生晚年居住西南师院文化村一舍三楼311室，北端面东，凌道新居住317室，面西，均为十平米左右单间居室，师生咫尺为邻。此时凌道新病势沉重，生命危殆，境遇十分凄凉。1973年，吴宓先生八十岁寿辰，往日挚友多已凋零，而其他友生，或因避祸，疏远断绝，不敢往来。然而凌道新没有忘记吴宓先生生日，赋诗七律四首为吴宓先生祝寿，题作《雨僧吾师八秩之庆》。吴宓先生读罢，批注云："凌道新仁弟祝宓八十寿诗，全篇甚好，仅须修正字句。"并感叹："此次宓八十寿，仅得新此篇。"凌道新诗云：

（一）

飘然八十此诗翁，碧海青天历几重。

洛下声华惊后世，杜陵家业有前风。

霜蹄伏枥心还壮，老干着花态更浓。

南极寿星须一笑，会昌春好少人同。

（二）

驰骋当年尚黑头，词林笔阵擅风流。

为纾人难恒分廪，饱览世情独倚楼。

仙侣爱才皆怅惘，使君何事太疑犹。

元龙今日真强健，百岁定期二十秋。

（三）

每忆成都怀抱开，间关万里寇中来。

学诗有幸开蒙昧，聆道茫然愧下才。

江汉风光饶想像，剑南日月再徘徊。

荏苒三十流年后，又向渝州祝寿杯。

（四）

回首沧桑应息机，坡仙岂悔不低飞。

只因咏叹多慷慨，曾使文章出范围。

弟妹关中存骨肉，甥孙海隅指庭闱。

门墙忝列辜真赏，犹拜期颐旷代辉。

　　凌道新在诗中追忆前尘往事，流露出对早年在成都华西坝与吴宓先生相遇相知、请益学诗的最惬意、最难忘岁月的深切眷念，表达了对恩师崇高精神和人格力量的无限敬仰，读之令人潸然泪下。

　　1974年1月13日，凌道新的苦难人生走到了尽头。吴宓先生惊闻噩耗，悲痛异常，拖着耄耋病残之躯，拄杖亲往西南师院石岗村山上凌家致祭，并拿出刚补发的工资一千元慰问凌道新二子：长子凌梅生，时年17岁，次子凌昭（现名傅翔），时年10岁。

1977年初，吴宓先生因生活完全不能自理，由胞妹接回陕西泾阳县老家。次年1月17日，吴宓先生在故乡含冤去世，骨灰葬于安吴堡的嵯峨山下。

岁月沧桑，流年似水，吴宓先生和凌道新先生离开人世间已快四十个年头了，然而他们的音容笑貌，清晰如昨。回首过去的年代，吴宓先生和凌道新先生所经历的坎坷人生令人唏嘘不已，他们在苦难人生中表现出来的那一代学人的高贵品格和精神，也几乎成了历史的绝响。

（原载《书屋》2013年第11期，后收入《吴宓研究的新拓展和新突破——吴宓诞辰120周年论文集》，北京九州出版社2020年版）

（3）凌梅生、傅翔《抵掌真疑空一代——周汝昌和凌道新的诗谊》

1999年夏天，我（凌梅生）在北京的时候，前往红庙北里拜谒周汝昌先生，相聚欢会，言笑晏晏，时虽酷暑，如坐春风。言谈之间，周先生深情地回忆起我的父亲凌道新。他颤颤巍巍拉着我的手说，他这一生有两个终身难忘的同学和朋友，一个是黄裳，一个是凌道新。他还说，一直想写一篇纪念凌道新的文章。现谨以此文，表达对汝昌先生的追思之情，同时也寄托对先父的深切怀念。

周汝昌（1919—2012）和凌道新（1921—1974）为天津同乡，也是天津南开中学和北平燕京大学两度同窗。二人身处津门，自幼学兼中西，不但英美文学造诣精深，且有深厚的旧学根底，年轻时，旧体诗已作得相当娴熟。后来又分别受业于顾随和吴宓，成为一时才俊。

1941年底，燕大被日本人封校，两人动如参商，十馀年音书不通。等到再次相见，已是天翻地覆之后的1952年夏天，地点则是远离京华的蜀中。周汝昌在他的《异本纪闻》中回忆说："一九五二年春夏之间，我由京入蜀，任教于成都华西大学外文系，安顿在华西坝。第一位来访的客人是凌道新同志。珍珠湾事变以后，学友星散，各不相闻者已经十多年了，忽然在锦城相遇，他已早在华大任教，真是他乡故知之遇，欣喜意外。从此，浣花溪水，少陵草堂，武侯祠庙，薛涛井墓，都是我们偕游之地，倡和之题，也曾共同从事汉英译著的工作，相得甚欢。"

同窗友朋经历易代之变，在成都旧雨相逢，那种亲切和投契自不待言。凌道新比周汝昌年龄略小，称周汝昌为"兄"，呼周夫人毛淑仁为"嫂"。在华西大学时，凌道新常到周家，和周汝昌快谈作诗，与其家人相处融融，还颇为幽默地随周汝昌子女的口风，称毛淑仁为"母亲"。一日，周汝昌邀凌道新在家里吃饺子。凌道新即席赋诗："湏洞风尘十度春，居然重见眼中人……莫云锦里终岑寂，犹有来朝万事新。"周汝昌和诗《喜道新兄来寓食水饺即席有句率和元韵》答云："几番风雨送残春，万里殊乡值故人。识面共怜颜色改，呼名独见语声亲。行厨愧我尊无酒，倚句多君笔有神。暂向西窗贪剪烛，明朝新我更须新。"两首诗里，共同流露出易代沧桑的感慨、殊乡重逢的惊喜，还有明朝新我的美好憧憬。

周、凌二人学贯中西，才堪伯仲，志趣相投，交情日笃。

成都这座古城，极具文化底蕴，大汉盛唐的流风遗韵，激起了两位诗人浓厚的诗兴。在短短几个月时间里，他们频频酬唱，佳篇叠出，结下高山流水的诗谊。

成都杜甫草堂是诗歌的圣地，因而也是周、凌酬唱的重要内容。八月末的锦城，秋意凉凉，两人一连多日偕游草堂，拜谒诗圣。少陵草堂茂林修竹，曲水清波，环境清幽，最是动人诗兴。八月二十四日，周汝昌作《用陈先生寅恪人日游工部草堂韵约道新同访》一诗：

> 旧宅荒祠系我情，瓣香久已治心觥。
> 不须雅儒悲同代，未废江河幸几生。
> 饿死故应书乱世，兹游早是见升平。
> 小车似醉旋陈迹，一片新秋又锦城。

凌道新作《和汝昌兄约谒工部草堂》一首：

> 可有江郎未尽才，解嘲无计且衔杯。
> 不须春茧重重缚，何惜劳心寸寸灰。
> 千古文章同一痛，初秋风雨漫相催。
> 连宵如梦城西宅，杜老祠堂乘兴来。

次日，二人诗兴未尽，再度重游。周汝昌有《壬辰七夕前一日即果谒草堂因再作》诗。凌道新《奉和汝昌兄同谒工部草堂》有句云："千秋史笔光芒在，万口诗篇字句新。独对残碑无一语，欲将双泪吊斯人。"表达了对诗圣的景仰和凭吊之情。又一日午后，两位诗人再次来到浣花溪，田野、古树、流水、水鸟、夕阳，美景如画。周汝昌感赋《浣花溪小立怀杜与道新》，凌道新有《奉和汝昌兄浣花溪之作》。此外，凌道新还有《再和汝昌兄三首》，其中一首还言及唐代女诗人薛涛所居之碧鸡坊。

成都期间，周汝昌和凌道新吟咏杜甫草堂、武侯祠、薛涛井的诗非常多，可惜诗稿保存不善，多已散佚，或馀残稿。他们在酬唱赠答、同题共作而外，还曾联句作诗。1952年立秋时节，二人同至成都人民公园，茶肆品茗，谈诗论道，其时所作联句诗尚完整保存在周汝昌诗集中，题为《立秋日与道新茶肆联句》。

上面言及的十多首诗，仅是当年夏秋两个多月的时间内周、凌二人所作唱和，如果考虑到散佚诗作的数量，其唱和之盛、诗谊之醇，堪称一段难得的文坛佳话。

然而，时代的风云变幻，使得这段美好的诗友唱和短暂得有如昙花一现。当年十月，全国高校实施"院系调整"，一代知识人身不由己，天涯萍飘，周汝昌和凌道新分别从华西大学外文系调整至四川大学外语系和重庆北碚西南师范学院外语系。十月二十四日，凌道新行赴重庆，周汝昌有诗赠别："万里初来意外逢，谁言此会更匆匆……锦城未用频回首，却羡东游是向东。"意外相逢，乃复言分，惜别之情，溢于言表。凌道新抵达北碚西南师院后，有和诗寄赠周汝昌：

> 回首京华忆旧逢，蜀都聚散也匆匆。
>
> 骑驴竟遇文章伴，旅食端疏酒茶供。
>
> 独夜楼台听宿雨，百年身世付征蓬。
>
> 别来心绪君知否？几度梦魂锦水东。

　　原本同在华西坝朝夕论道的诗友，自此东巴西蜀，分别有年。对身处成都的周汝昌，凌道新常怀千里命驾之想。1953年8月暑假，凌道新专程从重庆至成都看望周汝昌。他们分别在对方的锦册题诗，以求取对方笔墨的方式来表达"知音者希，真赏殆绝"之感叹。周汝昌在凌道新的锦册题诗《喜道新至自渝》（癸巳中元夕所作），并附记道："余与道新燕京一别几十馀年，不期于锦城六月过从，乃复言判，余曾有句纪之。今夏道新重游旧地，乃更得数日之聚，一破索居之苦，赋此发道新笑叹也。"诗云：

　　　　玉露年年感受新，锦筵聚散最关人。
　　　　诗才三日翻怜别，酒肆重来岂厌频。
　　　　抵掌真疑空一代，会心难得竟兹辰。
　　　　东川西蜀皆沉滞，下峡何当我与君。

　　"抵掌真疑空一代"，是视对方为旷代知音，也是以绝代风华自相期许。六十年后的今天，回首那个特殊的时代，再来细细赏读这首诗，真令人生出难以言说的万千感慨！周汝昌诗书双绝，相得益彰，册页笺纸落款"射鱼村竖拜稿"，并钤一枚方形阳文篆印，印文为"玉言金石寿"。

　　九月七日，他们又同游成都人民公园。凌道新有诗纪之：

　　　　漂泊西南十一春，隋珠照夜古精神。
　　　　凭谁能话凄凉事，有子终怜憔悴身。
　　　　花发鸟啼当换世，天空海阔更无人。
　　　　欲言风谊师先友，肯把文章谒后尘。

周汝昌步其诗韵，以《公园茶肆勉应道新见赠之韵》答和之。诗后附注云："道新语寒假重游锦城以此坚之。"由此可知，二人应有寒假锦城重聚之约。凌道新返渝之后，有《遣兴》《简汝昌》二诗寄赠，周汝昌亦有《答谢道新元韵》作答。

当此之时，周汝昌《红楼梦新证》出版，轰动一时，凌道新为友人感到由衷的喜悦，特意与吴宓先生共邀周汝昌赴西南师院一聚。周汝昌在《真亦可畏——吴宓先生史片》一文中回忆说："我与道新别后，彼此相念，书札唱和；至秋冬之际，来札叙及拙著《红楼梦新证》问世不久，彼校师友，亦皆宣传，并已得吴宓先生寓目与评价，希望能谋一晤，面叙'红'情。因只有寒假方能得空，于是邀我于上元佳节到渝一游，藉慰离怀，兼会诸位谬赏之知音。那时成渝铁路已通，我果于约期前往，道新特自北碚赴重庆车站相迎。我一出站，见他伫立栏外，丰采依然，心中无限欣喜。"这一天，是1954年2月17日。

周汝昌到北碚后，下榻于西南师院团结村二舍5号凌道新的宿舍，前后小住约一周时间，其间拜谒前辈大师，结识学界同好，更于2月20日夜晚在凌道新宿舍举行了一场别开生面的《红楼梦》学术座谈会，即学界所称的"红烛会"。周汝昌晚年回忆说："那个夜晚，华灯书室，说《梦》话芹，气氛十分热烈而又新鲜，在我这'级别不高'的人生、学术经历中，这样的聚会确是唯一而无二的。"可见，这次"红烛会"给他留下了铭感终生的深刻印象。

如果说在华西坝的日子可以称作两位昔日同窗的"成都唱和"，那么，周汝昌在北碚小住前后的这一段时间，诗人兴会，以诗传情，形成一个完全不亚于成都时期的酬应唱和的高潮，此又可以名之曰"北碚雅集"，若有人关注当代巴蜀地区的重要文学活动，于此实不应忽略。周汝昌在北碚期间，赋七绝四首赠凌道新："来北碚会道新弟，把手契阔，殊慰索居。道新为题新证二律，清辞妙绪，淑婉见情，尤深喜幸。亦作小绝句以报，并为他日话旧之资云尔。"其三、四云：

（三）

拨火敲诗夜不眠，重钞邮惜费蛮笺。

山云自是无言客，冷落红妆剧可怜。

（四）

真个巴山夜雨时，他年却话不须疑。

预怜明日分襟处，剪烛先题忆别诗。

第三首诗注："道新友某女士在座道新竟时亦长吟不顾故云。"此处"某女士"指凌道新女友、未婚妻傅启群。据梁归智《周汝昌传》记载周先生的回忆：2月20日"红烛会"之后，他就在凌道新寓所住宿，向凌道新讲述缪钺大年初二车站读诗的情景，二人都哈哈大笑。凌道新又高声朗读缪钺为《新证》所题的两首诗，不断击节赞叹。这时，凌道新的未婚妻傅女士来看男朋友，见周、凌二人只顾在那里念缪钺的诗，也就默默地坐在屋角静听欣赏。第二天，周汝昌把这些前后因缘写成一组绝句，寄给缪钺，周汝昌记得其中两句是"一时惊动路边客""冷落红妆亦可怜"，前者指缪钺路边吟诗，后者指傅女士静听。缪钺后来说:"你把我们诗文交契的首尾一切,都写全了。"

凌道新亦步韵四绝作答,其一云:"传闻元白是诗侪,两地慈恩一梦游。觉后不须更惆怅,果然携手古梁州。"元白指的是中唐大诗人元稹和白居易,两人都曾经入蜀,友情深挚,元稹贬通州(今四川达州)期间,白居易正谪居江州(今江西九江),诗书往来,吟咏不绝,留下了数量极为可观的唱和诗,文学史上美称为"通江唱和"。"古梁州"指今巴蜀之地。"觉后不须更惆怅"云云,显然是以元、白来比况自己和周汝昌之间的诗谊。

2月22日,周汝昌离开北碚返回成都。此次与吴宓、凌道新等学界诗友的雅集,令他格外高兴。周汝昌特意购得一方端砚寄赠凌道新以作纪念,并作书信告之。凌道新即写下《汝昌书告得砚相赠书此先谢》:

> 书道相遗砚一方,感君情意喜能狂。
> 酬诗难敌元才子,琢石容猜顾二娘。
> 怅望林峦空待鹤,漫经沧海几生桑。
> 从知断帖摩挲事,日日临池到夕阳。

此诗韵律苍凉,情意深挚,可以感知凌道新才情并茂的诗艺水准。诗中有得赠端砚的欣喜,有漫经沧海的感慨,也有成渝分别的怅惘,应该算是"北碚雅集"的馀韵了。

真应了那句话,走得最快的都是最美的时光。周、凌二人谁也没有料到,重庆北碚一别,竟是他们此生的永别。

1954年4月，周汝昌书信告知，他即将告别成都，奉调北京。凌道新得信后，有《昨接汝昌兄书惊知即返京赋别四首》，其四云：

> 感君肝胆照乾坤，前席虚时肠内温。
> 痛为别催魂欲断，泪因情落眼频昏。
> 低徊素纸佳诗句，省识山阶旧屐痕。
> 怅望古今一挥手，交亲元白几人存？

当年出川赴京无直通铁路，周汝昌拟绕道重庆水路，希望和凌道新再见一面。但当凌道新接到周汝昌到达重庆后信函，告知因行时仓促，不能作别，凌道新黯然神伤，遂有《五月十九日得汝昌自渝旅舍书曰已买棹东下晤别无由又言哑儿思念不觉黯然乃赋三首》，其三云：

> 万里江山一叶舟，从今旧话剑南游。
> 杜公心事输归客，李掾生涯逐荡鸥。
> 只为情怀难入梦，非关风雨怯登楼。
> 京尘洒后书须寄，北极仁看意未休。

"杜公"当然是指杜甫，"李掾"则是指曾入剑南东川幕府的晚唐大家李商隐。凌道新深受杜甫影响，其七律最能见杜诗沉郁顿挫之韵致。因此，有识者对凌道新的诗评价很高，认为他的一些诗作堪入"今诗三百首"。周汝昌则评价说："道新的七律诗作得极好，而且英文造诣也高，实乃难得之俊才。"

　　此后，两位挚友一在北京，一在北碚，事业歧路，命运分途，各自演绎出不同的人生。周汝昌调至北京后，任人民文学出版社古典文学部编辑，后到中国艺术研究院，从事中华传统文化及《红楼梦》的研究，在历次政治运动中饱受冲击，劫后馀生，终成一代中华文化学者和红学泰斗。凌道新则命途多舛，1957年被打成右派，"文革"中受迫害致死，其卓越才学为特殊历史环境所扼杀。晚唐诗人崔珏《哭李商隐》诗云："虚负凌云万丈才，一生襟抱未曾开。"可以用来评说凌道新未展长才的风雨人生。他和周汝昌各自山重水复的命运轨迹，则折射出难以言说的历史沧桑。

　　今天，距离周、凌二人的"成都唱和"与"北碚雅集"，时间过去了六十年。周先生归返道山也已两年，而家父凌道新于1974年含冤离世，到现在已经整整四十年了。周汝昌与凌道新之间心神两契的诗谊，那个时代的学人风范，只在历史的空谷里留下依稀可闻的馀响，我们听着父辈的足音，情不自禁发出长长的叹息，这叹息，正像父亲在诗中所感叹的那样：

　　　　花发鸟啼当换世，天空海阔更无人。
　　　　怅望古今一挥手，交亲元白几人存？

　　　　　　　　　　　　　　　　（《书屋》2014年第9期）

（4）凌梅生《〈红楼梦新证〉诸家题诗补遗》

《文史杂志》2013年第3期拙文《人世须珍红烛会——纪1954年周汝昌先生北碚之行》，叙述了周汝昌先生《红楼梦新证》问世之初，吴宓、凌道新等学界诗友在重庆北碚雅集的情况。当时或稍后诸家就《红楼梦新证》一书的唱和题诗尚多，限于篇幅未能备录，今就未尽者续叙之。

参加北碚"红烛会"的西南师院中文系赵荣璇和荀运昌二先生均有题诗。赵荣璇先生（1904—1983，女，安徽太湖人，字驭和）和诗云：

道新先生以汝昌先生自题红楼梦新证二律留别诗一首及和作诸篇见示，并索俚词奉和，愧无以应命，勉次数韵，聊资塞责，录呈汝昌、道新先生方家教正

（一）

绛珠灵石托前身，小劫瀛寰历苦辛。

展眼繁华惊幻梦，伤心怀抱过来人。

锦园绣馆花无主，蓬牖茅椽甄有尘。

弦外馀音谁会得，好评脂砚为传神。

（二）

纷纷飞鸟各投林，梦醒红楼倍痛心。

索隐微词空费解，考真新证赖搜寻。

故侯家世从头谱，旧宅楼台着意斟。

我亦同深沧海感，漫留残梦到而今。

荀运昌先生（1921—2008，陕西西安人）诗云：

谨步周汝昌先生次韵自题所著红楼梦新证一书暨留别两诗原韵，藉书所感，录呈道新兄方家郢正

（一）

说法谁知已现身，天花散尽抑悲辛。

可堪梦里寻春梦，自慰人间失意人。

异世文章犹独步，多情儿女讵同尘。

我生亦有畸零叹，摊卷抽思倍往神。

（二）

先生大笔振词林，远绍旁搜得古心。

九壤知应投体拜，千秋秘向扫眉寻。

证摧故说邪斯辟，采溢新毫句漫斟。

为报情天诸旧侣，红楼无梦到而今。

按，周汝昌先生稍后亦有诗答谢赵、荀二先生。其赠答赵荣璇先生诗云：

驭和先生赐题拙著无以为报聊吟小句用副雅意

可是三春第几春，大家风度见精神。

凭君好领当筵曲，漫把馀音说似人。

怀抱朱弦偶一弹，南风拂拂有馀寒。

花笺秀句如难得，却是真知得更难。

其赠答荀运昌先生诗云：

小绝句二章报运昌先生赐题拙著
（一）
良宵常记座中春，惹袂真香尚在身。
未分君家是豪富，明珠百中便投人。

（二）
唐突红楼亦罪人，是非有定向谁论。
曹郎投体权休说，已愧荀郎着意尊。

拙文说："（女诗人黄筱荃和黄少荃）虽没有参加此次雅集，但也都赋诗题词。"黄筱荃先生（1911—1968，女，四川江安人）七绝四首云：

奉题汝昌先生《红楼梦新证》并请教正
（一）
说法分明早现身，最荒唐处最酸辛。
纷纷索隐皆馀子，省识庐山未有人。

（二）
江山风青不见人，拗莲作寸麝成尘。
明珠美玉原无胫，萃集君家信有神。

（三）

又从旧梦觅波澜，珍重新篇次第看。

良夜几人真赏月，楝花飞尽小亭寒。

（四）

摊书雪夜一灯寒，绕攞馀音欲比韩。

地下曹郎当击节，萧条异代发长叹。

黄少筌（1918—1971，女，四川江安人）七律二首：

谢汝昌同志惠赠著书并闻赴京有日兼寄道新同志

（一）

红楼消息久模糊，异代周郎兴不孤。

索隐徒纷鱼祭獭，钩沉独羡蚁穿珠。

兰因絮果荒唐梦，断梗飘蓬仕女图。

读罢临风一惆怅，苍茫人海可谁遍。

（二）

燕市人归信有期，巴山迢递又天涯。

流连杯酒情犹昨，漫卷诗书喜可知。

夙昔才名惊海内，只今桃李烂亭楣。

不须更唱阳关曲，元白从来惯别离。

拙文又说，远在成都的缪钺先生（1904—1995，江苏溧阳人，字彦威）也为《红楼梦新证》赋诗二首，缪诗云：

汝昌先生惠赠大著《红楼梦新证》奉题二律即乞教正

（一）

平生喜读石头记，廿载常深索隐思。

几见解人逢阮裕？还从自传证微之。

雍乾朝局何翻覆，曹李亲交耐盛衰。

史事钩稽多创获，把君新著可忘饥。

（二）

公子才华早绝伦，更从桑海历艰辛。

能知贵势原污浊，善写胸怀见本真。

脂砚闲评多痛语，寒毡情话怅前尘。

扫除翳障归真赏，应发光辉万古新。

文中还提及，在《红楼梦新证》出版后，周汝昌寄呈远在北京的老师顾随，并呈自题《红楼梦新证》诗若干首。顾随亦有和诗共计八首：

周子玉言用陈寅恪题吴雨僧《红楼梦新谈》之韵自题其所著《红楼梦新证》录示索和走笔立成二首

（一）

宝玉顽石前后身，甄真贾假怀苦辛。

下士闻道常大笑，良马鞭影更何人？

午夜啼鹃非蜀帝，素衣化缁尚京尘。

白首双星风流在，重烦彩笔为传神。

（二）

和意未尽再题

披沙文海漾微澜，俗士何从着眼看。

昆体郑笺皆漫语，镜潭明月两高寒。

当年西晋推二陆，今日吾军有一韩。

无寐倚床读竟卷，摩挲倦目起长叹。

和缉堂迓《新证》问世之作二首

老去何曾便少欢，未将白发怨衰残。

一编《新证》初入手，高着眼时还细看。

联床听雨岂常欢，老屋深灯夜未残。

君有四兄我四弟，敬亭何日两相看。（缉堂是玉言四兄，家六吉则述堂之四弟也。）

同玉言诤某氏

三十年前一老雄，证却施书（谓《水浒》）更说红（《红楼梦》也）。

泥牛入海无消息，薄雪争禁晴日烘。

和足缉堂来句之作

剖分众伪见诸真（《法华经》曰"此众无枝叶，惟有诸真实"），开国文坛见若人。

旭日瞳瞳初张伞，辉光此际是侵晨。

和缉堂兼赠玉言

才气纵横忧思深，笑君心事半晴阴。

人海非无拍天浪，几见神州有陆沉。

射鱼村人于《红楼梦新证》出版之后曾有七诗见寄述堂悉数和之而村人复为长句四韵题七诗后因再和作

已教城市替山林，许子千秋万古心。

青鸟不从云外至，红楼只合梦中寻。

卅年阅世花经眼，十五当垆酒漫斟。

遥想望江楼下路，垂垂一树古犹今。

拜诵以上诸家题诗，不难想见《红楼梦新证》的出版在当时学界所引起的巨大反响和轰动。《新证》一书问世至今，也已再逢甲子，现在再看顾随先生于1953年10月27—30日在《与弟子周汝昌（玉言）书》的信中对该书独具慧眼的评价，实为远见卓识：

而今而后，《新证》将与脂评同为治红学者所不能废、不可废之书。

大著与曹书将共同其不朽。